살인종

이재찬

2013년 〈펀치〉로 오늘의 작가상을,
같은 해 〈안젤라신드롬〉으로 네오픽션상을 수상했다.
장편소설 〈펀치〉(2013), 〈안젤라신드롬〉(2014),
〈영양만두를 먹는 가족〉(2020) 〈육식사슴〉(2021)이 세상에 나왔다.

살인종
ⓒ 이재찬 2025

초판발행 2025년 7월 30일

지은이   이재찬
펴낸이   최경진
주 간   김유민
교 정   조경애
디자인   이채원

펴낸곳 9월의햇살
출판등록 제2024-000116호

ISBN   N979-11-992106-0-8

· 이 책의 전부 또는 일부 내용을 재사용하려면
사전에 저작권자와 9월의햇살의 동의를 받아야 합니다.

· 잘못 만들어진 책은 구입하신 곳에서 교환해 드립니다.

살인종

이재찬 장편소설

차례

0 ·· 7
흑백사진 ································· 11
사람의 교회 ···························· 50
범종공장 ································· 73
거푸집 ···································· 134
1200℃ ·································· 302

0

그 을음이 밤하늘로 솟았다. 최운택이 노래방에서 나와 담배를 피우며 하늘을 보았다. 노래방 입구에 달린 네온간판이 야하게 반짝였다. 최운택의 얼굴에 붉은 천박함이 반영되었다. 왕복 4차선 길이 휑했다. 길 건너편에 있는 노래방에서 여고생 두 명이 서로의 외모를 지적하며 나왔다. 최운택이 시계를 보았다. 새벽 1시. 어디선가 타이어가 타는 냄새가 났다. 여고생들이 헤어졌다. 최운택이 담뱃재를 주머니에 넣으며 주택가 골목으로 갔다. 여전히 따라오는 타는 냄새가 유혹하듯 오묘했다. 골목 끝에 둘 중 키가 크고 마른 여고생이 보였다. 최운택이 여고생의 방향을 짐작했다. 여고생은 공원 쪽으로 향했다. 최운택이 큰길로 나와서 슬슬 뛰기 시작했다. 뛰다가 재킷을 벗었다.

밤인데도 오월은 제법 더웠다.

학교가 있는 쪽으로 가면 공원과 연결될 것이다. 초등학교 뒤편에 있는 비탈길을 오르자 짐작대로 공원이 나왔다. 홍가시나무로 된 울타리가 공원의 한 면을 둘러쌌다. 공원으로 들어서는 입구에서 왼쪽으로 가면 아파트 단지가 나오는데 자동차 한 대가 겨우 지나갈 정도로 좁은 거리였다. 양쪽에는 울타리의 키보다 두 배는 높은 담벼락이 마주보았다.

듬성듬성 가로등이 허술하게 서 있었다.

담벼락을 따라 그 위로 펜스가 둘러쳐 있고 펜스 너머엔 시민들을 위한 축구장이 있었다. 간간이 서 있는 가로등은 거리를 환하게 만들지 못했다. 직장인들이 두 편으로 나뉘어 흘렸던 땀내가 아직 축구장 주변에 떠도는 것 같았다. 멀리서 발자국 소리가 들렸다. 가느다란 걸음이었다. 최운택의 입가에 미소가 돌았다. 여고생의 교복 상의는 아이보리 색의 반팔 블라우스였다. 회색 칼라가 금기인 듯 빳빳했다. 짧게 줄인 회색 치마 아래로 허벅지가 고스란히 드러났다.

여고생이란 얼마나 흥분되는 존재인가!......

최운택이 오른쪽 길 중간에 있는 홍가시나무 사이를 비집고 기다렸다. 여고생이 왼쪽으로 간다면 어쩔 수 없지만 이쪽으로 온다면...... 최운택은 기대만으로도 발기가 됐다. 여고생을 맛본 지 반년이 지났다. 반 년 전에 자동차 접촉 사고 때문에 경찰을 불렀다. 경찰이 최운택을 이상하게 쳐다보았다. 마치 너에 대해 알고 있다는 듯 미소를 지으며 저벅저벅 걸어왔다. 경찰이 수첩을 펼칠 때 그 안에 여고생에 대한, 그동안의 탐닉이 적혀 있는 것 같았다.

그 후 여고생을 자제해 왔는데 이젠 임계점을 넘었다. 발자국이 삼거리에 이르렀다. 왼쪽으로 간다면 오늘은 상상만으로 끝날 것이다. 오른쪽으로 온다면 오랜만에 여고생을 만끽할 것이다. 발자국이 응원처럼 가까워지면서 입이 말랐다. 공원 안에 사람이 있는지 다시 확인했다. 아무도 없다고, 어둠이 속삭였다. 가로등이 간접적으로 뿌리는 빛은 어둠보다 작은 공간을 차지했다. 가로등은 최운택이 있는 곳과 이십여 미터 쯤 떨어졌다. 최운택은 빛이 닿지 않는 울타리 뒤에서 기다렸다. 울타리는 40대에 과부가 되어 평생 욕망을 말살시키고 살았던 어머니의 키와 비슷했다. 어머니가 믿었던 도덕은 어머니의 몸을 배신한 굴레에 불과했을 것이다. 다른 또래의 여자들보다 어머니는 먼저 늙었고 더 아팠다.

그네인지 시소인지 나무와 쇠가 서로를 은밀하게 갉아대는 소리가 바람을 타고 흘러왔다. 최운택이 홍가시 나뭇잎들 사이로 소변을 보았다. 혈압이 떨어지는 게 느껴졌다. 여고생이 이어폰을 끼고 걸으며 흥얼거렸다.

가까이, 가까이, 조금 더 가까이 다가와……

여고생이 불과 두 걸음쯤 가까이 왔다. 최운택이 여고생 앞으로 나갔다. 삼거리 쪽에서 헤드라이트 불빛이 정복자처럼 움직였다. 자동차는 여고생이 가능성으로 남겨 둔 왼쪽 길로 갔다. 여고생이 최운택을 보고 걸음을 멈췄다. 최운택이 바지 지퍼를 내리고 성기를 앞으로 내밀었다. 여고생은 한껏 발기된 성기를 커다란 눈에 담으려는 듯 보고만 있었다. 소리를 지르지 못하는, 놀란 눈동자는 언제 봐도 강렬한 순수다. 최운택은 여고생이 내뱉는 숨을 깊이 들이마시며 수음을 했다. 수컷의 처절한 욕망을 알 리 없는 여고생이 뒷걸음질을 치다가 돌아서서 왔던 길로 뛰었다. 최운택이 사정했다.

순간, 거리가 흑백으로 탈색되었다.

한 때 사진에 빠져서 렌즈를 풀 세트로 장만했다. 여러 렌즈를 통해 다른 듯 비슷한 화각으로 사진을 찍다가 결국 가장 흔한 표준줌렌즈로 돌아왔다. 여고생이 뛰어가면서 만들어내는 아름다운 순간을 사람의 실제 눈과 가장 가까운 18-55mm로 포착해서 간직하고 싶었다. 여고생의 뒷모습은 다른 모든 존재의 색을 집어삼킬 만큼 강렬했다.

최운택이 바지를 올리고 공원으로 들어와 그네에 앉아 담배를 피웠다. 몸서리치도록 깊은 허무에 휩싸였다. 휴대폰이 울렸다.

"어디십니까?"

"산책 중이야."

"3차, 갑니까?"

"가야지. 기다려."

최운택이 앓는 병은 25년 전, 도망치지 못하는 기억으로부터 시작됐다.

흑백사진

1

덥고 습했다.
오전 8시 50분, 섭씨 27.78도, 불쾌지수 79%.
하과장이 늘 대는 곳에 주차했다. 전용 공간은 아니지만 사람들은 과장급 이상이 차를 대는 자리를 알고 그곳을 비워둔다. 라디오에선 이상 기후라고 호들갑을 떨었다. 하과장이 자동차에서 내렸다. 미풍이 목덜미를 간질였다. 차문을 닫으며 숨을 들이마셨다.
언젠가 복수가 난잡했던 사건 현장에서 맡았던 비릿한 냄새가 났다.
출근하는 직원들이 하과장을 보며 인사했다.
"재킷이 멋있습니다."
이름이 생각나지 않는 여경이 경례하며 말을 거는데 머리카락이 와인색이었다. 지난번 회식 때 2차로 노래방을 갔다. 밖에 나와서 담배를 피우는데 와인색이 다가와 말을 걸었다. 자기 이름을 말하고는 하과장을 존경한다는 말을 했다. "뭘 존경한다는 거지?" "제가 와인색으로 염색할 수 있는 게 과장님

덕분입니다." 그때 이름을 물어봤을 것이다.

"사모님이 센스 있으세요."

또 다른 여경이 말을 걸었다. 하과장이 손을 들어 답례했다. 아내는 늘 재킷을 챙겨준다. 하과장은 잘 모르지만 사람들은 재킷이 꽤 가격이 나가는 것이라고 말한다. 결혼한 후에 아내는 자신의 옷보다 남편의 옷을 더 신경 쓴다. 남자의 차림새가 말끔하고 고급스럽게 보이는 게 여자들의 자존심이라고 한다. 결혼한 남자의 옷차림은 그 사람의 사회적, 가정적 위치를 보여주며 사람들은 그것을 평가한다. 언제부터였는지 하과장은 평판에 통제당하는 자신이 보였다. 소통은 평판에 불과하니까.

마당 한복판에 투명하지 못한 흰색 비닐봉지가 떠돌았다. 바람의 방향에 따라 밀리다가 바람이 충돌할 땐 가냘프게 부유했다.

"우리도 이제 열대기후가 되는 것 같습니다."

조팀장이 말을 걸었다.

"그러게."

조팀장이 전화를 받았다. 사건과 관련된 통화였다. 하과장이 먼저 가라고 손짓하자 조팀장이 들어갔다. 하과장이 커피를 들고 형사과장실로 들어와 컴퓨터를 부팅했다. 책상 위에는 부하들이 두고 간 서류들이 시위하듯 자리 잡았다. 벅스 플레이어에서 블루스를 재생했다. 하과장이 잠시 눈을 감고 들었다. 서류를 검토하기 전에 창문을 열었다. 커피 향을 맡았다. 어제 마무리 짓지 못한 피로가 각성됐다. 서류들의 목록을 보다가 빨간 봉투 하나가 눈에 들어왔다. 발신지는 부산이었다.

　두 장의 사진은 샘 스페이드가 등장하는 느와르풍의 흑백이었다. 흑백은 욕조 속에 피의 농도를 자세히 드러내지 않았다. 욕조 안에 남자는 고개를 숙였다. 두 번째 사진은 죽은 남자의 얼굴을 가까이서 찍었다. 탁상 달력 만한 사진 두 장 말고는 메모지도 서류도 없었다. 이게 왜 형사과장 앞으로 왔을까. 그것도 부산에서 서울로. 주소지를 검색하자 사상경찰서가 관할하는 곳이었다. 하과장이 사진 두 장을 책상 위에 펼쳤다. 자주 보는 수위라 충격적이지는 않았다. 죽은 사람의 모습을 본다는 건 죽은 이의 억울함을 세금으로 해결해야 한다는 의무일 뿐이다.

　팀장이 될 무렵부터 죽은 이의 슬픔에 이입하지 않게 됐다. 죽음은 삶처럼 외로운 여행이다. 슬퍼해 줄 사람이 많은 죽음이라고 해서 딜 외로운 것도 아닐 것이나. 삶의 현장이 살인 사건의 현장보다 더 비린내가 풍기는 곳일지도 모른다.

　부산에 요청한 사건일까?

　하과장이 책상 위의 큐브를 만지작거렸다. 맹목적으로 사랑을 주시던 할머니가 인지저하증을 앓다가 돌아가셨다. 어머니도 인지저하증 초기 판정을 받고 약을 복용하신다. 어머니는 평소에 멀쩡하다가 간혹 다른 사람이 된다. 마치 어머니 안의 또 다른 어머니를 꺼내 놓은 것 같다. 며칠 전에 인지저하증은 모계 유전이라는 신문 기사를 봤다. 하과장도 인지저하증을 예방하기 위해 짬이 날 때 큐브를 한다. 한 번도 다 맞춰 본 적이 없다. 5분 안에 큐브를 맞추는 아들은 아빠보다 잘 하는 게 있다는 걸 뿌듯해한다. 아들보다 못하는 게 있다는 걸 보여주기 위해서라도 큐브에 통달하지 않을 생각이다.

최운택……

경찰의 공적 업무라면 일반 가정집 주소와 낯선 이름으로 보냈을 리 없다. 사진 속 인물은 낯설지 않았다. 둥글고 넓적한 얼굴이었다. 오전에 죽었는지 수염이 거뭇하지 않았다. 오후 이후에 죽었다면 수염이 잘 나지 않는 사람이다. 아는 사람일까. 이름은 몰라도 안면이 있던 사람.

통성명을 했지만 통하지 않았던 이름.

노크 소리가 났다. 유순경이 들어와 경례했다.

"과장급 이상, 1회의실로 모이시랍니다."

유순경이 나가고 사진을 다시 보았다. 컬러로 찍어야 혈흔을 비롯해 현장이 전하는 생생한 증언이 전달된다.

왜 흑백일까?

욕조에서 삶을 마무리한 시신은 정장을 입었고 넥타이까지 맸다. 떠나기 전에 자신의 마지막 모습을 단정하게 보이려는 심리는 죽기 전까지 남의 시선에 얽매여 사는 데 익숙한 사람에게 관성의 법칙 같은 것이리라. 하과장이 빨간 봉투를 맨 아래 서랍에 넣은 후 밖으로 나갔다.

회의실 공기가 서늘했다. 과장들 앞에 생수가 하나씩 놓였지만 아무도 따지 않았다. 서장은 웬만하면 한 주를 좋게 시작하려 한다. 월요일 첫 회의는 보통 10시에 시작하는데 오늘은 반 시간이 빨랐다. 서장이 농담을 던지지 않았다.

공기가 무미건조했다.

"수사과장, 브리핑해."

경찰서에 소속된 의경들 사이에 성추행 사건이 벌어졌다. 시간을 끌면 문제가 스스로 지친다는 경험 때문에 지금껏 덮어두었다. 그렇게 굴러왔으니까. 견디고 버티는 것이 개선하는 것보다 안전해서 편하니까.

성추행을 당한 의경의 누나가 국가인권위원회에 진정서를 냈다. 의경의 누나는 동사무소 직원이다. 수사과장이 그녀를 찾아가서 공무원끼리 일을 크게 만들지 말자고 말했다. 그녀는 이 대화를 인터넷에 올렸다.

"녹음은 안 했을 겁니다."

수사과장이 확신에 차서 말했다.

"아직 모릅니다. 아니라고 했다가 녹음 파일이라도 나오면 더 큰일입니다."

하과장이 말했다.

"일단 수사과장은 이 일에서 빠져."

서장의 말에 수사과장이 엄지와 검지로 콧방울을 만졌다.

"하과장은 어떻게 생각해?"

"더 커지기 전에 빨리 정식으로 수사를 해야 한다고 봅니다."

"어떻게? 누구를?"

수사과장의 반문에 감정이 묻어났다. 수사과장은 나이가 어리거나 직급이 낮은 사람이 자신을 거스를 때 감정적으로 돌변한다. 직급이 높은 사람이 자신에게 반대할 땐 돌아올 불이익부터 계산한다.
"받치는 기수면 이제 스물 둘, 셋. 새파랗게 어린 애들을 감옥에라도 보내겠다는 말이야?"
"감옥에 가면 새파란 애들 많습니다."
"우리 새끼들이잖아. 남자끼리 성추행은 무슨! 개코같은 소릴 하고 있어."
"시민을 폭력으로부터 보호하는 게 경찰의 가장 중요한 일 아닙니까? 경찰도 시민이고 동성끼리 성추행도 폭행입니다."
"어디서 가르치려 들어!"
"니들 뭐하냐?"
눈매가 결코 매섭지 않은 서장이 날카로워 보이려 눈을 부라렸다. 수사과장이 입을 닫고 하과장을 노려보았다. 하과장은 눈썹 하나 까딱하지 않았다. 군 병력이 모자라 1142기를 끝으로 의무경찰 제도가 폐지된다. 마지막 기수에서 사건이 터진 것이다.

2

엘리베이터 안에서 정학성이 거울을 보았다. 아랫배가 더 나왔다. 목욕탕에서 옷을 다 벗고 아래를 보면 성기가 보이지 않는다. 와이프는 운동할 시간이 없으면 식이요법으로라도 살을 빼라고 한다. 식습관을 바꿔야 하는데 그동안 먹어 왔던 시간이 용납해 줄 리 없다. 엘리베이터에서 내리자 센서등이 켜졌다. 정학성이 와이프와 통화를 하면서 현관문을 열었다. 아들을 바꿔 달라고 했지만 친구들과 밖에 나갔다고 했다.
"그러게 애가 있을 시간에 전화하라니까."
일이 끝나야 하지. 정학성이 거실의 소파에 앉아 한 손엔 휴대폰을 잡은 채 한 손으로 넥타이를 풀었다. 집이 애벌레 껍데기 같았다. 와이프와 아이는 미국에 산다. 보이스톡으로 일주일에 서너 번 통화하지만 그리움만 더할 뿐이다. 그리움도 의무가 된 것 같다. 아이의 미래를 위해, 와이프의 성화에 못 이겨 결국 현재를 포기하고 말았다.
삶이 미래에 있으니 현재는 껍데기에 불과하다.
아들의 목소리를 듣지 못한 채 전화를 끊고 나니 넓은 빌라가 텅 빈 것 같았다. 리넨 재킷만 벗고 소파에 누웠다. 텔레비전을 틀었다. 가상 결혼을 한 개그맨 커플을 보며 낄낄거렸다. 끙끙대며 소파에서 일어서 냉장고를 열어 홍삼 진액을 마셨다. 맥주를 들고 다시 소파로 왔다. 미국드라마를 재생했다.

샤워하고 어쩌고 하면 드라마를 보지 못할 것이다.

암에 걸린 시한부 화학 교사가 가족에게 돈을 남겨주기 위해 마약을 만들어 판매하는 내용이다. 드라마의 마지막 시즌을 그제부터 보기 시작했다. 주인공은 가족을 위해 불법을 저질렀는데 그 사실이 세상에 알려지자 가족으로부터 외면을 당한다. 와이프는 주인공이 아이를 만나지 못하게 한다. 언제부턴가 자기 얘기 같은 드라마를 보게 되었고 무슨 드라마를 봐도 자기 얘기 같았다.

미국에 다시 전화하면 아이의 목소리를 들을 수도 있다. 미국에 가기 전에 아이는 아빠를 누구보다 좋아했다. 아이와 와이프가 미국에 간 지 2년이 지났다. 그동안 세 번 한국에 들어왔다. 아이는 미국에서 사춘기를 보낸다. 통화할 때 아이의 목소리는 형식적이다. 그럴 나이라 해도 그럴 상황이 아니어야 한다고 말해주고 싶지만 잔소리는 둘 사이의 거리만 더 벌릴 것이다. 와이프의 형부가 미국에서 세탁소를 운영한다. 와이프는 세탁소에서 일하면서 시민권을 따려고 한다. "한국은 해주는 건 없으면서 요구만 하는 전통이 있잖아. 우리 미국 사람 되자."

정학성은 아직 마음을 정하지 못했다. 차별 속에서 새로 시작할 수 있을까.

드라마가 끝났다. 김대리한테 전화가 왔다.

"잘 들어가셨나, 확인 차 전화 드렸습니다. 뭐 하십니까?"

"티비 보고 있어."

"아......"

김대리가 그만 주무시라는 말을 하고 끊었다. 술을 마셨으니 최소한 이는 닦아야 하는데 정학성은 꼼짝하기가 싫었다. 침실도 멀었다. 텔레비전을 침실로 옮겨야겠다는 생각을 한 지 몇 달이 지났는데 아직 실천하지 못했다. 여름 방학 때 와이프가 집에 오면 옮길 것이다. 남성 호르몬이 분비되어서 그런지 와이프는 날이 갈수록 실천력이 강해졌다. 연예인이 자신의 아이와 떨어져 관찰하다가 가면을 쓰고 돌아왔다. 아이가 가면 쓴 아빠를 알아보지 못하는 걸 보고 정학성이 한숨을 길게 내쉬었다. 예능 프로그램도 내 이야기 같았다.

3

 열 명의 남녀가 세계맥주 집에 자리를 잡았다. 하과장의 대학 동기들이 2차에 왔다. 누가 누구를 좋아했고 누군가 질투를 했고 삼각관계로 엮였으며 동기들이 떠난 엠티에서 누군가 술에 취해 누구를 좋아하는데 괴롭다며 울었고 또 다른 누군가는 한 여자 후배를 두고 선배와 주먹다짐을 했다는 보편적 이야기를 되새김질했다. 하과장은 모든 이야기들이 별로 기억이 나지 않았다.
 기분 좋게 술자리가 마무리됐다. 하과장이 택시를 탔다.
 숙취를 안고 출근해서 하루 종일 일이 손에 잡히지 않았다.
 퇴근한 하과장이 현관에서 신발을 벗었다. 신발장 위에 가족의 사진이 걸렸다. 사진 속에 행복한 미소는 그것이 결코 사진관에서 발생한 일시적인 즐거움이 아니라고 말하고 있었다. 지숙이 머리를 수건으로 묶은 채 시계를 보며 남편에게 윙크했다. 9시가 조금 넘었다. 지숙이 장난스럽게 입술을 동그랗게 모으며 살짝 내밀었다.
 "우리 큰아들, 토요일인데 일찍 왔네."
 하과장이 손을 내밀어 아내의 볼을 꼬집으려 하자 지숙이 막았다. 하과장은 권태가 올 수 없도록 한참 연애할 때 하던 귀여운 짓을 하고 아이들에게 악역도 마다 않는 지숙을 사랑하지 않을 수 없다.

"애들은?"

"공부하지."

하과장이 입을 삐죽거렸다.

"왜?"

"뭘?"

"계모 보듯 하잖아."

"안쓰럽긴 하지."

"날 위해서야?"

하과장이 혀를 찼다.

"이럴 거야?"

"팀장 이상의 이야기를 들어 보면 집에 일찍 들어가는 걸 와이프들이 별로 좋아하지 않는다네. 솔직히 내가 일찍 들어오는 게 좋아? 늦게 들어오는 게 좋아?"

"말 돌리는 게 싫어."

하과장이 샤워를 하고 나오사 서실에서 누 아이가 숟가락을 들고 기다렸다. 식탁에 그릭 요거트와 수박이 마련됐다. 하과장이 두 아이의 볼에 번갈아 뽀뽀를 하고 식탁에 앉자 모두 먹기 시작했다. 수박은 아직 철이 아니어서 맛이 덜하다고 말하자 아내는 옛날 사람 같은 소리를 한다고 투덜댄다. 아이들과 함께 있으면 충전이 된다. 아내는 하과장이 아이들과 함께 하는 시간을 마련해주기 위해 노력한다.

아이들이 아빠한테 공부 때문에 받는 스트레스에 대해 토로했다.

"적당히들 하시지. 열심히나 하면은."

지숙이 일갈했다. 하과장이 아이들과 눈빛을 주고받았다. 악역을 해주는 아내가 고맙지만 이렇게 아이들 편을 들어주는 맛도 쏠쏠하다. 지숙은 아이들이 한 시간 동안 아빠와 텔레비전을 보도록 허락했다. 하과장이 아이들을 양옆에 끼고 채널권은 딸에게 맡겼다. 아이들이 방에 들어가고 나서 지숙이 간만에 영화를 보자고 했다. 케이블에서 영화를 골랐다.

"우리는 같은 꿈을 꾼다?"

지숙은 제목이 마음에 들었다. 하과장은 지루한지 연이어 하품을 했다. 지숙은 영화 속에 빨려 들어간 듯 집중해서 보았다. 실연을 당한 여주인공이 욕조에 들어가서 손목을 긋는 장면에서 하과장의 눈이 커졌다.

흑백사진!⋯⋯

하과장이 안방으로 들어와서 부산 사상경찰서 오반장한테 전화를 걸었다.

"아이고, 이게 누군교."

"잘 지냈어?"

"형사과장님이 우짠 일로? 황송하게 팀장한테 손수 전화를 다 주시고."

"시킬 일이 있어서."

"소속이 다른데. 부탁을 해야지."

"계급이 깡패 아니야?"

"어데? 대통령도 전라도, 경상도 따로 뽑아도 이상하지 않은 나라에서."

하과장이 거실로 나오자 영화는 끝났고 지숙은 맥주를 마시고 있었다.

출근하자마자 하과장은 맨 아래 서랍을 열어 빨간색 서류 봉투를 꺼냈다. 팩스가 도착했다. 하과장이 오반장한테 부탁한 최운택의 신상이었다. 최운택은 열흘 전에 자살했다. 하과장이 오반장에게 전화를 걸어 최운택의 자살에 대해 좀 더 알아봐달라고 부탁했다.

"우짠 일인지 물어보지 마까?"

"그래주면 고맙지."

"애들은 잘 크제?"

"다행히도."

하과장은 며칠 동안 업무에 치였다. 현장에 나가지 않아도 되는 계급이 되자 아내가 제일 좋아했다. 현장의 배후에서 일하는 게 얼마나 골치 아픈 일인지 아내는 알지 못하고 하과장은 시시콜콜 말하지 않는다. 일과 가족의 분리는 아버지한테 배운 깃이다.

불법 다단계 업체를 수사하는 과정에서 중간 연락책들이 부산에서 포착됐다는 정보를 입수했다. 형사과장이 현장에서 그들을 체포할 일은 없지만 중요한 사안이라 직접 내려가기로 했다.

하과장이 차 안에서 어머니께 전화를 드렸다.

"약은 잘 챙겨 드시죠?"

"내가 안 먹으면 아버지가 가만 있게?"

어머니가 국이 끓는다면서 아버지를 바꿔주셨다. 아버지는 나이가 들면서 말수가 많아지셨다. 건설업을 했던 아버지는 집 네 채를 사남매에게 하나씩 분배하셨다. 사회적인 문제로 나름 고민 좀 했던 막내 놈이 명절 때 가족이 모인 자리에서 "분배란 결국 가진 사람들끼리만 하는 잔치"라고 말했다. 결국 제 놈도 집을 한 채 받을 거면서. 그것도 가장 비싼 동네에 위치한 집을 갖겠다고 했으면서. 하과장은 자식들에게 집 한 채씩은 해주어야 한다고 생각하지만 가능할지 모르겠다. 아버지가 살았던 시대는 지금보다 힘들었지만 지금보다 기회가 많았다. 자식들이 모두 출가하자 부모님은 고향으로 내려가셨다. 텃밭을 가꾸면서 두 분이 티격태격하신다. 아버지는 늘 새로운 취미를 찾으시고 어머니는 아버지를 쫓아다니며 취미 생활을 함께하신다. 손주들이 보고 싶어 견딜 수 없을 땐 서울로 올라오셔서 사남매의 집을 차례로 방문하신다. 요즘엔 두 분이 도자기 공예를 배우신다. 하과장은 아버지를 존경한다. 부모와 자식의 관계에서 존경과 사랑이 전제되지 않는다면 가족은 무의미하다고 생각한다. 아이들에게 존경을 받는 것이 하과장의 가장 중요한 목표다.

하과장이 부산에 내려온 진짜 이유는 오반장을 만나기 위해서였다. 두 사람이 저녁을 먹었다.

공식적으로 자살로 처리됐기 때문에 경찰은 최운택의 죽음을 수사하지 않았다. 석 달 전에 최운택의 이종제수가 자살했다. 최운택은 불면증으로 정신과 치료를 받기도 했다. 최운택의 누나는 동생의 죽음으로 인한 충격에서 벗어나지 못해 그녀하고는 말을 할 수가 없었다.

"이상한 소문은 믿지 마이소."

최운택의 매형이 말했다.

"이상한 소문이요?"

"모르시면 모르시는 게 좋다 아입니까."

최운택과 혈연관계인 사람들은 이상한 소문에 대해 입을 열지 않았다. 최운택의 이종 사촌동생, 김명철을 만났다.

"이미 끝난 거를 다시 뭐할라꼬 캡니까?"

"아내분도 자살을 했다고 하던데 그것과 연관이 있나 싶어서요."

"둘 사이가 머."

"둘 사이요?"

김명철이 머뭇거렸다.

"지혀이가 예뻤다 아입니까."

김명철은 난데없이 자신의 아내, 최지현과 처음 만난 이야기를 했다. 김명철이 지갑에서 최지현의 사진을 꺼냈다. 누가 봐도 예쁜 여사가 별 볼 일 없는 자신과 결혼을 해 순 게 고맙다고 했다. 외모가 무슨 계급이라고. 김명철이 한없이 잘해주었지만 언제부턴가 아내의 얼굴에 그늘이 생겼다고 했다.

"최운택하고 아내분하고 무슨……?"

김명철이 커피가 쓰다며 시럽을 넣고 다시 자리로 왔다.

"당뇨 때문에 눈도 나빠지는 거 같고."

김명철이 눈을 비볐다. 시럽을 먹지 말던가.

"달달한 걸 어찌 마다합니까."

그럼 눈을 포기하던가.

"사람들이 참, 넘 얘기를 좋아하지요. 그라다 지 얘기가 넘

얘기 되는 것도 모르고."

하과장이 대꾸하지 않고 커피를 마셨다.

"연인입니다. 두 사람."

김명철이 창밖으로 시선을 돌렸다.

"그래서 자살한 겁니까? 아내분께서?"

김명철이 커피를 물끄러미 보았다.

"최운택이 정말 이종제수를 따라 죽은 겁니까? 사랑해서?"

"아니면 뭐할라꼬. 돈도 잘 버는 양반이. 한 달에 천씩 벌었는데."

"유서는 있었습니까? 문자 메시지나 뭐."

"무슨 할 말이 있다꼬."

"최운택씨하고도 그 이야기를 하셨습니까?"

"몬했지. 불알만 두 쪽이지 용기가 읎서서. 내 먹고 사는 것도 운택이 형이 해 준거나 다름없고……"

"이런 말씀을 당사자한테 직접 여쭤서 죄송합니다."

"뭐, 하는 일이 그러니까네."

김명철이 조용한 눈물을 흘렸다. 하과장이 커피숍을 나왔다. 남자의 눈물은 그의 알몸을 보는 것만큼이나 꺼림칙하다. 하과장은 오형사가 운전하는 차를 탔다. 하과장이 차창을 열었다.

개발되지 않은 원시성이 바람을 타고 들어왔다.

밤인데도 바람이 차갑지 않았다.

"이종제수하고 근친상간을 한 남자의 마음은 뭘까?"

하과장이 물었다.

"미친놈이죠."

"사랑한 이종제수가 자살하니까 따라 죽었다. 그건 뭐지?"

"지옥이 궁금했나 보죠."

"너도 제수씨가 있냐?"

"네."

"그런 게 가능하겠냐?"

"불가능합니다."

"전혀?"

"절대로요."

"거부할 수 없는 운명 같은 걸 수 있잖아."

"도덕적으로 더럽게 태어났을 뿐이라고 봅니다."

"너, 교회 다니냐?"

"예."

"신은 왜 근친상간을 만들었을까?"

"하느님께서 만든 게 아니라 잡것들이 지옥이 궁금한 겁니다. 왜, 선생님이 동전치기 하지 말라고 신신당부를 해도 기어코 하는 놈들이 있지 않습니까. 그런 놈들은 엎드려뻗쳐를 시켜 놓고 빠따를 때려야 됩니다."

하과장이 철갑상어 같은 오형사의 표정을 보며 웃었다. 오형사는 알 필요가 없는 것을 아는 사람보다 건강하게 살 것이다.

4

하과장이 의경 구타 사건에 관한 언론 브리핑을 마쳤다. 언론은 의경 마지막 기수에서 벌어진 성추행 사건에 의미를 만들고 싶어 했다. 오후 4시. 허기가 졌다. 하과장이 탕비실에서 식빵을 먹었다. 과장실로 들어오자 누군가 들어오자마자 가장 잘 보이는 곳에 올려두겠다는 목적으로 놓은 것 같은 빨간색 서류봉투가 눈에 들어왔다. 창밖을 보았다.
켜켜이 쌓인 구름이 조금씩 창문을 향해 압박해 오는 것 같았다.
하과장이 자리에 앉아 맨 아래 서랍을 열었다. 먼저 도착한 빨간색 서류봉투를 꺼냈다. 두 개의 촌스럽고 자극적인 색깔을 번갈아 보았다. 같은 공장에서 제작된 제품이었다. 한꺼번에 봉투를 여러 개 사서 죽음이 생긴 후 나눠서 보냈을 것이다.
죽음이 더 준비돼 있다는 뜻일까?
발신인은 정학성이었다. 하과장이 봉투를 열었다. 두 장의 흑백사진. 정학성은 목을 욕조에 걸쳤고 시선은 천장을 향했다. 욕조의 물은 정학성을 삼키면서 내뱉고 있는 것 같았다. 사진의 느낌이 앞서 왔던 최운택의 그것과 비슷했다. 우측 상단과 좌측 하단을 연결해서 욕조를 비스듬히 둔 채 찍었다. 정학성도 넥타이를 하고 재킷을 입은 채 욕조에서 손목을 그었다. 최운택은 양복을 입고 자살했다. 정학성은 스트라이프 셔츠를 입었다. 단추를 모두 채운 상태다. 목이 굵어서 더 답답해 보였다. 두 번째 사진은 정학성의 얼굴이었다.

얼으려고 버둥댄 만큼 빼앗기고 피폐해진 중년의 남자가 간직한 세월을 숨길 수 없는 얼굴.

정학성의 주소지는 김포였다. 하과장은 김포경찰서에 아는 사람이 없었다. 두 개의 죽음을 전하는 네 장의 사진을 펼쳐놓자 오래전에 목에 걸려 잊어버렸던 생선 가시가 꿈틀대는 것 같았다.

하과장이 복형사한테 전화를 걸었다.

"과장님이 웬일이십니까? 잘 지내시죠?"

"오늘 시간 어떠냐?"

"없어도 있습니다. 당연히."

"술 한잔 하자."

하과장이 야구장에 늘렀다. 기계에서 날아오는 야구공을 주시했다. 뇌의 명령을 몸으로 전달하는 신경이 둔해졌다. 세 게임을 마치자 밖에서 복형사가 경례를 붙였다. 밖에 나와서는 경례하지 말라고 해도 부하들은 버릇을 고치지 못한다.

"제법 공을 놓치시네요. 전엔 다 치시더니."

"늙었나보다."

"어려운 걸 깨달으셨습니다."

하과장이 이죽거리는 복형사의 어깨를 만졌다.

"현장에 안 나가서 더 늙나 보다."

두 사람이 한우 집으로 자리를 옮겼다.

"웬일로, 돼지껍데기 집에 안 가십니까?"
"껍데기나 먹으니까 공도 못 치잖아."
"그동안 총애를 받던 껍데기가 들으면 서운하겠습니다."
술잔이 빠르게 오갔다. 하과장은 빨리 마시고 일찍 취해서 취한 기분을 오래 즐긴다. 술이 술을 마실 정도로 자신을 놓지 않는다.
"우리, 안마방 습격할 때 기억 나냐?"
"유통기한 지난 이야깁니다."
하과장이 강력계 팀장이었을 때 복형사도 팀원이었다. 하과장이 이끌었던 팀은 '최우수 형사팀'에 뽑히기도 했다. 폭력배 두목이 살인을 사주했는데 그가 바지 사장을 내세워 운영하는 안마방을 급습했다. 깡패들이 떼거지로 몰려와서 난투극이 벌어질 상황이었다. 정보가 잘못돼서 폭력배의 인원을 적게 예상했다. 하팀장이 일단 탈출을 명령했다. 형사들은 각자 창문과 비상구로 빠져나왔다. 팀의 막내였던 복형사가 갇히고 말았다. 하팀장이 밖에서 지원을 요청하고 인원을 점검하다가 복형사가 없는 걸 알게 됐다. 그즈음 경찰의 총기 사고가 잦아서 총기를 봉고차에 두고 기습했다. 경찰이라고 신분을 밝히면 조폭들이 복종하기 마련이다. 형사들이 흩어져서 복형사를 찾았다. 하팀장이 5번 방에 들어서자 벽을 타고 살벌한 긴장감이 전해졌다. 부하에게 상황을 전달한 후 창문으로 나가서 6번 방의 창문을 깨고 들어갔다. 아직 경찰과 깡패의 질서를 모르는 것 같던 한 놈이 복형사를 공격하려는 순간, 하팀장이 그놈의 허벅지에 실탄을 발사했다.

깡패들은 술에 취한 데다 동료의 피로 지펴진 피가 끓고 있는 것 같았다.

여섯 놈을 총으로 경계하며 지원이 오기를 기다렸다. 복형사는 이미 부상 당한 상태였다. 경찰은 스미스앤웨슨 M-10, 6연발을 주로 사용했는데 당시 M-60이 테스트용으로 지급되었고 5연발이었다. 이미 한 발을 쐈으니 네 발이 남았다. 최소 두 놈이 총알로부터 자유로웠다. 분기별로 한 번씩 하는 사격에서 하과장은 단 한 발도 놓치는 법 없이 표적지의 허벅지 부위 안으로 모두 명중했다. 놈들이 든 서늘한 칼의 기운에 두 형사는 오금이 저렸다. 총소리까지 났으니 곧 형사들이 들이닥칠 게 분명했지만 눈앞에 펄떡거리는 살기 때문에 살이 떨릴 지경이었다. 놈들이 피해를 감내하고 동시에 공격해 오면 한두 놈은 총에 맞겠지만 두 형사도 칼에 난자당할 수 있었다. 밖에 겨울비가 내렸다. 빗소리에 차단됐는지 사이렌 소리는 아직 들리지 않았다.

팁팁한 습기 때문인지 숨이 가빴다.

하팀장과 복형사가 등을 맞댔다. 대한민국 조직 폭력배가 마피아도 아닌데 경찰을 덮칠 리 없지만 분위기는 당장이라도 그런 질서에 난도질할 것 같았다. 그때, 복형사가 속삭였.

전, 쫄지 않았습니다......

"그게 쫄았다는 말이잖아."

하과장이 소맥을 만들며 말했다.

"절 보시자고 한 이유가 있을 거 같습니다."

하과장이 빨간 봉투 두 개를 건넸다.

"나이를 먹으면 왜 옛날이야기를 자꾸 하는지 모르겠어."

"경찰이 찍은 게 아니네요?"

하과장은 사상경찰서에서 얻어 온 최운택의 현장 사진도 건넸다. 컬러가 전해주는 선홍빛 죽음이 흑백의 느슨한 경각심을 일깨웠다.

"자살이 아닐 수도 있는데 당사자가 죽었고 자살로 처리됐다면 진실을 알수 없지 않습니까?"

"햄릿에 이런 말이 나와. 살인죄는 입이 없어도 스스로 그 죄를 실토한다."

"사진이 실토한 죄는 뭡니까?"

"그걸 알아보라고."

복형사가 두 개의 서류봉투 겉면을 비교해서 보았다. 보낸 이들의 주소는 부산과 김포인데 소인이 찍힌 우체국은 같은 곳이었다. 주소는 인쇄된 걸 붙였다. 필적으로는 범인을 찾을 수 없다.

"경천?"

하과장이 복형사의 경찰 신분증을 주었다. 정직을 당해서 반납했던 것이다. 테이저건도 한 자루 건넸다.

"가능한 한, 쓰지 말고."

"총으로 흥한 자 총으로 망한다는 말을 명심하겠습니다."

"짚이는 거 없냐?"

"자살이 전염된다는 뭐, 그런 미국드라마가 있을 것 같긴 한데요."

"자살로 보여?"

"잘 모르겠습니다."

"요즘에 누구 만나냐?"

"이 사건, 저만 알고 있겠습니다."

하과장이 눈치가 빠른 복형사에게 봉투를 건넸다.

"어떻게 과장님 개인 돈을 받습니까?"

"기름값도 필요할 거고."

복형사는 받을 수 없다고 거절했다.

"형님이 주면 받는 거야. 고집 부릴래?"

복형사가 하는 수 없이 돈을 받았다. 지금껏 하과장을 형님이라고 부른 적은 없었다. 복형사가 더 이상 먹을 수 없다고 할 때까지 하과장은 고기를 시켰고 까마귀밥처럼 두 점을 남긴 채 두 사람이 헤어졌다.

하과장이 〈Mizzy〉 바에 들어왔다. 마음이 횅할 때 종종 들르던 곳인데 그동안 바빠서 오지 못했다. 마담이 바뀌었다. 데킬라를 마셨냐. 건너편 테이블에 있은 마담을 흘끗거렸다. 마담은 감추면서도 야한 차림이었다.

흑백사진을 보낸 놈이 어디선가 보고 있을지도 모른다. 알 파치노가 〈스카페이스〉에서 보여주었던 눈빛으로 시가를 피우며 소파에 앉아 품에 안은 강아지의 목을 쓰다듬으면서, 목을 조르고 싶은 욕망을 음미하며 하과장의 불안감을 포착할지도 모른다는 느낌이 들었다. 무언가 조르고 있는 건 분명한데 그게 무엇인지 모르겠다.

"제가 한 잔 따라드려도 될까요?"

마담이 술병을 기울였다. 하과장이 갑자기 벌떡 일어서는 바람에 놀란 마담이 술병을 떨어뜨렸다. 마담이 깨진 병을 치우고 바닥을 닦았다. 마담은 거듭 사과하고 앞에 앉았다.

"미안해요."

하과장이 말했다. 스피커에서 여자의 애원하는 어조가 흘렀다.

"이 노래 가사 아세요?"

하과장은 알지 못했다. 지금 무슨 일이 벌어지고 있으며 그것이 자신의 삶을 어떻게 옭아맬 것인지 짐작조차 하지 못했다.

"여자가 남자에게 떠나지 말라고 무릎을 꿇고 비는 거예요. 그리고 이런 말이 나와요. 내가 당신에게 줘야 하는 것보다 더 많은 걸 줘버렸다고. 그래서 떠난 거라는 말이죠. 정말 진저리나게 정확한 이유 아니에요?"

"데인 적이 있나?"

"남자들은 참 이상해요. 줄 듯 말 듯 거리를 두면 환장하고 달려들면서 다 주려고 하면 도망치잖아요."

때와 사람을 구분하지 못하는 건 아닐까.

"술, 다시 가져올게요."

"계산합시다. 어차피 나가려고 했으니까."

마담이 술값을 반만 받겠다고 했다. 하과장은 다 마신 걸로 계산했다.

5

　　녹색 어머니회의 발대식을 하느라 김포경찰서의 복도가 혼잡했다. 복형사가 복도 끝에서 기다렸다. 정직을 당한 지 두 달이다. 경찰은 시간을 주체하지 못하는 사람에게 적절한 직업이다. 정직을 당하고 나서야 비로소 7년 간 무엇을 했는지 돌아보게 되었다.
　　많은 범인을 잡았지만 많은 사건을 완결하지 못했다.
　　서울시에서만 살인, 강간, 강도, 절도, 폭력 등 5대 범죄가 한 해에 8만 건이 넘게 발생하지만 검거는 6만 건도 안 된다. 한 해 2만 건이 넘는 강력 범죄의 범인이 자유롭게 활보한다. 도망쳐 봤자 10만km²도 안 되는 땅덩어리다. 어떤 계기로든 집힐 것이다. 결혼을 했지만 외로웠다. 결혼생활을 하면서 감정의 관성이 와이프의 그것에 편입됐다. 와이프가 떠났고 감정은 종료됐다.
　　사이코패스의 범죄를 수사한다면 이제 범인의 내면까지 쫓을 수 있을 것이다.
　　윤형사는 적대감도 호감도 보이지 않았다. 복형사는 윤형사의 미지근한 첫인상이 마음에 들었다. 언제부턴가 잘 모르는 사람이 친근하게 대하면 부담스럽다. 잘 알던 사람도 두 사람 사이에 그동안 유지해 온 적절한 거리를 무시하고 다가오면 불편하다. 하과장이 갑자기 스스로를 '형님'이라고 칭하는 것도 혼돈스럽다. 가장 가까웠던 전처가 가장 먼 사람이 되는 데 오래 걸리지 않았다.

모두가 감정과 거리를 단속하며 뒤집지 않고 살았으면 좋겠다.

"또, 뭐가 궁금하신데요?"

"정학성이 자살한 이유는 뭐라고 보십니까?"

"기러기 아빠입니다. 외로워서 자살하지 않았겠어요?"

"혹시 유서는 있었습니까?"

"없었어요."

통계적으로 유서를 남기지 않는 자살이 더 많다. 이미 많은 말을 했을 테고 그 말을 들어주지 않았던 것이 자살한 이유일지도 모른다. 유서를 남기는 경우에도 대부분 왜 자살을 하는지 그 이유보다 자기가 죽고 나서 당부할 말을 쓴다. 장례방법이나 보험문제, 아니면 재정문제 같은 것들.

마지막 치고 시시한 말이 관계의 정체일지도 모르겠다.

윤형사는 보기보다 말이 많았다. 자살을 한다면 유서를 길게 쓸 것 같았다. 복형사는 군대시절 4000피트에서 처음으로 낙하 훈련을 하기 전날에 유서를 썼다. 자살이라면 한 줄도 쓸 말이 없었을지 모른다. 스스로 결정하지 않은, 너무 젊은 죽음이라 억울함과 미련으로 편지지 넉 장을 채웠던 것 같다. 심리 부검을 통해 자살의 이유를 찾는다면 어디까지 알아낼 수 있을까. 진짜 이유를 자기 자신에게도 숨겼다면 심리 부검은 오해의 추적일 뿐이다. 지인들의 해석은 편견일 뿐이다.

죽은 이유는 오로지 죽음으로 완성될 뿐이다.

윤형사가 정학성이 자살한 시간을 전후로 해서 그의 아파트 입구를 비추는 CCTV를 살펴봤는데 특별히 수상하게 보이는 사람이 없었다고 말했다. CCTV를 보는 건 고된 노동이다. 팀장이 CCTV를 분석하라고 팀원 중 누군가를 지정하면 그 팀원은 팀장한테 밉보였다고 생각하게 마련이다. 정학성이 죽은 날 아파트 엘리베이터 안에 설치된 CCTV에 찍힌 사람들 중 아파트에 사는 사람들을 체크한 후 그들을 제하고 남은 사람들을 꼼꼼하게 추적하지 않았으리라.

자살로 단정한 죽음을 그렇게까지 조사할 필요가 없을 테니까.

"왜 하필 지금 자살을 한 걸까요?"

"오래 전에도 자살시도를 좀 했다던데. 우울증을 앓았대요."

"오래 전, 언제요?"

"대학교 졸업할 즈음이라고 하던데. 기러기 아빠로 사는 게 얼마나 외롭겠어요? 그런 짓들을 왜 하는지."

외로워서 자살을 한다면 안 할 수 있는 사람이 몇이나 될까.

윤형사가 경찰이 찍은 현장 사진을 보여주었다.

"사망 추정 시간이 그날 새벽인 것 같다더라고요."

타살이라면 범인이 정학성을 죽인 후에 염을 하듯 정장을 입히고 욕조에 넣었을 것이다. 엄숙한 의식이리라. 사람을 죽이고 의식을 치를 여유가 있는 놈이라면 초범은 아닐 것이고 감정 따위는 없을 것이다.

복형사가 정학성의 회사로 갔다. 직원들은 바빴다. 정학성의 죽음은 진행되던 프로젝트 하나가 끝난 것 같은 취급을 받았다. 직원들은 자살한 날 정학성이 입었던 옷차림이 그날 정학성이 출근했을 때 입은 복장이라고 확인해 주었다. 직원들은 대체로 정학성이 자살할 이유가 없다고 말했다. 동료들과의 관계도 나쁘지 않았고 일도 잘해서 인정받는 "사람이었다."는 것이다.

"사실, 좀 불안해 보이긴 했어요."

엘리베이터 앞에서 다시 만난 직원이 말했다.

"그냥, 제 느낌일 뿐이에요. 아닐 수도 있고."

"또 다른 건 없습니까?"

"그게 전부예요. 별로 가까운 사이가 아니었거든요."

복형사가 경천으로 갔다. 경천우체국은 공공 기관이 규정한 온도에 1도 모자란다는 이유로 에어컨을 켜지 않았다. 습도가 높아서 체감 온도는 규정 온도를 가뿐히 초과했을 것이다. 선풍기 앞에서 복형사가 땀을 식혔다. 대충 땀이 마르자 직원에게 경찰 신분증을 보여주고 협조를 구했다. 긴 팔 셔츠의 소매를 두 번 접어 올린 직원이 소인을 확인했다.

"우리 우체국에 직접 온 게 아닌데요."

"아니라고요?"

"여기 번호를 보면 알 수 있는데. 이거는 우체통에 직접 넣었네요."

"어딥니까?"

"팔룡폭포 입구에 가면 우체통이 하나 있거든요."

흰색 바탕에 빨간색 글씨로 〈팔룡폭포 입구〉라고 쓰인 간판은 흰색 페인트가 군데군데 벗겨져 녹이 슬었다. 바람이나 폭우에 떨어졌을 나뭇가지들이 주차장에 널렸다. 바닥에 하얀색 선은 누렇게 변했다. 주차장을 거느린 2층짜리, 2백 평쯤 되는 건물은 텅 비었다. 관광객을 상대로 장사를 하던 상가다. 점포들이 떠나고 가져가지 않은 물건들이 건물 안팎에 버려졌다. 건물 끝자락에 우체통이 있었다.

가는 비가 내렸다.

팔룡폭포 입구 건너편에 있는 마을의 풍경은 수묵화 같았다. 어디에도 CCTV는 없었다. 흑백사진을 보낸 놈은 치밀한 사전답사를 통해 일부러 이곳을 골랐을 것이다. 한 번 더 봉투가 배달된다면 지문부터 확보하는 게 좋을 것 같다고 하과장한테 말했지만 아마도 놈은 봉투에 지문을 묻히지 않을 것이다. 집에서 프린터로 사진을 인화한다. 장갑을 끼우고 인화지를 프린터에 넣고 뺀다. 우체통에 넣을 때까지 종이와 봉투에 땀 한 방울 떨어뜨리지 않기 위해 조심한다. 마을에 사는 사람은 아니다. 어떤 흔적도 남기지 않으려고 하면서 자신이 주거지에서 우편을 보냈을 리 없다.

복형사가 휴대폰에 담아 온 흑백사진을 보았다. 최운택이 죽은 날 그의 와이프와 아이들은 장인어른 생신 때문에 서울에 있는 처가에 올라가서 집에는 최운택 혼자였다. 정학성은 기러기 아빠다. 손목을 그은 것 말고 다른 상처는 없다. 마취를 시켰거나 독극물을 먹인 후 죽였을 것이다. 욕조에 피해자를 넣고 손목을 긋는다. 자살로 보이기 위해 조작을 해 놓고 왜 사진을 찍어서 보냈을까. 공식적으로 수사를 진행한다면 흑백사진을 보낸 놈을 찾는 건 어려운 일이 아니다. 소인이 찍힌 전날 밤에 팔룡폭포 주변을 지나는 차량을 확보하고 CCTV를 수거해서 분석하면 된다. 부검을 통해 죽음의 원인이 자살인지 타살인지 밝힐 수 있을 것이다. 자살하면서 누군가에게 자신의 모습을 찍어 하과장한테 보내라고 부탁했을까. 두 사람이 같은 행동을 했단 말인가. 하과장이 정직 중인 부하에게 일을 맡긴 건 비공식적으로 알아내라는 뜻이다. 개인적인 목적으로 공권력을 사용하는 걸 꺼리는 사람이 형사 사건을 사적으로 수사하라고 한다.

하과장님도 연루됐을까……

공기 중에 습기만 채우고 비가 멈췄다. 복형사는 머리가 뜨거웠다. 건물 왼편에 있는 수도꼭지를 돌리자 지하수가 나왔다. 수도꼭지 아래 머리를 댔다.

팔룡폭포 입구에서 왕복 2차선 도로를 건너면 마을 입구로 들어가는 길이 나온다. 마을 초입의 조그만 구멍가게엔 간판도 없었다. 복형사가 가게 주변을 기웃거렸다. CCTV는 없다. 천천히 주변을 탐색하며 차를 몰았다. 범인은 현장에 단서를 떨어뜨리게 마련이다. 반경 5킬로쯤, 한 시간을 돌았지만 딱히 범행의 흔적이 있을 만한 가능성을 찾지 못했다. 팔룡폭포 입구로 돌아왔다. 마을 안으로 들어가며 차 안에서 천천히 둘러보았다.

누군가 들어와 통째로 삼킨대도 그게 누군지 알 수 없을 것처럼 마을은 무신경해 보였다.

아무도 지켜주지 않겠다고 작심한 것처럼 풍경조차 헐거웠다. 마을 뒤편으로 보이는 산은 군데군데 녹음이 성글었다. 놈이 아무리 정밀하게 밑그림을 그리고 움직였다 해도 완벽할 순 없다. 놈은 우체통에 사진을 넣은 후 실패하지 않으리라고 생각하며 오만한 표정을 지었을 것이다. 자신의 계획과 실행을 음미하며 수음을 했을지도 모른다.

완벽에 가까운 살인을 하는 놈은 뇌가 두 개, 심장도 두 개다.

복형사가 마을 꼭대기에서 차를 돌렸다. 우체통이 있는 마당보다 마을 꼭대기가 30미터쯤 높을 것이다. 복형사가 다시 천천히 마을 입구로 내려오는데 15톤짜리 덤프트럭이 팔룡폭포 입구로 들어왔다. 깡마른 남자가 트럭에서 내렸다. 복형사가 트럭 앞으로 가서 우체통을 보았다. 트럭과 우체통은 칠팔 미터쯤 되는 거리다. 복형사가 운전사한테 경찰 신분증을 보여주었다.

"늘 여기다 주차하십니까?"

운전사는 회색 민소매 티셔츠를 입었다.

"그런데, 뭐, 단속하시게?"

"블랙박스 좀 볼 수 있을까요?"

"뭐할라꼬?"

"협조 좀 해주십시오."

"내는 뭘 얻는데?"

복형사가 운전사를 정면으로 바라보았다.

"국가가 하는 일인데 협조 좀 부탁드립니다."

복형사가 5만 원짜리를 하나 건넸다.

"첨부터 국가가 하는 일이라고 말을 하시지."

복형사가 트럭의 블랙박스 동영상을 휴대폰에 옮긴 후 자신의 차로 돌아왔다. 운전사는 마을로 들어갔다. 복형사가 영상을 재생했다. 최운택의 사진이 동봉된 첫 번째 우편물의 소인은 11일이었다. 정학성의 소인은 18일이었다. 정학성이 자살한 날은 16일에서 17일로 넘어가는 새벽이었다. 동영상은 20일부터 저장됐다. 이벤트 파일을 열었다.

다행히 18일 03시 15분에 찍힌 영상이 남았다. 위치는 현재 주차한 방향과 같았다. 불빛이 화면 안으로 들어오더니 차 한 대가 우체통 앞에 정차했다. 어두워서 정확히 알아볼 순 없지만 SUV였다. 한 남자가 차에서 내려 우체통으로 걸어갔다. 손에 무언가를 들었다. 서류봉투로 추측할 정도의 크기였다.

죽음을 담은 빨간색 봉투일 것이다.

경찰서로, 최소한 형사과장은 알아야 된다는 듯 알린 죽음이다. 제보가 아니라 경고다. 다음 이벤트엔 화면 안에서 자동차가 사라지는 9초짜리 영상이었다. 놈의 차가 카메라와 가장 가까울 때 영상을 정지했다. SUV 차량을 휴대폰으로 검색하면서 비슷한 모양을 찾았다.

레토나.

놈이 타고 온 건 생산이 중단한 지 오래된 자동차였다. 빨간 봉투 안에 오래된 이야기가 담겼을까.

6

밤 11시가 다 돼서 하과장이 집에 들어왔다. 아이들은 자고 지숙과 처조카가 식탁에서 와인을 마시고 있었다. 넉살 좋은 처조카와 포옹을 하고 손만 씻은 후 하과장도 술자리에 합석했다. 지숙이 두릅나물을 안주로 내왔다.
"연정 두 명하고 같이 마시니까 좋네."
지숙이 두릅을 고추장에 찍으며 말했다. 처조카가 어릴 때 막내 이모랑 결혼하겠다고 했다. 그 후 하과장이 처조카를 연정이라 불렀다. 처조카는 해병대에서 복무 중이었다. 군 생활에 대해 흥미가 없을 두 사람에게 무용담을 들려주었다.
"이모부도 공수부대 출신이시니까, 잘 아시겠지 말입니다."
"그러고 보니까 자기는 군대 얘기를 통 안 해. 다른 남자들은 많이 한다던데. 아주 좋은 점이야. 너도 이모부처럼 나중에 여자한테 군대 얘기하지마."
와인에서 맥주로 넘어갔다. 맥주가 모자랐다. 하과장이 술을 사오겠다며 일어섰다. 처조카가 다녀오겠다고 했고 지숙도 애를 시키라고 거들었다. 하과장은 한사코 자신이 가겠다며 밖으로 나왔다.
이제 오월은 여름이다.
낮엔 오존주의보가 내릴 정도로 더워도 밤이 되면 서늘했는데 엊그제부터는 밤에도 긴팔이 필요 없게 됐다. 편의점 앞엔 낯익은 일상과 낯선 발걸음들이 뒤섞였다.

하과장이 편의점 ATM기에서 30만 원을 뽑았다. 지숙이 좋아하는 육포를 사려다 도로 내려놓았다. 입맛이 까다로운 아내가 편의점에서 산 육포를 먹을 리 없다. 맥주와 담배만 사고 나왔다. 파라솔 아래에 앉아 담배를 피웠다. 고등학교 1학년쯤 돼 보이는 남자애들 세 명과 여자애들 두 명이 가로수 앞에서 담배를 피웠다.

아이들은 이 세상에서 언제라도 미끄러지겠다는 듯 흐느적거렸다.

십여 미터쯤 떨어진 거리에서 하과장을 흘끗거렸다. 대장으로 보이는 남자 아이는 하드 투블럭컷의 모히칸 스타일이었다. 모히칸이 가래를 끌어올리며 하과장 쪽으로 뱉었다. 그걸 본 아이들이 낄낄거렸다. 한 여자아이는 무표정한 하과장의 반응을 흉내 냈고 이를 본 다른 아이들이 박수를 치며 웃었다. 예전 같았으면 아이들에게 훈계했을 것이다. 경찰을 우습게 아는 나라지만 아이들은 경찰 신분증만 보여주어도 얼게 마련이다. 내 힘으로 바꿀 수 있을까. 그동안 잡았던 범인들은 죗값을 치르고 사회에 나와서 회개하고 사회적 인간이 됐을까.

사회는 악을 단속하면서 용납한다.

관용하기 위해 단속하는 걸 수도 있다. 사회가 수용하지 않는 악이라고 해서 수용하는 것보다 더 악랄한 것이라고 할 수 없다. 우발적으로 표출된 악이 계획적으로 실행된 악보다 형벌이 낮다.

우발을 가장한, 준비된 악을 가려낼 수 있을까.

아이들이 하과장 쪽으로 왔다. 아이들 중 두 명이 편의점으로 들어가고 나머지 세 명이 하과장 옆 테이블 의자에 앉았다. 한 아이는 플라스틱 의자에 엉덩이를 반도 안 되게 걸쳤다. 욕은 아이들에게 패션인 것 같다. 하과장이 벌떡 일어나 집 방향으로 걸었다.

"개쫄았나?"

아이들이 하과장의 뒷모습을 보며 손가락질했다.

하과장이 안방으로 들어가서 장롱 서랍을 열었다. 사진첩을 25년 전으로 넘겼다. 군대 동기들 다섯 명이 찍은 사진에서 멈췄다. 혈기왕성한 남자 다섯 명.

인간과 짐승의 교집합이 가장 팽창했던 시절.

진짜 짐승이 되거나 가짜 인간이 되는 갈림길에서 다섯 명의 동기들이 준비된 사슴의 눈빛으로 카메라를 보았다. 사진이 기록한 순간은 순간들의 총체를 정확히 압축시켜 포착하기도 하지만 총체와 이질적이기도 하니까. 모두 삽 한 자루씩 지팡이처럼 짚은 채 어깨동무를 했다. 진지 공사든 철책이든 삽이 필요한 작업을 하다가 사진을 찍었으리라. 표정만으로는 따뜻한 시절로 보였다. 오른쪽 끝이 최운택이다. 가운데가 정학성. 다른 두 명의 이름은 기억나지 않았다. 군대 동기 두 명이 비슷한 시기에 죽었다. 우연일 수 없다.

공통분모가 숨겨진, 우연처럼 보이는 계획일 것이다.

지숙이 들어왔다.

"군바리 보니까 옛날 생각 나?"

"수건에다 얼음 좀."

"머리 아파? 타이레놀 줄까? 아, 술 마셨지."

"세형이한테 들려 보내."

"왜?"

"할 말 있어서."

처조카가 얼음을 비닐에 담아서 수건과 함께 가져왔다.

"괜찮으세요?"

하과장이 편의점에서 찾은 돈을 건넸다.

"헌법 29조. 군인이나 경찰공무원은 전투, 훈련, 직무집행 등에 따른 손해에 대하여 국가에 배상을 청구할 수 없다. 국가배상법 2조에서도 그렇게 규정하고 있고. 제대할 때까지 떨어지는 낙엽도 조심해."

"명심하겠습니다. 저, 그리고 이모부……"

"왜?"

"아, 아닙니다. 주무세요."

하과장이 끙끙거리며 일어나자 지숙도 잠에서 깼다.

"늙은이처럼 신음 소리를 다 내네. 이제 자기도 다 됐나 보다."

하과장은 꿈을 꾸었던 것 같은데 기억이 나지 않았다.

"머리는 괜찮아?"

"세형이 갔어?"

"이 시간에 어딜 가. 옷 방에서 자. 웬일로 씻지도 않고 자네?"

하과장이 샤워를 마치고 나오자 문득 발기가 됐다. 지숙의 엉덩이를 더듬었다. 슬립을 걷고 만지작거리자 지숙이 깼다.

"왜?……"

"몰라서 물어?"

하과장이 지숙의 젖가슴을 움켜쥐었다.

"아파."

지숙의 팬티를 내리고 곧바로 삽입하려 했지만 건조했다.

"이럴래?"

"미안."

하과장이 지숙을 애무했다. 지숙은 하과장의 머리를 만졌다. 현장에서 뛸 때 하과장은 범인한테 머리카락이 잡히면 안 된다며 까까머리를 고수했다. 목티를 입혀 놓으면 조직폭력배로 봐도 무방했다. 섹스를 할 때만 짧은 머리카락이 좋았다.

지숙을 향해 들어오는 욕망의 파편들 같았다.

형사과장이 되면서 남편은 지숙의 요구대로 머리를 길렀다. 부부관계를 할 때, 지숙은 남편의 까까머리가 그리웠다.

"니무 늦은 거 아니야?"

새벽 5시였다.

"늦었다고 생각할 때가……"

지숙이 코를 벌름거렸다.

"늦긴 하지."

지숙이 줄리아 로버츠처럼 입으로만 활짝 웃었다.

"피임해야 되는데."

"있어?"

"아…… 없다."

하과장이 거세졌다.

"위험한데……"

지숙이 손으로 입을 막았다. 아이들은 잘 깨지 않지만 옆방에서 자는 조카 때문이었다.

"안 되겠다."

"싫어?"

"착상되기 딱 좋은 날이야."

하과장이 아내한테서 나왔다. 거칠게 숨을 쉬더니 점차 안정이 됐다.

"세형이는 아까 무슨 할 말 있던 거 같은데?"

"부대에서 사고가 있었나 봐."

세형이 속한 중대의 중대원 한 명이 자살을 시도해서 병원에 입원했다. 생명에는 지장이 없었다. 그는 유서를 썼다. 선임병들의 정신적 억압 때문에 더이상 군 생활을 할 수가 없어서 죽는다는 것이었다. 헌병대가 조사 중인데 제대 날짜가 얼마 남지 않은 세형의 이름이 가해자 중 한 명으로 유서에 올랐다.

"세형이는 때리진 않았대. 정신적 억압이라는 게 문제가 될까?"

"안 죽었으니 괜찮겠지."

"우리 도영이는 군대 안 보낼 뾰족한 수가 없을까?"

"자자."

하과장이 눈을 떴다. 알람이 울리기 5분 전이었다. 지숙의 숨소리가 들렸다. 좋은 여자다. 한 때 놓칠 뻔 했다. 아무것도 아닌 이유였고 어렵게 관계를 회복했다. 서로가 온전히 이해

하지 못한다는 한계를 서로 알아챘고 그 순간 결혼을 결심했다. 가장 적절한 타이밍에 가장 필요한 지혜를 발휘한 것이다. 놓쳤다면 평생 후회했을 것이다. 군대 동기 중 두 명이 자살인지 타살인지 모호한 죽음을 맞이했고 누군가 의도적으로 현장의 사진을 보냈다.

도대체 왜……

사람의 교회

1

샹들리에가 성령을 담은 듯 빛을 발했다. 성진영 목사의 설교가 절정으로 치달았다. 커다란 예배당엔 빈자리가 없었다. 19도를 목표로 뿜어내는 에어컨의 냉기는 신도들의 열기를 가라앉히기에 역부족이었다. 성목사가 두 팔을 번쩍 들어 올리자 사람들이 동시에 "아멘"이라고 화답했다.

"내 주 하나님, 주만 따라가게 하소서."

성목사가 찬송가 한 구절을 불렀다. 분위기가 차분해졌다.

"예수님께서 말씀하셨습니다. 추구하는 사람은 찾을 때까지 계속해야 한다. 찾으면 혼란스러워질 것이고 혼란스러워지면 놀랄 것이다. 그런 후에야 그는 모든 걸 다스릴 수 있다."

성목사가 고개를 돌리며 신도들을 둘러보았다. 신도들은 의심의 여지없이 진리를 갈구하는 눈빛이었다.

궁극을 향한 순결은 통한다.

성목사는 자신감이 차올랐다.

"깨쳐라. 깨달아라. 네 속에 하느님을 찾아라! 네 속의 하느님이 바로 너다!"

성목사가 말을 멈추자 침묵이 흘렀다. 고요가 뜨거웠다. 성목사가 손수건을 꺼내서 땀을 닦았다. 성목사의 호흡이 마이크를 타고 신도들에게 전달됐다. 성목사가 땀을 닦은 후 마이크도 수고했다는 듯 손수건으로 닦았다.

"니도 덥나?"

신도들이 웃었다.

예배를 마치고 성목사가 출입문 앞에 서서 나오는 신도들과 일일이 악수했다. 나이 많은 분들에겐 건강하시라고, 젊은 사람들에겐 하는 일이 잘 되라고 덕담했다. 소망을 다독여 주는 것만으로도 이미 소망을 성취한 듯 목사의 말을 들은 신도들은 들떴다. 성목사가 한 임산부의 배를 두 손으로 감쌌다. 임산부는 감격스러워했고 이를 지켜보는 신도들은 아기가 축복을 예약받은 듯 흐뭇해했다. 머리가 희끗희끗한 남자가 성목사의 두 손을 꼭 잡았다. 소문을 듣고 새로 교회를 옮긴 사람이라고 자신을 소개했다. 다른 교회에선 예배 시간에 헌금함을 돌리는데 이곳은 2층으로 올라가서 개인적으로 헌금을 해야 하는 게 속물적이지 않다고 말했다.

담임목사실엔 성목사밖에 없었다. 간이침대에서 잠을 자던 성목사가 벨소리에 깼다. 창밖이 어둑어둑해졌다. 아내의 전화였다. 아내는 홍집사님이 게장을 만들어 왔다면서 동생 네도 왔으니 빨리 들어오라고 했다. 전화를 끊고 창문을 열었다. 밤꽃 냄새가 풍겼다. 교회 옆 공터 뒤편에 밤나무들이 즐비했다. 더위가 일찍 찾아와서 그런지 밤꽃이 성급하게 피었다. 군대 생활을 했던 부대의 담을 따라 밤나무가 많았다. 가을이 되면 날을 잡아 밤을 땄다. 유월이 되면 순찰을 돌 때 밤꽃 냄새를 피할 수 없었다. 순찰에서 돌아 온 병사들은 "좆같은 냄새"라며 투덜거렸다.

냄새보다 '좆같은' 건 기억이다.

성목사가 집에 들어섰다. 성목사의 두 아이들이 깍듯하게 인사했다. 처제의 아들, 민석은 인사하는 자세가 뻣뻣했다. 성목사가 민석의 볼을 만졌다. 처제는 성목사가 이모부지만 목사님이라 어려워한다고 말했다. 어른들은 식탁에 앉아 꽃게찜을 안주로 와인을 마셨다. 아이들은 거실에 펴 놓은 상에서 꽃게찜과 탄산음료를 먹었다. 성목사의 아내와 처제가 돌아가며 아이들을 챙겼다. 와인을 두 병 다 마시고 하나 더 딸지 주저했다. 성목사의 아내는 더 마시지 않겠다고 했다. 술이 약한 부목사는 화장실에 갔다가 말도 없이 작은 방으로 들어갔다. 성목사의 아내가 아이들을 씻게 하고 잠을 재웠다. 민석이는 미국에서 유학중인 큰딸 방에서 재웠다. 식탁엔 처제와 성목사가 남았다. 처제는 라운드 티를 자꾸 만지며 젖가슴을 단속했다. 기어코 와인을 한 병 더 땄다. 성목사의 아내가 토마토에다 치즈를 섞어 샐러드를 만들었다. 아내와 처제는 집 근처에 새로 생긴 초밥집에 대해 말했다.

"목사님이 좋아하시겠어. 회가 두툼하대."

"신선하기도 하고. 쫀득쫀득 씹힌다던데."

성목사가 화장실에 들어가 소변을 보려는데 발기가 됐다. 거울을 통해 붉어진 목덜미를 보았다. 아름답지 않은 마음은 가라앉을 것이다. 성목사가 리스테린으로 입안을 헹구고 욕실을 나와 식탁에 앉았다. 처제는 소파에 누워 텔레비전을 보았다. 아내가 성목사의 말동무가 되어 주다가 침실로 들어갔다. 성목사가 소파로 왔다. 처제는 잠이 들었다. 성목사가 거실에 불을 끄고 처제 옆에 앉았다. 부목사의 코 고는 소리만 간헐적으로 들릴 뿐 집안은 조용했다.

그동안 묵묵히 따라오던 부목사가 며칠 전에 처음으로 교회 운영에 대해 문제를 제기했다. 부목사의 순한 성격에서 그만큼이라도 이야기를 했다는건 가슴 속에서 오랫동안 갈등했다는 뜻이다. 독립을 위해 명분을 쌓는 것이리라. 부목사를 따라가는 신도가 별로 없을 것이다. 성목사가 처제의 손을 만졌다. 경제적인 이유 때문인지 처제는 늘 불안해 보인다. 안방에서 나온 아내가 왜 안 자느냐고 물었다. 성목사가 말씀 좀 더 듣고 자겠다고 대답했다. 방송에서 목사가 무릇 더러운 말은 입 밖에 내지 말라며, 에베소서를 설교했다. 아내가 물을 마시면서 저제를 보며 얘는 왜 여기서 사냐고 말한 후 깨우나 날고 안방으로 들어갔다. 성목사가 놓았던 처제의 손을 다시 잡았다. 불안감은 처제를 바라보는 자신의 시선일지도 모른다는 생각이 들었다.

성목사는 숨을 깊이 들이마셨다. 많은 세월이 흘렀다. 처음에 교회를 개척할 땐 막막했다. 어릴 때 살다가 떠났던 대구로 다시 와서 개척한다는 게 결코 쉬운 일이 아니었다. 천여 명의 신도를 거느린 교회로 성장할 줄 몰랐다.

교회가 성장하는 건 버림받은 축복일지도 모른다.

거대한 호응은 오히려 말씀의 품격을 낮출 때나 가능한 것이다. 많은 사람이 열광하는 대중 영화는 얼마나 가벼운가. 중심이 말씀에 있지 않고 우매의 제사에 있는 것이 현실이다. 성목사가 다용도실 옆에 있는 방으로 갔다.

미국에서 골프 유학을 하고 있는 딸아이의 흔적이 배어 있는 방이다. 유독 아빠를 따르는 딸이다. 한국에 올 때면 아빠와 시간을 많이 보내려 한다. 성목사의 형은 성목사가 딸과 사이가 좋은 걸 부러워한다. 형은 딸이 사춘기를 지났는데도 아빠를 소름 돋을 정도로 싫어하는 걸 종종 느낀다며 괴로워했다. 성목사가 민석이 옆에 누웠다. 민석에게서 미숙한 남자의 냄새가 났다.

2

하과장은 며칠 동안 군대 동기들의 이름을 떠올리는데 골몰했다. 가출한 여중생들한테 강제로 성매매를 시킨 사건에 대해 1팀장의 브리핑을 들으며 전략이 부족한 수사라고 꾸중을 하다가 한 명의 이름이 생각났다.

성진영……

목사가 된 성진영이 몇 년 전에 토론 프로그램에 나와 종교인 과세를 주제로 토론했다. 성진영은 과세에 찬성하는 입장이었다. 인신공격을 받으면서도 흥분하지 않고 유연하게 토론에 임했다. 상대편 목사는 목회 활동을 노동으로 폄하한다면서 공격했다. "거꾸로 생각해 볼 수도 있지 않습니까? 노동을 신성하게 보면 어떻습니까? 목회사를 노동사로 폄하하는 게 아니라 노동자와 목회자가 동등한 지위를 가지면요. 우리 모두는 하나님의 평등한 종이니까요."

하과장이 성진영의 신상을 파악했다. 퇴근하자마자 서울역으로 가서 기차를 타고 대구로 향했다. 기차에서 아내에게 전화를 걸었다. 출장을 간다며 집에 들어가지 못한다고 말했다.

"내일 속옷 갔다 줘?"

"아니. 그럴 시간에 애들 잘 챙겨."

항의성 침묵이 흘렀다. 하과장은 또 말실수를 했다는 걸 알아챘다.

"원래 잘 하는 사람한테 잔소리 하는 거야."
"너무 무리하지 마."
"알았어."
"적당히 요령도 피우고."
하과장이 웃었다.
"원래 잘 하는 사람한테 하는, 그런 거야. 나, 도영이 픽업하러 가야 해."
"사랑해."
줄리아 로버츠의 미소가 느껴졌다.
"저도요."
사랑한다고 말할 때 그 대답으로 아내는 꼭 존댓말을 썼다.
동대구역에 도착하니 10시가 넘었지만 후텁지근했다. 하과장이 우동을 주문했다. 옛날식 우동을 파는 프랜차이즈 식당이었다. 어릴 때 기차역에서 아버지와 먹던 옛날 맛이 아니었다. 지금 교회에 가봤자 문을 닫았을 것이다. 하과장이 택시를 탔다. 근처에서 하룻밤 묵고 내일 가는 게 현명할 것이다.
기어코 오늘 가고 마는 태도가 경찰대 출신이 아닌데도 경정 계급을 달아 주었다.
〈사람의 교회〉는 십자가를 제외하고 불이 꺼졌다. 역시 내일 아침에 올 걸 그랬다. 다시 택시를 잡으려면 상가 불빛들이 보이는 곳으로 오백 미터쯤 걸어가야 한다. 하과장이 교회의 마당을 빙 둘러 걷는데 안쪽 한 곳에 불이 들어온 게 보였다. 교회로 가서 문을 밀자 열렸다.
"아무도 없습니까?"

대답이 없었다. 로비의 자판기에서 나온 불빛으로 겨우 사물을 분별하는 게 가능했다. 하과장이 몇 번 성진영을 불렀지만 반응이 없었다. 예배당 문을 밀었다.

안에 천국이 있을 것처럼 출입문은 육중하게 열렸다.

역시 아무도 없는 걸 확인하고 로비로 나왔다. 위층에서 계시처럼 음악이 내려왔다. 계단을 올라가자 소리의 덩치가 커졌다. 음악을 따라 담임목사실 앞에 이르렀다. 문을 열자, 열렸다. 이곳은 두드리면 열리는 곳인가. 하과장이 휴대폰으로 라이트를 켰다. 고급스런 소파를 지나 원목으로 만든 넓은 책상 앞에 이르자 그 뒤로 걸린 성구(聖句)가 보였다.

사람에게 먹힘을 당하는 사자는 행복합니다. 그 사자가 사람이 되기 때문입니다.

사자에게 먹힘을 당하는 사람은 불행합니다. 그 사자도 사람이 되기 때문입니다.

-로기온 7.

음악은 이 공간이면서 다른 곳에서 흘러나왔다. 책상 뒤편에 있는 미닫이 문이 조금 열려있었다. 하과장이 미닫이문을 밀고 안으로 들어갔다. 담임목사실 전용 화장실이었다. 음악이 선명해졌다.

〈콜렉티브 소울〉의 〈Shine〉이 흘렀다.

어디선가 들었다. 피의 흐름이 멈추는 것 같은 순간이었다. 흑백사진과 〈Shine〉은 같은 순간에서 파생된 유기체들일지도 모른다는 생각이 들었다.

죽음이 느껴졌다.

빛으로 안을 살폈다. 생명을 빨아들인 검붉은 액체는 고요했다. 욕조 안에서 성진영이 천장을 보았다. 하과장은 침착한 자신이 이상했다. 예상이라도 하고 왔던가. 이미 두 번, 사진으로 같은 방법의 죽음을 보았기 때문일까. 사진에서는 들리지 않았던 음악이 반복적으로 재생되었다. 성진영의 왼쪽 가슴 주머니에 휴대폰이 꽂혀 있었다. 음악은 휴대폰에서 흐르는 것이었다. 성진영은 검은색 목회자 가운을 입고 빨간색 스톨을 걸쳤다. 스톨 아래 양쪽에 노란색으로 십자가가 새겨졌다. 최운택과 정학성의 마지막도 정장이었다.

죽음에 대한 예의일까. 죽음을 통해 가르친 예의일까.

다른 두 명의 동기가 죽을 때도 그 현장에 그들의 휴대폰에서 〈Shine〉이 재생됐을 것이다.

자살이 아니다.

하과장이 목사실로 와서 소파에 앉았다. 정면으로 보이는 벽에 예수님의 형상화가 걸렸다. 하과장은 당신이 초대한 공간에서 왜 이런 이벤트를 벌이셨는지 묻고 싶었다.

신이 인간을 창조했다면 인간이 벌인 모든 짓은 결국 신의 짓이 아닌가.

하과장이 신을 버리면서 신학교를 다니던 사촌 형한테 했던 질문이다. 사촌 형은 밥이나 먹자고 했다. 사촌 형은 목사가 되었다가 그만두고 지금은 한식 뷔페를 운영한다. 사촌 형이 식당을 개업하고 몇 년 후에 왜 목회 활동을 그만두었느냐고 물었다. 셀 수 없이 기도했는데, 한 번도 내 기도에 응답한 적이 없어. 무응답도 응답이잖아. 그건 기다릴 줄 아는 사람들의 말이지.

두 사촌의 의심은 신을 담기에 작은 마음이었다.

경찰에 신고한다면 왜 교회로 왔는지 설명해야 할 것이다. 여기까지 오지 않고 전화 통화를 할 수도 있었다. 왜 통신의 흔적을 남기지 않으려 했을까.

나는 무언가 알았던 걸까. 아주 오래전에 누군가 여기로 오게 설계했던 걸까.

"Show me where to look"

콜렉티브 소울이 노래했다. 하과장은 자신이 만진 곳에 묻었을 지문을 손수건으로 지웠다. CCTV를 지운다고 해도 복구할 것이다. 하드 드라이브를 떼서 들고 나가야 한다. CCTV를 녹화한 컴퓨터가 어디 있을까. 하과장이 휴대폰을 꺼내 복형사에게 전화를 걸려다 말았다. 진동이 울렸다. 아내. 받지 않았다.

"목사님."

1층에서 소리가 들렸다. 중저음의 남자 목소리였다. 휴대폰을 무음으로 바꿨다. 지금 노출된다면 빼도 박도 못한다. 사무실을 열고 다니는지 중저음이 아래층에서 맴돌았다. 2층으로 올라오려는지 계단 쪽으로 인기척이 움직였다. 하과장이 신발을 벗고 3층으로 올라갔다. 중저음이 2층으로 올라오는 소리가 울렸다. 남자의 발걸음도 목소리처럼 굵었다. 담임목사실에서 콜렉티브 소울의 노래는 계속 흘러나왔다.

노래가 중저음을 유도했다.

먼저 경찰에 신고했어야 했을까. 배달된 두 명의 자살 사진을 경찰에게 보여주고 모든 걸 솔직하게 말한다면 경찰이 알아먹을까. 제대한 후 성진영과 전혀 교류가 없었다. 텔레비전에서 한 번 봤을 뿐이다. 십자가 모양의 시계를 찬 목사가 성진영을 공격하면서 불순하다고 말했다. 성진영 목사가 전파하는 도마복음은 토마스가 예수님의 말씀을 왜곡한 것이라고 공격했다. 예수님이 부활했을 때 토마스는 이를 의심해서 직접 만져보았다면서 불경하고 유물론적인 인간이라고 했다. 오랫동안 검증된 예수님의 진리를 호도한다는 것이었다. 십자가 시계를 찬 목사는 성진영이 이단이기 때문에 종교인 과세를 주장한다는 논리를 폈다. 성진영은 방어하지 않았다. 현신된 진리처럼 인자하게 웃으며 당신이 하는 말과 당신이 배우고 익힌 말씀이 얼마나 다른지 당신도 알고 있지 않느냐는 표정으로 상대를 보았다. 제대 후 하과장이 아는 성진영은 그게 전부다.

누군가 이 모든 상황을 연출한 걸까. 내 동선을 관찰하며 성진영을 죽이고 날 기다렸을까. 이토록 고도로 계산된 범죄는 영화에나 나오는 것이다. 현실의 범죄는 과잉과 우연이 얽히고 설켜 만들어낸 실존적 무질서에 불과하다. 오늘 대구에 온 건 필연이 아니다. 내 심리와 행동을 예측해서 먼저 성진영을 죽이고 날 곤경에 빠뜨리려 했다면, 그 능력은 신의 영역이다. 신이 날 초대해서 궁지에 몰아넣어 벌하려는 걸까.

왜 그때 당신을 비난하고 버렸느냐고 복수하는 걸까.

범인이 두 명일까?

세기말에 콜럼바인 고등학교에서 총으로 13명을 죽인 범인도 두 명이었다. 범인 중 한 명인 딜런 클리볼드라는 이름은 그의 부모가 시인 딜런 토마스의 이름을 따서 지었다. 딜런 토마스는 죽음이 우리를 지배하지 못한다고 했지만 딜런 클리볼드는 타인의 죽음을 지배하려 했고 자신도 죽음에 지배당했다. 또 한 명의 범인은 '신이여, 저는 살인을 그만둘 수 없습니다.'라고 했다. 최운택, 정학성을 죽인 후 성진영을 죽이면서 놈도 같은 심정이었을까.

그만둘 수 없다면 다음은 누구일까.

또 한 명의 동기는 누구였던가. 인지저하증의 유전자가 벌써 작동을 하기 시작한 것 같다.

중저음이 끊겼다. 담임 목사실로 들어간 모양이다. 허둥거리는 소리가 들렸다. 중저음이 얽혔다. 하과장이 복도 창문을 보았다. 교회 옆 공사장에 크레인이 서 있었다. 잠시 후면 경찰과 구급대가 올 것이다. 자살이나 자연사라고 해도 병원에서 일어난 일이 아니면 먼저 경찰이 소사를 한다. 수상하냐면 현장을 보존하고 수사한다. 수상하지 않다면 자살로 처리하고 시신을 수습한다. 숨었다가 경찰이 조사하는 혼란한 틈을 타서 경찰 신분증을 보여주고 예배당으로 들어가는 건 어떨까. 마침 성진영을 찾아온 길이라고 한다면. 누가 믿을까.

통하는 건 진실보다 논리다.

논리보다 현장을 지배하는 감정이 더 힘을 발휘하기도 한다. 공감을 얻지 못한 진실은 위험한 변수에 불과하다.

하과장이 옥상으로 통하는 문을 열었다. 크레인과 교회 건물의 거리가 사람 키 정도 돼 보였다. 공사장 너머엔 요양 병원 건립에 참여한 관계자들을 모두 요양 병원에 보내겠다는 현수막이 걸렸다. 사이렌 소리가 멀리서 들렸다. 서치라이트 불빛이 어둠을 가르며 교회를 향해 다가왔다. 하과장은 문득 아들이 하는 컴퓨터 게임의 화면을 보고 있는 것 같았다. 이 모든 게 가상이지 않을까. 전원을 끄면 현실로 돌아갈 수 있지 않을까.

불경한 꿈이라면 좋으련만.

하과장이 옥상 난간을 넘었다. 바람 한 점 없는 밤이었다. 어디선가 부엉이가 울었다. 하과장이 크레인으로 몸을 날렸다. 겨우 계단을 잡았지만 손이 베였다. 크레인이 흔들거렸다. 크레인 아래로 내려왔다. 경찰차가 교회 입구까지 왔다. 하과장이 공터를 가로질렀다. 공사를 하면서 물을 많이 뿌렸는지 땅이 질퍽했다. 철제로 된 벽 사이로 사람 한 명이 드나들 만한 공간을 찾았다. 밖으로 나와 주위를 둘러보았다.

어둠 사이로 가로등이 돌담길을 펼쳐 놓았다.

사람 키보다 큰 돌담길 위로 짙은 푸름이 담을 타고 내려왔다. 정형화되지 않은 각각의 돌담 모양이 각각의 표정으로 하과장을 희롱하는 것 같았다. 하과장이 누구도 만나지 않길 바라며 걸었다. 군대를 제대하고서 후임이든 선임이든 동기든 그 누구도 일부러, 우연히라도 만난 적이 없다.

설계자가 있다면 우리의 해후를 막기 위해 동선들을 통제한 것처럼.

반대편에서 자전거 한 대가 다가왔다. 자전거가 가로등 아래를 지났다. 교복 아래로 드러난 허벅지의 흰 살결이 달빛과 교배하듯 빛났다. 하과장이 주머니서 휴대폰을 꺼내 통화하는 척했다. 자전거가 지나갔다. 여학생이 흘끗거렸던 것 같기도 했다. 나중에 목격자가 될지도 모른다. 비교적 큰 키에 베이지색 재킷을 입은 아저씨가 어딘가 모르게 경직되어 길을 걸었다고 진술할지도 모른다. 눈빛이 불안했다고, 정확히 보지 못했으면서 유도 심문에 넘어갈지도 모른다. 하과장이 뒤돌아보았다. 공사 현장에서 묻혀 온 진흙 때문에 신발의 무늬가 바닥에 남았다. 경찰이 동선을 찾아내기 전에 비가 내리기를 바라는 수밖에 없었다. 하과장이 더 빨리 걸었다. 삼거리가 나왔다. 횡단보도를 건너자 도로를 따라 인도가 넓어졌다. 〈도깨비공원〉이라는 팻말이 보였다. 하과장이 벤치에 앉았다. 〈바톤핑크〉처럼 땀이 쏟아졌다. 비가 내려야 한다. 아직 오월인데 사흘 연속 최고 기온이 30도를 넘어 섰다.

놈이 보고 있을 것만 같았다.

하과장은 물을 마시고 싶었다. 도로 건너편에 편의점이 보였다. 행적을 남겨선 안 된다. 욕구를 참는데 콜렉티브 소울이 들렸다.

Tell me what will I find

3

　복형사가 팔룡폭포 입구 안내판에서 여덟 마리의 용이 승천하기 위해 나머지 한 마리의 용을 기다리던 곳이라는 설명을 읽었다. 우체통이 잘 보이는 곳에 주차한 후 기다렸다. 살인의 현장은 아니지만 발화의 현장이기 때문에 범인이 다시 이곳으로 올지도 모른다. 범인의 뜻이 아직 정확히 전달되지 않았기 때문에 할 말이 남았을 것이다.
　복형사가 시내로 차를 몰았다. 모텔에 들어와 씻었다. 카운터에 전화를 걸어 냄새가 난다고 말했다.
　"그럴 리가 없걸랑요."
　"나는데 어째요."
　주인이 방을 바꿔주었다. 이 지역에서 나는 특유의 냄새인 것 같았다. 복형사가 편의점에서 사 온 소주와 오징어를 먹었다. 홈쇼핑 채널에서 여자 속옷을 판매했다. 쇼핑 호스트가 팬티 속을 애무하듯 만졌다. 소주 한 병을 비우고 나니 열이 돋았다. 냄새도 무뎌졌다. 복형사가 담배를 피우기 위해 재떨이 안에 라이터를 집어 들었다. 라이터에 출장 마사지의 전화번호가 있었다.
　"예쁠 때까지 빠꾸합니다."
　복형사가 텔레비전을 보다가 깜빡 잠이 들었다. 노크 소리에 깼다. 여자가 비스듬히 서서 인사했다. 복형사가 여자를 물끄러미 보았다.
"눈 높은 아저씨라는데, 나, 빠꾸?"
"그럴 리가. 이름은?"
"체리요."
체리가 겉옷을 벗고 손을 내밀었다. 복형사가 돈을 주었다.
"안 벗어요?"
복형사가 냉장고에서 맥주를 꺼내 탁자에 두고 소파에 앉았다.
"앉아."
"일할 땐 술 안 해요."
"받기라도 해."
체리가 복형사 옆에 앉았다. 복형사가 맥주를 따르려는데 체리가 컵을 들고 일어섰다. 화장실에 가서 컵을 물로 헹군 후에 돌아왔다. 복형사가 맥주를 따랐다.
"본명은?"
"체리만 알믄 되지 머."
복형사가 거울을 통해 체리를 보았다. 멀리서 봐야 더 잘 보인다.
"보통 한 시간인가?"
"그렇죠. 한 시간 동안 이러고 술만 마시는 건 아니겠죠?"
"왜, 안 돼?"
"나야 좋지만……"
복형사가 맥주를 들이켰다. 체리는 곁눈질로 복형사의 목울대가 움직이는 것을 보았다.

"정말, 안마 안 받아요?"

"니가 더 피곤해 보이는데, 누가 누구한테 받아."

"그럼 나, 이러다 가요?"

"가기 싫으면 안 가도 되고."

체리가 비웃었다.

"뭐, 원하는 건 없어요?"

"노래 한 곡 할 거야?"

"노래 못하는데."

"그럼, 이야기나 해."

체리가 브래지어를 벗었다. 실컷 보라고 했다. 체리는 자신의 이야기를 하지 않았다. 요즘 남자들이 어떻다는 이야기, 텔레비전 드라마 이야기 등을 늘어놓았다. 체리가 나갔다. 복형사가 맥주를 한 캔 더 마시다가 잠이 들었다. 청각이 거슬려서 깼다. 달달한 꿈을 꾼 것 같았다. 탐하고 있었다. 전처가 떠난 후 여러 여자의 몸을 탐했다.

소용없었다.

복형사가 창문을 열었다. 밖에서 시비가 붙었는지 시끄러웠다. 텔레비전을 틀었다. 채널이 많아지면서 볼거리는 줄었다. 다시 잠을 청해봤자 오지 않을 것이다.

복형사가 밖으로 나갔다. 편의점 앞에서 중년의 남자들이 멱살을 잡은 채 목소리 대결을 하고 있었다. 복형사가 횡단보도를 무단으로 건넜다. 순복음 교회, 경천 성전 뒤편으로 가자 네온사인들이 위태로워 보였다. 복형사가 실내 포장마차로 들어가려는데 누군가 팔을 쳤다.

"혼자서 술 마시게요? 청승맞구로."

체리가 팔짱을 꼈다.

"같이 마셔줄 사람이 있어야지."

"눈물 나네."

체리가 휴대폰으로 시간을 확인했다.

"잠충이는 아이네. 여기 말고 좀 분위기 있는 데로 가요, 우리."

체리가 앞장섰다. 두 사람이 미국 시골에 있을 것 같은 바에 들어갔다. 체리가 휴대폰을 들고 화장실에 갔다가 돌아왔다.

"결혼했어요?"

"이혼도 했지."

"이혼 당하는 남자는 다 이유가 있다 카던데."

"우리 외삼촌이 교통사고로 돌아가셨는데, 이유가 있었을끼?"

"그게, 그게 아이지."

"그게 그거야."

"이 오빠 웃기네."

"그런 소리 많이 들어."

관계에 어울리는 하나마나한 말들이 오갔다. 체리가 피곤해 보이고 싶어선지 목을 만졌다. 복형사는 머리가 지끈거렸다. 체리가 연실 하품을 하더니 집에 가겠다고 했다.

체리가 나갔다. 복형사가 맥주를 한 병 더 마시고 밖으로 나왔다. 어지러웠다. 순복음교회 뒤편에 주차장으로 들어갔다. 자동차는 한 대도 없었다. 창고 옆에서 소변을 본 후에 사과 박스 위에 앉았다. 두 손으로 머리를 잡았다. 괴로웠다.

퍽!...... 소리가 들리는가 싶더니 뒤통수가 서늘했다. 복형사가 그대로 고꾸라졌다.

네 개의 발소리가 맴돌았다. 한 놈이 복형사의 등에 올라탔다. 복형사의 주머니서 지갑을 꺼냈다. 한 놈이 신용카드를 들고 사라졌다.

"국민카드 비밀번호?"

"니들 좆됐어."

"닥치라. 직이삔다."

놈의 주먹이 바닥에 붙은 복형사의 오른뺨을 쳤다. 복형사가 이를 악물었다. 주차장 건너편을 봤지만 지나다니는 사람이 없었다. 교회만큼 주차장도 컸다. 주차장 입구 너머 회색 건물은 주차장에서 벌어지는 범죄를 충분히 가려줄 만한 높이였다. 경찰 신분증이 들어있는 지갑은 모텔에 두고 명함 지갑만 가지고 나왔다. 경찰이라고 말하면 비웃음만 살 것이다. 복형사가 욕을 했다. 오른뺨에 주먹이 또 날아왔다. 놈이 칼을 꺼내 복형사의 관자놀이를 눌렀다. 돌멩이를 들고 칼을 치기라도 할 태세였다.

"국, 민, 카, 드, 비, 밀, 번, 호?"

"1, 2, 1, 9."

놈이 전화를 걸어 비밀번호를 불렀다. 잠시 후 전화가 왔다. 놈이 복형사의 머리를 들고 세 번 주먹질을 했다. 과거를 잊을 만큼 핑 돌았다. 놈이 뛰어갔다. 복형사가 눈을 뜨려고 애썼지만 눈꺼풀이 무거웠다. 놈의 티셔츠 뒷면에 새겨진 글씨에 초점이 들어왔다.

'I AM DICTATOR'…… 어디서 봤더라…… 1219는 전처의 생일이다.

내일 분실 신고를 하고 비밀번호를 바꿔야겠다. 이로써 전처의 흔적은 어디에도 남지 않게 됐다. 신용카드를 없애고 체크카드로 바꾼 것이 그나마 다행이었다. 주변 CCTV를 조사하면 놈들을 찾아낼 수 있겠지만 서장한테 보고되는 것보다는 돈을 털리는 게 낫다.

복형사가 눈을 뜨자 사람들이 하루를 시작하기 직전의 시간이었다. 머리가 깨질 듯 아팠다. 휴대폰 메시지를 확인했다. 215만원이 출금됐고 잔액은 8159원이었다. 하과장한테 받은 돈이 고스란히 놈들에게 갔다. 주차장을 간신히 빠져나와 벤치에 앉았다. 단순한 숙취가 아니다. 서장 말에 의하면 30대 중반은 아직 돌덩이도 소화시킬 나이니까.

술집 화장실에 갔다 오다가 'I AM DICTATOR'를 봤다. 술집에서 화장실에 간 동안 체리가 술잔에 약을 탔을 것이다. 화장실에 가서 놈들에게 연락했을 것이다. 체리는 화장실에 세 번 갔다. 방광에 문제가 없다면 세 번이나 다녀올 만한 시간이 아니었다. 놈들은 술집에서 대기하다가 체리와 함께 있던 호구를 뒤쫓았을 것이다. 전화번호를 주지 않은 체리를 다시 보게 생겼다.

4

하과장은 사진 속의 성진영이 자신을 쳐다보고 있는 것 같았다. 25년 전에도 이렇게 마주 본 적이 있었다. 비가 억수로 내리던 날 새벽에 하과장이 근무를 복귀해서 침상에 앉았다. 맞은편에서 관물대에 등을 기대고 앉아 있는 성진영과 눈이 마주쳤다. 성진영은 무릎에 성경책을 놓은 채 울고 있었다. 왜 우느냐고 묻지 않았던 것 같다. 소리 없는 울음이 모든 걸 말해 주었다. 성진영은 진리가 무엇인지, 자신이 누구인지 찾는 중이었을 것이다.

성진영의 현장 사진이 오전에 배달됐다. 소인은 경천 중앙 우체국이었다. 하과장이 실소를 흘렸다. 빨간 서류 봉투 속에 성진영의 죽음을 보고 있는 하과장의 모습이 들어있을지도 모른다고 생각했다. 놈은 혼자서만 즐기는 고약한 게임을 하고 있다. 놈이 보고 있는 게 분명하다.

놈은 25년 전부터 동기들을 관찰해 왔는지도 모른다.

하과장이 경찰서 마당에 있는 자동차에 탔다. 거리가 휑했다. 도시를 다시 세팅하려고 사람들이 거리를 비운 것 같았다. 모든 게 무너지고 처음부터 시작한다면 어떨까. 열심히 살았을 뿐이다. 그것만으로도 옳다고 믿어왔다. 사람들로부터 칭송을 받는 방향으로 왔다.

무엇을 놓쳤을까.

하과장이 야구 연습장 앞에 차를 세웠다. 2층으로 올라갔다. 야구를 하는 사람은 없었다. 두 게임을 했다. 무슨 목적으로 죽은 동기들의 사진을 찍어 보내는 걸까. 앞에 나타나서 하고 싶은 말을 하던가. 철제계단이 울리는 소리가 들렸다.

쇳소리가 심장을 베는 것 같았다.

하과장이 배트를 옆에 놓고 한숨을 내쉬었다. 타살일 수밖에 없다. 성진영을 죽이고 욕조에 넣은 후 손목을 그었다. 욕조 안에 피가 퍼지는 것을 보며 미소를 지었을 것이다. 사진을 받아 볼 형사과장의 표정을 상상하며 낄낄댔을 것이다. '경찰이란 놈이 겁은 많아가지고......' 하면서.

껌을 잘강잘강 씹으며 남자가 문을 열었다. 눈이 벌게진 하과장이 뒤로 한 걸음 물러났다. 남자가 멈칫하더니 하과장을 멀뚱하니 보았다. 하과장의 눈동자에 수은등이 반사되었다. 하과장이 배트를 놓았다. 마지막 군대 동기의 이름이 생각났다.

백두태......

하과장이 밖으로 나와 거칠게 날숨을 뱉으며 의자에 주저앉았다. 돌아갈 수도 없고 떠나오지도 못한 과거가 몸을 짓누르고 있는 것 같았다.

적란운이 도시를 짓눌렀다. 하과장이 경찰서로 차를 몰았다. 과속 단속 카메라가 번쩍였다. 조회를 했지만 백두태에 대한 생활반응은 없었다. 휴대폰 번호도 주소도 아무것도 드러나지 않았다. 실종 신고도 없고 사망신고도 되지 않았다. 백두태는 어딘가에서 중단된 것이다. 하과장이 강남경찰서 민계장에게 전화를 걸었다.

"웬일이야? 야밤에."

"사람 좀 찾아달라고."

"잘 지냈고?"

"이름은 백두태."

"그게 다야?"

"7518 부대에서 군 생활을 했고. 주민번호랑 복무기간은 문자로 보내줄게."

"야밤에 개인적으로 전화를 해서 찾아달라고 하는 건, 은밀하게 찾아서 은밀하게 보고하라는 뜻이지?"

"그래. 찾으면 술 한 잔 거하고 쏠게."

하과장이 전화를 끊고 나서 창문을 열고 담배를 피웠다. 달빛 옆을 흐르는 진한 회색 구름이 보였다.

백두태는 어디에 있을까.

범종공장

1

공장 굴뚝에서 연기가 솟아올라 새벽안개와 섞였다. 하나둘 숙소를 나온 직원들이 공장 마당에 모였다. 평균 오십대 중반 정도 되는 사람들이 공장장의 구령에 맞춰 국민체조를 했다. 쇳밥을 먹은 지 평균 이십 년이 넘었다. 동작을 바꿀 때마다 여기저기서 신음소리가 났다. 직원들이 체조를 마치고 공장으로 들어갔다. 경력이 가장 짧은 백두태가 종을 쳤다.

새벽엔 스물여덟 번을 친다.

종을 치는 백두태의 표정이 신성했다. 백두태가 어릴 때 아버지가 건설노동자로 쿠웨이트에 갔다. 할머니는 새벽에 정갈한 차림으로 마당에서 정화수 한 그릇을 놓고 빌었다. 빠뜨리는 날이 없었다. 할머니는 매일 아버지가 무사히 돌아오기만을 바랐다.

할머니의 새벽은 신성했다.

가마가 끓었다. 일을 시작하기도 전에 직원들의 이마에 땀이 맺혔다. 사장은 1200도 부근에서 견디며 일하는 노동자들이야말로 위대한 사람들이라고 말한다. 사장의 말을 인정하는 사람이든 비웃는 사람이든 모두 그 말에 종속된다. 백두태가 가마 옆을 지나면서 땀이 눈으로 들어가지 못하게 닦아냈다.
 견딜 수 있어서 견디는 게 아니다. 다른 수가 없기 때문에 견디는 것이다.
 충남 서산에 있는 대준사에서 십여 명의 신도들과 두 명의 스님이 공장을 찾았다. 신도들은 모두 노인들이었다. 이번에 작업하는 9톤짜리 범종은 대준사에서 주문한 것이다. 종이 잘 만들어지길 기원하기 위해 신도들이 공장을 방문했다. 공장 한 가운 데에 상을 펴고 한지를 덮은 후에 시루떡, 수박, 토마토 등을 올려둔 후 고사를 지냈다. 주지 스님의 암송에 맞춰 노인들이 기도했다. 고사 상 뒤로 백두태가 쇠봉을 들고 지나다 멈춰 섰다.
 구할수록 멀어질 것이다.
 노인들은 온 마음을 다해서 바라던 것이 이뤄진 경험이 없을 것이다. 이루지 못하고 바라기만 하다가 돌아갈 것이다. 이룬 사람들은 바랄 필요 없이 애초에 가지고 태어난다. 바란다는 건 내 것이 아닌 것을 원하는 것에 불과하다.
 바깥에서 구할 수 있는 게 아니다.
 직원들이 쇳물을 거푸집에 넣었다. 불똥이 튀기라도 한다면 치명상을 입기 때문에 유난히 긴장했다. 대준사 신도들이 작업 과정을 지켜보다가 하나씩 공장 밖으로 나갔다. 사장이 주지 스님에게 종이 만들어지는 과정을 설명했다. 고사상을 정리했다. 쇳물이 거푸집으로 서서히 쏟아져 내렸다. 종이 완성되면 절에 걸어 놓고 중생을 구제하기 위해 인시寅時에 스물여덟 번, 유시酉時에 서른세 번 칠 것이다.
 백두태가 바닥으로 튀는 쇳물의 비말을 보았다. 종소리와 '경건'이란 말의 소리가 비슷하다. 범종을 만들 때 사장의 태도는 새벽기도를 하던 할머니와 닮았다.
 할머니는 결국 이루지 못했지만 사장은 언제나 이룬다.
 쇳물을 거푸집에 넣는 데만 꼬박 한나절이 걸렸다. 일과가 끝났다. 백두태가 마당으로 나와 종을 쳤다. 아버지는 할머니의 바람대로 죽지 않고 돌아왔다. 쿠웨이트에 가기 전보다 몸은 더 좋아졌지만 아버지의 낯빛은 심연에서 어둠을 묻혀 온 것 같았다. 귀국 후 아버지의 생은 폭력으로 얼룩졌다. 할머니는 아버지가 귀국한 다음에도 정화수를 떠 놓고 오로지 아버지를 위해서만 기도했다. 소망의 반은 들어주고 반은 팽개친 '존재'에게 할머니는 큰아들이 마음을 잡게 해 달라고 빌었다.
 '존재'는 인색했다.
 아버지에 대한 기대가 장손인 백두태로 넘어왔다. 8월 19일 새벽, 오도산에서 한국의 마지막 표범이 죽었는데 그날 아침 두태가 태어났다면서 할머니는 종손을 위해 빌었다.
 백두태가 샤워를 마치고 나왔다. 널따란 방 두 개에서 열 명의 직원들이 숙식을 해결했다. 일을 마친 직원들은 막걸리와 고구마를 먹었다. 서로 파스를 붙여주었다. 텔레비전 채널을 선택할 권리는 공장장의 몫이었다. 백두태가 이불에 기대 휴대폰을 만지작거렸다.
 "니는 머, 아덜처럼 핸드폰을 그래 해 쌌노?"
 홍씨가 수염에 묻은 막걸리를 닦으며 말했다.

"한 잔 안 하나?"

백두태가 막걸리를 한 잔 마시고 밖으로 나와 담배를 피웠다. 휴대폰이 울렸다.

"내 전화 기다렸어요?"

옥선의 목소리에 피곤함이 묻었다.

"기다리긴......"

"뭐 했는데?"

"일 끝나고 샤워하고."

"그리고?"

"고구마 먹고."

"또?"

"담배 한 대 피우고."

"그놈의 담배......"

백두태가 눈앞에서 알짱대는 날파리를 쫓느라 손을 저으며 하늘을 보았다.

"다음에는......"

보름달이 높이 떴다.

"내 전화도 좀, 기다려요."

"뭐......"

"내일 나오면, 영화 볼까요?"

"어디서?"

"극장이지 어디겠어?"

"너가 시간이 있어?"

전화기 너머에서 옥선의 나직한 웃음소리가 들렸다.

"점심 장사만 하면 돼."

"그러자고."

"누가 경상도 남자 아니랄까 봐."

백두태가 전화를 끊고 방으로 돌아왔다. 막걸리판도 끝났고 텔레비전도 꺼졌다. 백두태가 불을 끄고 잠자리에 들었다. 내 전화도 좀 기다려요……. 그 말이 범종의 진동처럼 가슴까지 들어와 울렸다.

범종공장은 영애산 기슭에 자리 잡았다. 고양이들이 잔반통을 뒤졌다. 백두태가 종을 쳐서 새벽을 깨웠다. 직원들이 식은 거푸집의 껍데기를 부수었다. 기왓장처럼 떨어져 나온 모래에서 더운 김이 피어올랐다. 거푸집 안쪽에 굳어진 모래는 망치를 들고 들어가서 깼다. 어려운 작업이라 일에 능숙한 오씨와 홍씨가 맡았다. 범종의 윤곽이 투박하게나마 드러났다. 표면이 더 식기를 기다렸다가 유약을 바르고 나면 오늘 하루 일과가 마무리될 것이다.

점심 때가 되자 외박을 나갔던 두 사람이 돌아왔다. 복귀한 두 사람은 오후 일과부터 동참한다. 백두태가 홍씨와 이틀 휴가를 나갈 채비를 마쳤다. 총 열 명의 직원이 있는데 두 명씩 돌아가면서 이틀씩 쉰다.

백두태와 홍씨가 나란히 공장을 나왔다.

"자넨 언제까지 이 일을 할 끼고?"

홍씨가 가방을 왼쪽 어깨로 옮겨 매면서 물었다.

"좋나? 쇠 두드리는 게?"

"다른 일이 없습니다."

"젊은데 왜 할 일이 없어. 몸 곯아, 이 일은."

홍씨는 곧 칩십이 된다. 홍씨가 담배를 물자 백두태가 불을 붙였다. 백두태가 자신의 담배를 꺼내려 하자 홍씨가 자기 걸 건넸다. 홍씨가 백두태를 지그시 보았다. 언젠가 할머니가 홍씨와 비슷한 표정으로 어머니를 보며 말했다. "니는 불행을 신으로 떠받드는 사람 같아 보인 데이. 표정이 팔자가 되는 긴데."

길 건너편에서 모닝이 깜박거렸다. 한 여자가 모닝에서 나왔다. 홍씨가 자기 딸을 소개해 주었다. 홍씨의 딸이 터미널까지 데려다주겠다고 했지만 백두태가 거절했다.

"어차피 가는 길인데, 타세요."

홍씨 딸의 목소리에 비음이 섞였다.

"그래. 뭐할라꼬 어렵게 가노."

딸이 웃었다.

"우리 딸, 예쁘제?"

"아빠."

표정이 예뻤다. 차에 타자마자 홍씨는 딸 자랑을 시작했다. 간호대학을 졸업하고 곧바로 간호사가 되어 천주교 재단 병원에서 근무한다고 했다. 스물 아홉이 되도록 연애 한 번 하지 않은 조신한 아이라고 했다.

"이제, 그만요."

홍씨의 딸이 백미러로 뒷좌석에 앉은 백두태를 보았다. 눈이 마주치자 백두태는 창밖으로 시선을 돌렸다. 개울가에서 다섯 살쯤 된 아이가 강아지를 쫓다가 도리어 쫓겼다.

2

 복형사가 팔룡폭포 입구에서 차를 대 놓고 기다렸다. 지난번에 당했던 펀치기 때문에 아직 몸이 뻐근했다. 군대에서 맞았던 기억이 아직도 남아 있다. 덤프트럭이 들어왔다. 감기에 걸렸는지 훌쩍거리는 운전사에게 5만 원을 건넸다. 모텔에 들어와서 블랙박스 동영상을 재생했다. 자동차 번호판이 보였다.

 성목사가 죽은 다음 날 새벽 03시 53분에 놈이 레토나를 주차했다. 차 밖으로 나와서 재채기를 했는지 몸을 한 번 떨고는 차문을 닫았다. 우체통으로 가서 봉투를 넣고 돌아왔다. 놈이 서 있는 장면을 캡처했다. 같은 조건을 만들기 위해 같은 공간에서 복형사가 운진식 옆에 선 후에 블랙박스에 찍힌 영상과 비교했다. 놈은 175센티미터 정도 될 것이다. 성진영의 흑백 사진도 두 장이었다. 성진영의 마지막 표정은 마치 오랫동안 기다렸다는 듯 담담해 보였다.

 죽은 사람들의 표정은 하나같이 궁금한 얼굴이다.

 깜빡 잠이 들었다가 깼다. 물을 마시려 침대 옆으로 손을 뻗는데 어깨가 뻐근했다. 지난번과 같은 번호로 출장 안마를 불렀다. 가명조차 거짓말이었을까. 이른 저녁 때라 일을 하러 나온 아가씨가 많지 않을 거라고 했다.

 "안녕하세요?"

여자가 상냥하게 웃었다. 직업적인 친절이 자연스러웠다. 여자가 옷을 벗기 시작했다.

"안마하는 여자 중에 키가 크고, 한, 168정도. 날씬한데 글래머야."

"오빠, 집 나간 여동생 찾으러 왔는갑네?"

"머리는 긴 쌩머리고 얼굴은 동그랗고. 예명은 체리."

"우리 아가씨들, 반은 그렇게 생겼겠네."

"그만 가라."

"와, 예?"

"필요 없으니까."

여자가 혀를 찼다.

"체리 알면요? 안마 받아요?"

"안마 안 받고 안마비 주지."

"그래도 모르는데. 그러면, 차비라도 주세요."

"모르면 그냥 가."

"빠꾸 칠 거면 차비는 챙겨줘야지. 나, 브라자까지 벗은 거 봐 놓고. 염치가 아이지."

여자가 눈을 흘겼다. 복형사는 여자의 지청구를 몇 마디 더 듣다가 차비를 주어 보냈다.

복형사가 아침에 일어나 샤워를 하고 복도로 나갔다. 복도 중간에 비치된 빵과 커피를 들고 방으로 돌아왔다. 송형사에게 전화를 걸었다.

"자동차 번호 좀 조회해 달라고."

텔레비전을 켜자 교통사고의 현장이 나왔다. 자동차가 전

복됐다. 시민이 운전자를 구출하는 장면을 휴대폰으로 촬영했다.

"불러봐."

"98 '바'에 54."

"98 '바'라고? 말이 안 되잖아."

"왜?"

"앞에 번호가 98과 99는 특수자동차에 쓰는 번호야. 그게 '바' 자랑 만날 수가 없지."

"만나면 왜 안 되는데?"

"아, 바, 사, 자는 택시 영업용에 쓰는 번호고. 합쳐보자면 견인을 하는 택시여야 가능한 번호야. 경찰이 이런 것도 모르나?"

전화를 끊고 블랙박스를 거듭 재생했다. 놈은 차갑고 진지하다. 응징이나 복수보다는 돈을 받고 의뢰를 이행하는 것일 가능성이 높다.

돈보다 더 정확한 동기는 없으니까.

3

 순대국밥집 안에선 바다가 보이지 않지만 숨을 쉬면 짠 내가 났다. 인테리어 따위엔 관심이 없을 것 같은 사내들이 술을 먹었다. 국밥집은 사내들의 눈높이에 맞게 실용성 말고는 딱히 멋을 부리지 않았다. 사내들은 허위와 과장이 섞인 무용담과 음담패설로 비루한 삶을 자위했다.
 국밥 집에 들어선 백두태가 창가에 자리를 잡았다. 옥선이 주문을 받으러 왔다.
 "뭘 드셔?"
 "국밥, 간, 머릿고기, 소주."
 옥선이 주문을 받고 주방으로 가는데 다른 테이블의 사내가 말을 걸었다.
 "아줌씨, 국밥이 천 원이나 올랐네."
 "물가가 원체 올라야죠. 한참 안 오셨네."
 "가격을 올랐으면 우리 아줌씨 치마도 위로 올려 부려야지. 그래야 불만이 없지."
 옥선이 호리호리한 사내를 향해 웃어주고는 주방으로 들어갔다. 백두태를 보았다. 좀체 마음을 드러내지 않는다. 다시 만난 백두태는 옥선이 다니는 절의 주지 스님이 말한 '집착 없이 세상을 걸어가고 아무것도 가진 것 없이 자기를 다스릴 줄 아는 사람'이 된 것 같았다.

음탕한 농지거리를 받는 것도 노동이다.

몸을 직접 만지지 않는다면 그깟 거 별거 아니다. 음란한 교어가 재미없는 것도 아니다. 몸은 오고 가고 싶지 않지만 말은 오가고 싶은 사람도 있다. 옥선은 다만 백두태가 이런 광경을 본 게 마음이 쓰였다.

손님이 모두 나갔다. 옥선이 문을 걸고 빈 테이블을 치웠다. 백두태가 창 밖을 보며 자작했다. 옥선이 백두태 옆으로 왔다.

"뭘 보고 있어요?"

옥선이 손을 주무르며 옆에 앉았다.

"바람."

"그게 보여요?"

"보이지."

"엉터리 방터리."

백두태가 옥선의 손을 수불러 수었다.

"이제 겨우 마흔이면서 벌써 손이 저려?"

"쉬흔이 된 남자랑 사니까."

옥선이 손을 맡겼다. 백두태가 사다 준 혈액순화 개선제를 먹어도 별 효과가 없다.

"미련하게 혼자서 하지 말고 사람 써."

"일보다 사람이 더 골치야."

옥선은 최소한의 관계만으로 살고 싶어 한다. 백두태로 변변하다.

백두태가 일어섰다. 손목을 잡힌 옥선도 끌려 일어섰다. 백두태가 뒤에서 옥선을 안았다. 옥선의 머리에 코를 대고 냄새를 맡았다.
"순대 냄새 나는데."
"그러라지."
"창자 냄새가 뭘 좋다고."
백두태가 옥선의 젖가슴을 감싸 쥐었다. 한 손에 들어오는 아담한 크기다. 옥선이 손을 뒤로 뻗어 백두태의 바지 앞섶을 만졌다. 백두태가 옥선의 귀에 날숨을 넣었다.
"보고 싶다는 말도 안 하고."
"보고 싶었어."
"엎드려 받네요."
백두태가 영원히 풀지 않겠다는 듯 옥선을 꼭 안았다.
옥선이 샤워를 마치고 방으로 들어왔다. 백두태는 텔레비전을 보는 중이었다. 옥선이 화장품을 바르며 거울로 백두태를 힐끗거렸다. 옥선은 자꾸 웃었다. 아무것도 도와주지 않고 누워서 텔레비전만 봐도 백두태가 옆에 있으면 든든했다. 백두태 말고 세 명의 남자와 함께 살았지만 그들 중 누구도 듬직했던 이는 없었다. 그들의 간절함을 못 견디고 곁을 주었다.
간사한 간절함은 오래 가지 못했다.
그들은 옥선의 생활력과 육체만을 필요로 했다. 결혼도 한 번 했다. 남편은 시간이 흐르자 옥선에게 고통을 배설했다. 지인들은 옥선에게 강한 여자라고 한다. 미용사인 친구, 경자는 옥선에게 남자를 그만 만나라고 조언했다. 부모 복도 자식 복도, 남자 복도 태어날 때 받아오는 거라면서 받지 못한 복을 쫓아봤자 네 몸만 부서진다고 말렸다. 옥선은 남자 없이 못 산다. 남자 복이 없다는 걸 알기 때문에 옆에 있는 것만으로 만족하려 한다. 지긋지긋했던, 지난 남자들과 백두태는 다르다. 그립고 보고 싶고 기대고 싶다. 빼앗아가지 않는 것만으로도 훌륭하다.

무엇보다 옥선을 대하는 온도가 낮아지지 않을 것 같다.

옥선이 형광등을 끄고 백열등을 켜더니 백두태의 트레이닝 바지와 팬티를 내리고는 입으로 성기를 빨아주었다. 백두태는 내버려 두었다. 옥선이 빨면서 하의를 모두 벗었다. 백두태는 옥선의 몸을 보는 걸 좋아한다. 옥선은 자기 몸을 백두태에게 보여주는 것을, 백두태가 없이 잠들 때면, 갈망한다.

"무슨 소리지?"

밖에서 옥선을 부르는 소리가 들렸다. 옥선이 옷을 입었다.

"나오지 마세요."

옥신이 가세로 나깄다. 불을 켜자 씨름 신수의 제격을 가진 고우석이 뒤로 움찔했다. 불빛을 피해 눈을 가늘게 떴다가 옥선을 보고 어리벙벙하게 웃었다. 옥선은 사람 좋아 보이는 저 미소 때문에 호적을 더럽혔다.

"뭔 일이야?"

"마누라 보지 만져주러 왔지."

옥선이 소리를 지르려다 사례가 들렸다. 고우석이 유리를 깼다. 손을 넣어 문을 열려 했다. 옥선이 물 컵으로 고우석의 손등을 때렸다.

"이 잡년이 미쳤나!"

고우석이 가게로 나오는 백두태를 보고 문 따려는 걸 멈췄다.

"서방질은 여전하네."

옥선이 방으로 들어갔다.

"형씨, 지금 아무리 둘이 좋아 죽어도 저 년은 또 딴 놈 찾아가."

백두태가 감정 없이 쳐다보았다.

"돌아가라고? 싫다면?"

고우석이 빈정댔다.

"사타구니만 만져도 저년 젖꼭지가 바짝 서지, 헤헤. 좆 대가리처럼. 난 아직 한참이지만 형씨는 좀 나이가 있어 보이네."

백두태는 동요하지 않았다.

"내가 만져야 서나? 형씨가 만지면 안 서나? 손가락 기술을 내가 화투 칠 때 연마했거든."

옥선이 방에서 휴대폰을 들고 나와 경찰에 신고했다. 테이블에 앉아 식혜를 마셨다. 얼음을 깨물어도 진정이 되지 않았다.

"애도 못 낳은 년이 젖꼭지가 어찌 클까. 이놈저놈 빨아서 그렇지."

"그만 합시다."

백두태가 말했다.

"이래라 저래라 하지 마. 아무리 구멍 동서도 위아래가 있는 법이야. 어디, 족보도 없이."

고우석이 자기의 바지 앞섶을 만졌다.

"형씨. 잘 단속해. 나처럼 뺏기지 말고. 여자는 품에 있을 때나 내 보지 떠나면 창녀야."

고우석이 뒤돌아 노래를 부르며 갔다. 목소리도 천박했다.

옥선이 경찰에게 상황을 설명한 후 돌려보냈다. 백두태는 유리가 깨진 부분에 합판을 끼우고 청색 테이프로 붙였다. 두 사람이 방으로 돌아왔다.

"다시는 이런 일 없을 거예요."

옥선이 백두태의 머리칼을 넘기며 말했다.

"그 사람 눈빛 봤어?"

슬퍼 보였다. 복수심이 아니라 그리움이 가득했다.

"그 인간 이야기는 그만 해요."

백두태가 옥선을 안아주었다. 옥선이 자신의 두 다리 사이에 백두태의 다리를 끼우고 그의 목에 얼굴을 묻었다. 백두태는 옥선의 오른 팔 안에 손을 끼웠다. 백두대의 가슴에 막혀 숨을 쉬기가 불편해도 옥선은 서로의 몸으로 새끼를 꼰 것 같은 자세를 유도했다. 달아나지 않겠다는, 달아나지 말라는 다짐을 엮은 듯 두 사람의 결합은 공고했다. 두 사람이 다시 섹스를 시도하지 않았다.

이대로 충분했다.

4

하과장이 저녁을 먹고 탕비실에 들렀다. 커피메이커가 바뀌었다. 하과장이 조작 방법을 찾고 있는데 최순경이 들어와서 알려주었다. 형사과장실 앞에서 유순경이 기다렸다.
"드릴 말씀이 있습니다."
유순경의 눈가가 촉촉했다. 과장실에 들어오자마자 유순경이 눈물을 쏟았다. 하과장은 유순경이 진정할 때까지 기다렸다. 낡은 기계에서 뽑던 것과 커피 맛이 달랐다. 더 좋은지는 모르겠다.
"얘기해봐."
"3팀장님한테……"
"조팀장?"
"그저께 야근할 때요."
하과장이 카톡을 확인했다.
"미안. 계속해."
"제 엉덩이를 만졌습니다."
유순경이 입술을 앙다물었다.
"한 번이면 실수라고 생각했을 겁니다."
하과장이 휴대폰을 뒤집어 놓았다. 지난 겨울에 있었던 회식 때 조팀장이 화장실 앞에서 마주친 유순경을 끌어안고 접촉을 시도했다. 놀랍고 당황스러워서 유순경은 어떻게 반응해야 할지 몰랐다. 그 후 조팀장은 기회가 있을 때마다 유순경의 어깨, 가슴, 엉덩이, 허벅지를 만졌다. 유순경은 다른 곳보다 귓볼을 만지는 게 가장 끔찍했다.

"어떻게 하고 싶어?"

"잘 모르겠습니다. 그냥, 괴로워서······."

"일단 앉아."

죄인처럼 서 있던 유순경이 소파에 앉았다. 하과장도 맞은 편으로 가서 앉았다.

"내가 조치를 취할 테니까 앞으로 또 이런 일이 발생하면 바로 나한테 와서 말을 해. 알았어?"

"네."

"중간에라도 생각이 바뀌어서 정식으로 신고를 하고 싶다면, 그렇게 해."

"네."

"알다시피, 내가 조팀상을 신뢰하지만 그렇다고 범죄를 묵과하진 않아. 유순경이 정식으로 신고를 한다면 나는 당연히 피해자 편이야. 최선을 다해서 유순경을 도울 거고. 성폭력특별수사대 대장하고 나하고 막역한 사이라는 건, 알고 있지?"

"네."

"우리 서장님이 방해한다고 해도 성폭력 대장은 뚝심이 센 사람이라 관철할 거야. 나도 도울 거고."

"고맙습니다."

유순경이 살짝 미소를 지었다. 유순경은 〈콜드케이스〉에서 미해결 사건을 해결하는 캐서린 모리스의 눈웃음을 가졌다.

유순경이 눈을 작게 뜨고 눈웃음을 지을 때 남자들의 오해를 사기도 할 것이다. 조팀장도 그랬을지 모른다. 유순경은 도도하지 않다는 이미지를 가지고 싶어서 자주 미소를 짓는 것이리라. 의도가 없는 천성일지도 모른다. 유순경이 이유 없이 선뜻 아무에게나 미소를 던져준다고 하더라도 추행을 허락한 게 아니라는 걸 조팀장도 모를 리 없다.

하과장이 강력계 3팀으로 갔다. 전원 출동하고 자리에 없었다. 조팀장한테 전화를 걸었다. 조팀장은 '달벙' 사건 때문에 팀원 전원이 밖에서 밤을 세워야 할 것 같다고 말했다.

"무슨 일 있으십니까?"

"나중에 얘기해."

하과장이 퉁명스럽게 전화를 끊었다. 가해자인 조팀장은 피해자인 유순경처럼 괴롭거나 불편한 낌새가 없었다. 괘씸했다. 조팀장은 꼭 필요한 사람이다.

*

하과장이 정리한 후 퇴근했다. 돼지껍데기 집으로 갔다.

하과장이 연기를 손으로 저으며 껍데기를 구웠다. 늦게 도착한 복형사가 송구스러워하며 자리에 앉았다. 앉자마자 지금껏 알아낸 사실에 대해 보고하려 했다.

"한 잔 받아."

복형사가 술을 마시고 안주를 먹었다. 연기가 자꾸 하과장한테 가자 복형사가 연기의 방향을 바꾸려 손을 저었다. 하과장이 덥다며 그만두라고 했다. 하과장은 복형사가 자신을 진심으로 존경한다는 걸 알고 있다.

"이번에도 레토나가 발견됐습니다. 같은 우체통, 같은 곳에 봉투를 넣었습니다."

"레토나 주인만 알아내면 범인 딸 수 있겠냐?"

"네."

레토나가 움직인 방향을 따라 CCTV를 추적하면 된다. 레토나가 온 곳이 흑백사진이 찍힌 곳이다.

"사건이 커지잖아."

복형사가 하과장의 관료적인 반응을 짐작했다는 듯 고개를 끄덕였다.

"번호판은 가짜니까 레토나 소유주 명단을 확보해 주십시오."

"전부?"

"2003년형, 레토나 크루즈. 카키색이고 선팅이 진하고 오른쪽 후미등이 깨졌습니다. 그리고 뒷좌석이 없는 2인승입니다."

"문자로 정리해서 보내."

"아까 보낸 문자가 그겁니다."

복형사가 건배를 청했다. 하과장의 낯빛이 거무스름했다. 하과장은 유복한 집안에서 자랐고 능력도 뛰어나다. 금슬도 좋은 것 같고 아이들하고도 잘 지낸다. 딸과 카톡을 주고받을 때면 입을 다물지 못한다. 경찰대, 간부후보생 출신이 아닌데 오십도 안 돼서 형사과장이 되었다. 복형사는 이번 일이 하과장을 괴롭히다 못해 무너뜨릴지도 모르겠다는 생각이 스쳤다.

"희준아."

"예?"

"넌 머리를 굴리지 않아서 좋아. 내가 이 일을 어디까지 해야 하는지, 그래야 누구한테 인정받고 그와 어떤 관계로 발전하는지, 보통 계산하기 마련이거든. 나이를 들수록 더 심해지지. 철이 든다는 건 그런 계산을 정확히 하는 거야. 그런데 너는 내가 몇 년을 봤는데, 일이 앞에 닥치면 너가 할 수 있는 데까지 하잖아. 때론 어리석을 정도로. 난 좋아. 그런 태도가. 순수하잖아."

복형사는 순수하다는 말을 싫어한다.

"내가 왜 널 믿는 줄 아냐?"

복형사는 퀴즈도 싫어한다는 말을 하고 싶었다.

"넌, 말을 구별해. 재밌지도 않은 농담을 많이 하지만 감출 말은 안 하지."

"머리 굴리지 않고 다른 사람한테는 누설하지 않고 끝까지 어리석을 정도로 추적하겠습니다."

하과장과 헤어지고 나서 복형사가 홀로 실내 포장마차를 찾았다. 11시가 다 됐다. 영업시간은 12시까지라고 주인이 말했다. 한 시간이면 홀로 마시기에 적합한 시간이다. 홀로 마시면 술을 고스란히 느낄 수 있다. 전처는 그런 습관을 '알코올 의존증의 전조증상'이라고 했다.

*

복형사가 아침에 일어나자마자 대구로 갔다.

〈사람의 교회〉 앞에 섰다. 교회는 성진영 목사가 죽은 후 휴업 상태였다. 경찰통제선이 헐거웠다. 성목사의 죽음에 대해 경찰은 자살이 아니라고 보기 때문에 노란 통제선을 두른 것이다. 복형사가 달서경찰서에서 근무하는 김형사한테 전화를 걸었다.

"예, 김성환 형삽니다."

"나야, 복."

"어, 뭐, 웬일이야?"

"저녁이나 같이 먹자고."

"저녁?"

"안 돼?"

"뭐, 안 될 건 없지."

돼야 할 것도 없다는 어감이었다.

"6시에 경찰서 앞으로 갈까?"

"그러든가."

"무슨 일 생기면 연락 줘. 경찰서 근처에 있을게."

김형사한테 저녁을 같이 못 먹겠다는 연락이 왔다. 돈가스를 먹고 다방에 들어왔다. '무슨 일'이 생기면 연락을 달라고 해서 '무슨 일'을 만들었을 것이다. 잘 차려 입은 중늙은이들이 다방 레지들과 시시덕거렸다. 오래된 한국 영화에서나 보던 장면이었다. 텔레비전에서 정윤희가 나오는 멜로 영화가 방영되었다. 과장된 표현이 신선했다. 사랑이란 원래 감정의 과잉이니까 정확한 표현일 수도 있겠다.

김형사가 들어왔다.

"얼굴 좋아졌네."

반팔 티셔츠가 민소매처럼 보이는 김형사를 보며 복형사가 말했다.

"잘 지냈냐?"

"용건이 뭔데?"

김형사의 굵은 팔뚝에 힘이 들어갔다.

"교회 목사가 죽었다며?"

"아, 이단 목사?"

김형사가 다가온 종업원에게 냉커피를 주문했다.

"CCTV 좀 보자고. 내가 도움이 될지 모르잖아."

"없어."

"그거야 알 수 없지."

"CCTV 저장이 안 됐어."

"누가 일부러 만져서 저장을 하지 않았다는 거야?"

"그건 모르지. 사고 전날까지만 녹화돼 있어."

"컴퓨터에서 지문 땄지?"

"교회 관계자들 말고 다른 지문은 없어."

"교회 관계자들 중에 용의자가 있을 수도 있겠네."

종업원이 김형사 앞에 냉커피를 놓는 동안 복형사가 고개를 돌려 텔레비전을 보았다. 정윤희가 키스를 하면서 눈을 감았다. 복형사는 하과장이 의뢰한 이번 사건에서 빠져나오지 못할 것 같은 예감이 들었다. 멜로 영화에 출연한 배우가 상대 배우를 실제로 사랑해 버리듯 놈은 매력적인 솜씨를 가졌다.

"타살로 보는 거지?"

"수사를 해 봐야 알지."

"감이란 게 있잖아."

"우리 서장님, 한 달이 멀다고 읊는 특별 지시사항이 있거든. 수사하기 전에 결론부터 내지 마라. 단디 명심하라고 얼매나 강조하시는지 모른다."

"그러다 결론이 나왔는데도 못 내는 거 아니야?"

"왜 여까지 와서 관심인데?"

성목사의 가족들은 결코 자살이 아니라고 주장했다. 성목사의 딸이 얼마 전에 미국 주니어 골프대회에서 우승을 했고 PEB 포인트를 따냈다. 미국에서 가장 큰 주니어 골프대회인 AJGA에 참가 자격을 얻은 것이다. 성목사는 딸을 끔찍이 사랑했다고 한다. 성목사가 죽은 날은 딸이 귀국하기 사흘 전이었다.

이단 교회의 목사를 처벌하려는 목적으로 벌인 살인이라는 소문도 돌았다. 경찰은 교회의 주변 CCTV를 확보해서 분석에 들어갔다. 교회 앞에 섰던 택시를 추적해서 번호를 알아내고 택시기사를 찾았다. 택시의 블랙박스에 내리는 남자의 뒷모습이 찍혔다. 옆모습도 보였지만 곧바로 택시를 돌렸기 때문에

심하게 흔들렸다. 어두웠기 때문에 누군지 알아볼 수 없었다. 택시 기사는 남자를 동대구역에서 태웠다고 진술했다.

경찰은 남자의 뒷모습을 토대로 동대구역에 전단지를 붙였다. 동대구역 내에 CCTV를 분석하는 중인데 "아다리"가 잘 맞지 않는다고 했다. 택시를 잡는 남자의 모습이 보이지만 CCTV와 거리가 너무 멀었고 그 남자가 역에서 나오기 전의 모습을 추적했지만 절묘하게 용의자의 모습이 제대로 보이지 않는다는 것이다.

"보자. 그 남자."

레토나를 타고 온 놈일까. 김형사가 휴대폰에 저장한 용의자의 모습을 보여주었다. 화면을 넘기자 성목사의 마지막 모습이 컬러로 저장되었다.

흑백 속에 살던 성목사가 생명을 다시 부여받은 것 같았다.

"그건 그렇고. 넌 잘 지내?"

복형사가 물었다. 김형사가 냉커피를 냉수처럼 마셨다.

"풀고 말고 할 게 뭐 있노."

"누가 뭐라 그랬어?"

"니 혼자 오해한 긴데."

"이혼도 당했고. 이제는 의미 없어. 다 지나간 일이고. 팩트만 말해줘."

"니는 날 못 믿잖아."

"믿을 말을 하면 믿어줄게."

"꼴리는 대로 생각해라."

"남자 때문에 꼴리지는 않아."

김형사가 걸려 온 전화를 받았다. 급한 것 같지 않았는데 다방을 나갔다.

두 사람이 같이 근무할 때 주먹다짐을 했다. 김형사가 흠씬 두들겨 맞았다. 복형사는 와이프와 김형사가 바람을 피웠다고 확신했다. 시간이 지나니 그 확신이 의심스러웠다. 시간이 더 흐르자 무의미해졌다. 이젠 그 사실에 대한 차가운 호기심만 남았다. 사건의 마무리가 필요했다.

복형사가 김밥 집으로 들어가서 떡볶이를 주문했다. 아니었을까. 김형사 말대로 그냥 만나면 반가워하는 관계였을까. 남편의 동료에게 호감은 가질 수 있으니까. 당시 김형사도 사귀는 여자가 있었고 그녀와 결혼했다. 동료와 예비신부를 속이고 동료의 와이프와 바람을 피웠을까. 김형사는 피의자의 와이프와 부적절한 관계를 맺었다고 스스로 털어놓은 적이 있었다. 전과자부터 뒤지듯 한 번 가까이 하지 말아야 할 여자를 가까이했던 놈은 이제고 다시 그럴 가능성이 높다.

김밥 집 종업원이 전화 통화를 하러 밖으로 나갔다. 복형사가 따라 나갔다. 아줌마가 통화를 마치고 들어가려 할 때 복형사가 앞을 막았다. 지갑에서 5만 원을 꺼내 내밀었다.

"아르바이트 할래요?"

아줌마가 공중전화 부스로 안내했다. 주변은 한적했다. 복형사가 번호를 누르고 수화기를 건넸다. 저쪽에서 달서경찰서라고 말했다.

"제보를 좀 할라는데요."

"말씀하십시오."

"동대구역에 현수막 붙여놨더라꼬요."
"무슨 현수막이요?"
"목격자를 찾는다꼬."
"무슨 목격자요?"
"교회 목사님이 죽었다 카던데. 사람의 교회라고."
"아, 예. 그란데요?"
아줌마가 복형사를 쳐다보았다. 복형사는 준비한 대로 하면 된다는 듯 별다른 반응을 보이지 않았다.
"제가 그 사람을 봤심니더."
"그렇습니까? 경찰서에 방문해 주실 수 있겠습니까?"
"어데예."
"아, 예. 아, 그럼 말입니다."
"그 사람이 누구냐면"
"예?"
"서울 오강경찰서에서 일하는 형사과장, 하, 종, 수."
"예? 형사과장이요?"
"예. 분명합니더."
"하종수 과장이라고요?"
"네, 전화 끊습니데이."
 돈을 챙긴 아줌마가 일터로 뛰어갔다. 복형사도 부스에서 나와 거리를 걸었다. 김형사가 휴대폰으로 택시에서 내린 용의자를 보여주는 순간 하과장님이라는 걸 알아보았다. 하과장님은 스스로 더 이상 범죄를 저지르지 못하도록 자신을 잡아 달라는 것일까.

1970년대 후반에 총으로 6명을 죽이고 7명에게 부상을 입혀 365년형을 받은 데이비드 버코위츠가 '샘의 아들'이란 이름으로 뉴욕경찰에게 편지를 보냈다. 살인을 통한 쾌감을 쉽게 끝내지 못하기 때문이었다. 데이비드 버코위츠는 '샘'이 명령하는 대로 살인을 했을 뿐이라고 말했다. 샘의 아들은 편지에 이렇게 썼다. '경찰 여러분, 내 말을 잘 들으시오. 나를 먼저 쏴 죽이시오. 나를 잡지 못하면 당신들은 죽고 말 거요. 아버지 샘은 늙었소. 그래서 젊음을 유지하려면 많은 피가 필요하오.'

　사람은 알 수 없는 우주다. 안다고 단정하는 순간, 더욱 많은 걸 모르게 된다. 하과장님이 자신의 우주 속 미지의 영역으로 초대한 걸까.

5

 버스 정류장에다 자전거를 매 놓고 극장에 갔다. 옥선은 톰 크루즈를 보면서 연신 감탄했다. 로비로 나오는데 빨간색 바지를 입은 여자가 두 사람을 힐끔거렸다. 빨간 바지의 눈빛이 두 사람의 감정에 점을 찍어 놓은 것 같았다. 엘리베이터에 타고서도 빨간 바지는 백두태와 옥선을 아니꼽게 보았다. 백두태가 똑바로 쳐다보자 여자가 고개를 돌렸다.
 "재미없었어요?"
 버스 안에서 백두태의 뚱한 얼굴을 보고 옥선이 물었다.
 "미국 영화지, 뭐."
 "기분이 안 좋아?"
 "낙엽이 구른다고 웃을 나이가 아니잖아."
 "톰 크루즈는 근데 좀 느끼해."
 "키도 나보다 작을 걸. 미국 놈이. 영화배운데."
 옥선이 백두태의 팔짱을 끼었다. 지난 번엔 톰 하디를 보고 좋아했다. 옥선은 작고 탄탄한 미국 남자가 좋은 모양이다. 정류장에서 자전거를 타고 다시 집으로 향했다.
 저 멀리서 경운기가 논둑길로 들어섰다. 경운기를 운전하는 노인은 논을 살피느라 백두태와 옥선을 보지 못했다. 자전거와 경운기가 십여미터 쯤 마주보며 치킨게임이라도 하듯 거리를 점점 좁혔다.

"피해요, 우리가."

"어떻게?"

기다란 논둑길 옆에 농수로가 있고 중간에 논둑길과 농수로 위를 연결하는 콘크리트 덮개가 있다. 백두태가 속도를 냈다. 노인이 앞을 보았다. 자전거를 봤는지 경운기가 속도를 줄였다. 백두태는 콘크리트 덮개에 도착하기 위해 힘을 냈다. 경운기와 거리가 점점 좁아졌다. 불과 5미터 쯤. 흙먼지가 휘날렸다. 노인이 비키라고 손짓을 하며 소리쳤다. 경운기가 속도를 더 줄이면 콘크리트 덮개에서 서로 피할 수 있다. 노인은 백두태의 목적을 몰랐다.

"멈추라고요!"

백두태가 거듭 소리쳤지만 노인은 백두태에게 비키라고만 했다. 외길에서 어디로 비키란 말인가. 백두태는 더 속도를 냈다. 노인에게 콘크리트 덮개를 가리켰다. 노인이 매일 이 길을 지날 텐데 모를 리 없었다. 경운기가 흔들렸다. 조금만 더 빨리 가면 콘크리트 덮개에서 만날 수 있다. 노인이 방향을 틀었다. 경운기의 운전석이 옆으로 내려앉았다. 바퀴가 헛돌면서 굉음을 냈다. 흙먼지가 앞을 가렸다. 백두태가 빠르게 노인을 지나왔다. 옥선이 걱정하며 뒤돌아보자 노인이 삿대질을 했다. 험한 욕이 사정없이 나왔다.

"어째요?"

백두태가 웃었다.

"웃음이 나와요?"

"울까?"

"도와드려야지."
"맞아 죽을 걸?"
"남자가, 참……"
"노인네 정정하네."
자전거가 논둑길을 빠져나왔다. 백두태가 멈춰서 뒤돌아봤다. 노인은 시동을 끈 채 발을 동동 굴렀다.
"신고라도 해야 하잖아요?"
"노인네도 요즘엔 다 핸드폰 있어."
"어쩌면 좋아."
"가게에 온 적 있어?"
"아니."
"그럼, 뭐."
"나빠요."
자전거가 방파제에 도착했다. 자전거를 세우고 바다를 향해 걸었다. 길 끝에 쓸쓸하게 서 있는 하늘색 등대 앞에 도착했다. 파도를 따라 불던 바람이 등대를 넘어오면서 방향을 잃고 흩어졌다. 옥선이 바람을 등지고 백두태에게 안겼다. 백두태가 옥선을 감쌌다.
"아까, 극장에서 빨간 바지 입은 여자, 경미 언니 친구죠?"
바람이 옥선의 머리칼을 헤집었다.
"우리……"
"아무렴 어때."
"사람들이……"
"그래봤자, 남이지."

"그래도……"
"언제 그깟 것들이 우리 사는데 한 번이라도 웃어줬다고."
바람이 더 세졌다.
"너랑 나랑…… 우리 둘이면 돼."
옥선이 백두태의 넓지 않은 어깨를 두 손으로 감쌌다.

6

하과장이 점심을 먹고 경찰서로 들어왔다. 머리가 아팠다. 탕비실에 들르자 유순경이 커피를 뽑는 중이었다.

"설탕 두 개 드립니까?"

"한 개만 부탁해."

"바뀌셨네요?"

"당뇨 유전 때문에."

"이왕에, 노설탕은 어떠십니까?"

유순경이 애써 쾌활한 척했다. 성추행을 당한 이미지로만 자신을 바라보지 말라는 의미일 것이다.

"머리 아프십니까?"

유순경이 머리를 만지는 하과장을 보며 물었다.

"혹시 타이레놀 없나?"

"찾아보겠습니다."

"그러면 고맙고."

"카페인이 두통을 완화 시켜준다고 합니다."

"그래?"

"타이레놀에 대한 재미있는 연구 결과를 읽은 적이 있습니다. 진통제는 자신의 통증을 줄이는 목적으로 먹는 것인데, 그게 결국 타인의 고통에 대한 공감 능력도 떨어뜨린다는 겁니다. 나의 고통을 잘 느끼지 못하게 하는 게 목적이니까 거기에 익숙해지면 타인의 고통도 공감을 잘 못한다는 거겠죠."
 "장기 복용하면 사이코패스가 될 수도 있다는 말이네."
 유순경이 호출을 받았다. 타이레놀을 구해온 후 나갔다. 하과장이 강력계 3팀으로 갔다. 외근을 마치고 막 들어온 팀원들이 모두 일어나 하과장한테 경례를 붙였다.
 "조팀장님, 바빠?"
 "아닙니다. 괜찮습니다."
 "내 방에서 좀 볼까?"
 두 사람이 형사과장실로 들어왔다.
 "처제는 이혼했어?"
 "재산 분할하고 양육권도 포기하겠다고 약속을 받았습니다. 그저께 그 놈을 만났는데, 한 대 줘패려다 간신히 참았습니다."
 "내가 팀장님을 체포하게 하진 말고. 유순경 말인데……"
 하과장의 휴대폰이 울렸다. 하과장이 업무와 관련된 통화를 하면서 조팀장을 살폈다. 조팀장은 느긋한 척하고 있지만 이미 표정으로 실토했다. 하과장이 전화를 끊고서 미안하다고 말했다.
 "아닙니다."
 "유순경한테 뭐 잘못한 거 없어?"
 "유순경이요? 유선미 순경이요?"
 두 번이나 반문할 질문인가.
 "지난번에 탕비실에서 유순경 몸 만지는 것 같더라고."
 "제가요?"

조팀장의 얼굴 근육이 부자연스럽게 움직였다.

"그럴 리가 있겠습니까?"

이렇게 쉽게 얼굴로 실토할 거면서 그렇게 대담한 짓을 벌이다니.

"나도 그럴 리가 없을 거라고 생각했는데 사건이 커질까 봐 유순경을 불러서 물었어. 유순경이 처음엔 그런 일 없다더라고. 그래서 추궁을 했지. 불상사를 예방하는 게 더 중요하니까."

침묵이 흘렀다. 침묵에 압박당한 조팀장이 숨을 죽였다. 하과장은 문득 조팀장을 잃을지도 모른다는 생각이 들었다. 일만큼은 믿을만한 사람이다. 주어진 일을 잘 하는 천상 공무원이다.

"결국 울면서 털어놓더라고."

"제가 설마……"

"그러니까 발뺌할 생각하지 말고."

하과장의 휴대폰이 울렸다. 복형사였다.

"과장님, 지금 어디십니까?"

"경찰서지."

"빨리 피하십시오."

"왜?"

"수배 떨어졌습니다. 성진영 목사 사건 때문에요. 경찰은 타살로 보는데 과장님이 용의자랍니다. 대구 경찰들이 도착할 때가 다 됐습니다."

하과장이 버티컬 블라인드 사이로 경찰서 마당을 보았다.

조급한 발걸음들이 오갔다. 하과장이 소파로 다가가자 조팀장이 일어섰다.

"난 계속 유순경을 추궁할 거야. 알았어?"

"심려 끼쳐 드려서, 죄송합니다."

"동성이 형."

조팀장이 하과장보다 두 살 많다. 하과장은 갑자기 감정이 날카로워지는 걸 느꼈다.

"형은 유순경한테도 좆같은 짓을 했지만 내 믿음도 배신한 거야. 씨발……"

"죄송합니다."

하과장이 뒤돌아섰다. 조팀장이 인사하고 나갔다. 하과장이 다시 블라인드를 들추고 밖을 보았다. 자동차에서 두 명의 남자가 내렸다. 경찰이면 알아보는 경찰이었다.

하과장이 서둘러 복도 끝으로 가서 계단으로 내려왔다. 그들은 형사과장실이 어딘지 확인하고 엘리베이터를 타고 올 것이다. 하과장이 마당으로 나왔다. 서두르면 눈에 띨 것이다. 그들이 형사과장실에 들어갔다가 형사과장이 없는 걸 확인하고는 밖을 볼지도 모른다. 하과장이 정문을 통과하는데 의경이 경례를 붙였다. 성추행 사건의 피해자 중 하나다.

경찰서 차원에서 피해자를 한 명 한 명 불러 면담했다. 그는 폭력 및 성추행 사건에 대해 정의로운 교정이 이루어지기를 바라는 것 같지 않았다. 어차피 바꿀 수 없을 거라 생각하고 말려들고 싶지 않은 것 같았다. 그가 눈으로 말하는 것 같았다. 저는 잘 모르겠습니다. 자꾸 아는 대로 다 말하라고 말씀하시는데 제가 아는 게 진짜 아는 건지도 잘 모르겠습니다. 너무 익숙해서 무엇이 문제인지, 무엇이 정상이 아닌지 잘 모르겠습니다.

하과장은 모를 수 없는 상황인데 모른다고 말하는 건 알기 때문이라고 생각해 왔다. 이번 성추행 사건을 보고서 모르고 싶은 의지가 모르게 만들 수도 있겠다는 생각이 들었다. 의경은 시간을 견디기 위해 생각을 멈추고 싶은 것 같았다. 지숙은 수년 전에 도영을 미국의 처형네로 입양 보내자고 했다. 내무반에서 선임병들에게 맞아 죽은 '윤일병 사건'의 핵심 가해자가 감옥에서 또 다른 가해를 했다는 보도가 나오자 이를 보며 말했다. "윤일병이 죽은 이후에 달라진 게 있을까?" 한국의 군대 문화는 변하지 않는 것 같다고 덧붙였다. "도영이가 잘못되기라도 하면 나도 죽을 거야."

국가는 개인이 의무를 이행하는 대신 개인을 지켜주겠다는 신뢰를 줘야 한다. 국가가 개인들을 통제하고 운영한 지 얼마나 많은 시간이 지났는데 왜 아직도 최소한의 거래를 충실히 이행하지 못하는 걸까.

하과장이 경찰서를 나와 바로 다가오는 택시를 잡아탔다.

"광화문으로 갑시다."

하과장이 좌석에 몸을 기댔다.

"세워주세요!"

짙게 선팅을 한 레토나가 건너편 공영주차장에 주차돼 있었다.

"여기서요? 아, 이 아저씨······."

하과장이 내리려고 사이드 미러를 보았다. 경찰서 입구에서 경상도 사투리를 쓸 것 같은 남자가 급하게 뛰어나왔다. 의경한테 형사과장을 봤느냐고 물었을 것이고 의경은 방금 나갔다고 대답했을 것이다.

"그냥 갑시다."

기사는 경찰서에서 급하게 나와서 횡설수설하는 것이 이상한 눈치였다. 하과장이 경찰 신분증을 보여주었다. 택시가 다시 출발했다. 레토나 안에 누가 있는지 보이지 않았다.

하과장이 맥도날드에 들어와서 창가 자리로 갔다. 유순경과 수사과장이 번갈아 가며 전화를 했다. 복형사한테도 전화가 왔지만 받지 않았다. 이십분 쯤 모든 사람들이 수상해 보였다. 이십분 쯤 모든 사람들이 결백해 보였다. 하과장이 아이스크림을 하나 사서 구석 자리로 가서 앉았다. 수사과장과 1팀장한테 계속 전화가 왔지만 받지 않았다. 건너편에 앉은 다섯 실픔된 남자 아이가 하과장을 물끄러미 보았다. 아이의 맞은편에는 아이의 엄마로 보이는 여자가 햄버거를 먹었다. 아이는 포테이토를 께적거렸다. 하과장이 아이를 보고 윙크했다. 아이는 하과장의 아이스크림만 쳐다보았다. 나중에 진실이 밝혀져도 경찰로서 경찰이 내린 수배를 피해 도망친 게 알려지면 진급에 지장을 줄 것이다. 서장까지 가는 길에는 경찰대 출신들이 구렁이처럼 똬리를 틀고 앉아서 순경 출신의 약점을 잡으려 눈에 불을 켤 것이다. 아이들한테도 떳떳하지 못한 아빠가 될 것이다. 정의는 드러나고 만다는 신념으로 살아왔지 않나. 완전

범죄가 없듯 완전한 누명도 없다고 믿어왔지 않나. 공권력을 피해 도망치는 건 경찰이 할 일이 아니다. 경찰서 밖에 있던 레토나는 다음 차례가 하종수라고 경고하러 온 것일지도 모른다.

화장실 앞에서 한국 남자와 주한미군으로 보이는 백인이 서로 멱살을 잡았다. 비쩍 마른 지점장이 건장한 두 남자를 떼어놓으려 힘을 썼다. 지점장이 도와달라는 듯 나가는 하과장을 쳐다보았다. 하과장은 그대로 밖으로 나와서 택시를 탔다. 오강경찰서 건너편 공영주차장 앞에서 내렸다. 레토나는 보이지 않았다. 유순경한테 온 전화를 받았다.

"경찰서 앞이야. 바로 들어갈 거야."
"달서경찰서에서 왔습니다."
"기다리라고 해."
"알겠습니다."

형사과장실에서 낯선 형사 두 사람이 하과장을 맞았다.
"어디 갔다 오십니까?"
"말해야 하나?"
"대구로 가시죠."
"성진영?"
"알고 계시네요."
"서장님한테 보고는 하고 가야지."
"이미 수사 협조는 받았습니다. 떳떳하시네요?"
"체포영장은 받아왔어?"
"우리끼리 그런 건 생략하시죠."

"우리끼리? 미리 연락도 없이 체포하러 온 것들이 뭔 우리끼리?"

하과장이 자신의 옆구리에 끼워졌던 김형사의 팔을 뿌리쳤다. 김형사가 체포영장을 보여주었다. 하과장이 김형사를 노려보았다.

"이 새끼가 떠보네."

김형사는 하과장의 살기 가득한 시선을 피했다.

"죄송합니다."

*

달서경찰서의 취조실은 스산했다.

"사람의 교회에는 왜 있습니까?"

"곰팡이 냄새가 나네."

"어디 말입니까?"

"여기."

"곰팡이 없습니다."

하과장이 눈을 감았다. 김형사는 불편했다. 하종수 형사과장은 연쇄 살인범을 여럿 잡은 베테랑이다. 연수 때 하과장의 강의를 들었다. 강의의 내용도 좋았지만 하과장의 열정과 사명감이 더 감동적이었다.

"성진영 목사가 자살할 이유가 없다는 게 가족이나 주변 지인들의 한결같은 진술입니다."

"원래 이유 같은 건 없어. 다 만드는 것에 불과해."

"교회엔 왜 가셨습니까?"

"성진영이 내 군대 동기야. 몇 년 전인지, 텔레비전에 나왔더라고. 토론 프로그램에."

"그래서요?"

"그때부터 한 번 연락해서 봐야 겠다, 했는데."

"그런데요?"

"문득 생각이 났지. 내 컴퓨터를 조사해 봐. 성진영이 죽기 전에 검색했을 거야."

"그런데 하필 찾아간 날 죽었다는 말입니까?"

"낸들 어쩌겠어."

"지금 설명하신 말을 믿으라고요? 상식적으로?"

"경찰 밥을 더 먹어봐. 상식적이지 않은 사건이 상식적인 사건보다 많아."

"당신이 죽인 게 아니라고?"

'당신'이란 호칭에 하과장이 김형사를 노려 보았다.

"이 새끼가……"

윤팀장이 들어오고 김형사가 나갔다.

"내 밑에 놈이 좀 무례했제? 요즘 아덜이 그래. 알겠지만."

감정을 흔들어서 흥분하게 만들려는 어설픈 수작을 누가 모를 줄 알고.

윤팀장이 다시 차분하게 사건을 되짚었다.

"커피나 한 잔 마시자. 지루한 추리를 계속 들으려니까 피곤하네."

하과장의 말에 윤팀장이 손가락 두 개를 들어 올렸다.

김형사가 믹스 커피를 두 잔 들고 들어왔다.

"머신은 없어?"

"우리는 예산이 부족해서."

"어이!"

하과장이 나가던 김형사를 불렀다. 지갑에서 카드를 꺼냈다.

"아메리카노 두 잔. 아니, 너네 팀 한 잔씩 돌려. 세금이 아까운 팀이지만 머리가 나빠 뺑이 치는 거니까 커피 한 잔 정도는 사줄 수 있지."

김형사가 하과장과 윤팀장을 번갈아 보았다.

"그렇게 해."

김형사가 카드를 받아서 나갔다.

"아무 이유도 없이 성신영을 찾아갔다고?"

"군대에서 친하게 지냈거든."

"그런데?"

"친했던 동기를 만나러 간 게 이상할 게 뭐야? 하필 그날 성진영이 죽었다는 것만 빼봐. 충분히 가능하잖아. 성진영이 죽었기 때문에 내 행동이 이상한 것처럼 보이는 것일 뿐이라고. 감이 와?"

"바로 경찰에 신고를 했어야지."

"신고했으면? 날 범인으로 몰기 밖에 더 하겠어?"

"경찰을 그렇게 못 믿어서 우짜자고, 경찰이."

"내가 왜 신뢰를 못하는지 지금 증명하잖아, 너네 멍청한 팀이."

윤팀장이 두 손을 깍지 낀 채 코에 댔다.

"가장 중요한 건, 성진영 목사가 죽을 때 하종수의 알리바이는 사람의 교회였다는 명백한 사실이야."

"알리바이는 현장에 없다는 뜻이지."

윤팀장이 서류에다 무언가를 적었다.

"CCTV를 저장하는 통제실 문에서 하종수의 지문이 발견됐어."

"안에는 내 지문이 없을 걸? 성진영을 찾으려고 문을 여기저기 열어봤거든. 안에는 들어가지 않았으니까 지문이 없었을 거고. 통제실 안으로 들어가지 않고서 컴퓨터 하드를 들고 나갈 재주가 나한테 있을까? 보통 범죄를 저지를 땐 문을 닫고 하게 마련이잖아."

"컴퓨터 하드가 없어졌다는 말은 하지 않았는데?"

"하드가 없어지지 않았다면 CCTV를 지웠더라도 복구가 될 거고, 그러면 범인을 확보했을 테니까 날 체포하진 않았겠지."

"안에서 장갑을 끼웠다면?"

"장갑이 있었으면 밖에서도 끼웠겠지."

"생각이야 뭐, 나중에 날 수도 있고."

윤팀장은 하과장의 비웃음을 보았다. 아주 오래 전에 보았던 지독하게 상대를 멸시하는 미소다. 하과장은 정확하지만 차가운 사람은 아니라고 생각했다. 그때 비웃음이 생경했는데 다시 보니 오랫동안 하과장의 것이었던 듯 자연스러웠다.

"그동안 전혀 교류가 없던 군대 동기를 내가 왜 갑자기 죽였을까?"

"그걸 말해달라고."

"아주 중요한 걸 틀렸을지도 모르잖아."

"뭘?"

"성진영은 자살한 거야. 난 운도 더럽게 나쁘게 하필 그때 거길 갔던 거고."

"운이 나쁜 사람이 초고속 승진을 하나."

"운이 좋아서 형사과장이 된 게 아니야. 난 적어도 눈앞에 보이는 단순한 정황만 가지고서 이런 주먹구구식 수사를 하지 않거든. 지문이 밖에서만 검출되고 안에서는 발견되지 않았을 때 그 이유를 찾아내고야 말지. 자살을 위장한 살인을 한 사람이 겨우 문에다 지문이나 남겼겠어?"

윤팀장이 두 팔을 책상에 떨어뜨리고 몸을 의자에 기댔다.

"나도 지금껏 타살일 거라고 생각했거든. 그렇다면 누가 죽였느냐. 나를 아는 누군가가 죽인 걸까? 나를 함정에 빠뜨리려고 누군가가 조작을 한 걸까?"

"누군가가 누군데?"

"가령, 옛날에 나한테 잡혀서 빵살이 한 놈 중에 억울하다고 생각하는 놈."

"감이 잡히는 놈은 따로 있고?"

"아니. 내가 대구에 올지 어떻게 알았겠어?"

"그냥 관찰하다가 너가 움직이는 걸 보고 기회를 잡은 거라는 말을 하고 싶은 거야?"

"그런데 말이야. 그냥 자살을 한 거고 마침 그때 내가 성진영을 찾아간 거야. 그 시간이 비슷하게 겹친 거지. 이상한 우연이지. 원래 현실은 이상하잖아. 우리가 현실이 이상한지 모르고 사는 건 자세히 보지 않기도 하고 그냥 받아들이기 때문이기도 해."

윤팀장이 손으로 이마를 짚더니 머리칼을 쓸어 넘겼다.

"성진영한테는 왜 갔는데?"

왜 최운택이랑 정학성이 죽었는지 물어보고 싶었다. 성직자는 답을 해 주는 사람이니까.

"그냥 어떻게 사는지 궁금했다니까."

"니미럴, 그게 말이 되냐고!"

김형사가 커피를 들고 들어왔다. 취조가 중단됐다. 하과장이 혼자 남았다. 취조하다가 일부러 멈추고 밖에서 용의자를 관찰하기도 한다. 용의자의 불안감을 끌어 내리는 것이다. 하과장이 커피를 다 마실 즈음 복형사가 취조실로 들어왔다.

"괜찮으십니까?"

"괜찮아 보이냐?"

"변호사는요?"

"나 혼자 할 수 있어."

"여기가 안전할지도 모릅니다. 다음 표적이 과장님이라면."

"여긴 어떻게 들어왔어?"

"담당 형사를 좀 압니다."

"유순경한테 레토나 정리해 두라고 했어. 연락해봐."

"예. 사모님한테는 뭐라고 전해드릴까요?"

"그냥 잘 지낸다고 해."
"예."
"내가 범인 같으냐?"
"아닙니다."
"의심스런 놈이 하나 있어."
"누구 말입니까?"
"지금까지 정황으로 보면 그놈 아니면 내가 범인이야. 내가 아니니까 그놈이지."
하과장이 자신의 책상 서랍 맨 아래 칸에 군대 동기들이 함께 찍은 사진을 보라고 했다.
"맨 왼쪽이 백두태야."
"혹시, 범인이 동기들한테 집단적으로 구타를 당했던 후임병 아닙니까?"
"그런 거 없어."
"저한테 뭐, 말씀 안 하시는 게 있습니까?"
"취조실에 들어오니까 너도 날 짓밟고 싶냐?"
"죄송합니다."
"근데 누가 제보를 했다는데, 내 이름을 정확히 말했다네. 여자 목소리였다는데."
"글쎄요. 그게 중요한 건 아닌 것 같습니다."
"뭐, 그렇긴 하지."
"백두태를 찾겠습니다."
"위험한 놈이니까 조심하고."
"일단 구치소에 들어가실 텐데, 몸조심하십시오."

7

복형사가 커피숍 앞에서 담배를 피우는데 유순경이 다가왔다.
"잘 지내셨어요?"
유순경이 웃으며 물었다. 두 사람이 커피숍으로 들어왔다. 유순경은 커피를 마실 시간이 없을 것 같다면서 주문을 하지 않았다. 유순경이 가지고 온 서류를 주었다.
"과장님은 어떻게 지내세요?"
"결백하면 곧 풀려나시겠지."
"그렇죠? 다들 개념 없다고 난리예요."
"죽였다면?"
유순경이 잠시 복형사의 말을, 하과장에 대한 복형사의 신의를 곱씹듯 머뭇댔다.
"말이 안 되잖아요. 하과장님이 누군데."
2003년에 생산된 레토나를 소유한 사람들은 전국에 509명이었다. 유순경은 서류를 성씨 별로 정리하지 않았다. 까다로운 상사라면 혼을 낼 일이었다.
"레토나가 리턴 투 네이처(return to nature)의 약자래요."
유순경이 걸려온 전화를 받았다. 곧 들어가겠다는 말을 하고는 끊었다.
"들어가 봐."

"컴백, 한 달도 안 남았네요."

"그러게. 그날이 오네."

"그럼, 그날 뵐게요."

"사진은?"

"아! 죄송해요."

유순경이 하과장의 동기들이 함께 찍은 사진을 봉투에서 꺼내 주었다.

"요즘에도 뮤지컬 보나?"

"그럼요."

"나 복귀하기 전에 한 번 볼까?"

"아뇨. 같이 보는 마니아 친구를 배신하면 안 돼요."

유순경이 나갔다. 유순경은 복형사의 뻔한 미끼를 언제나 잡지 않는다. 복형사는 유순경이 준 레토나 소유주 명단에서 백두태를 찾았지만 없었다. 커피숍을 나오며 추선배한테 전화를 걸었나.

"뭔 일이여?"

"소주 한 잔 하자고요."

복형사가 낙지 집으로 들어갔다. 추선배가 홀로 시작했다. 안주는 연포탕이다.

"뭐가 그렇게 급해요?"

"실연당한 얼굴인데?"

추선배가 소주를 따라주며 말했다.

"짭새 일은 안 한다. 나, 끌어들이지 마라."

"정직 중인데 내가 왜 경찰 일을 도와요."

두 사람이 건배를 했다.

"그럼, 뭔데?"

"개인적인 일이죠."

"대가는?"

"불쌍한 사람 돕는 거야."

"나도 불쌍한데."

"원래 불쌍한 사람끼리 돕는 거죠."

추선배는 혼자 세월을 맞은 듯 늙어 보였다.

"나한테 온 거면 사람 찾는 일일 거고. 누군데?"

"이름은 백두태. 나머지 신상은 문자로 다시 보낼게요."

"이왕 찾는 거, 여자면 좋잖아."

"혹시, 자동차 번호판을 만들어서 파는 놈들 알아요?"

"가짜 번호판 필요해?"

"번호판을 만드는 놈이 필요해. 경상북도, 더 정확히 경천에서 활동하는 놈. 번호판을 만드는 놈보다 유통하는 놈이 더 필요하고. 아냐고요."

"알아볼 수는 있지."

추선배가 물수건으로 목덜미를 닦았다.

"최상우는?"

복형사가 대답하지 않고 소주를 마셨다. 복형사는 전처를 죽였을지도 모르는 최상우가 어디서 잘 살고 있을 것 같아 그의 근황을 알고 싶지 않았다.

"관심 없냐? 이제?"

"죽음이 뭘까?"

"생물학적으로 죽음은 부패야. 물리학에서는 분자의 변화. 절대로 원자는 변화가 없어. 마릴린 먼로의 원자들도 박정희의 원자들도 그대로 떠돈대."

"마릴린 먼로가 한국에서 태어났다면 두 사람이 만났을 텐데."

"만나기만 했을라고."

8

　백두태는 오전 내내 석고의 원형에다가 실리콘을 발라 음각을 만드는 작업을 했다. 음각에다 밀랍을 채운 후 실리콘을 제거하는 일은 오후에 홍씨가 받아서 할 것이다. 이틀 쉬었다가 복귀하면 밀랍 원형에 초벌 바르기를 한 후 마르기를 기다릴 것이다. 늘 반복되는 일이지만 언제나 긴장을 늦출 수 없다. 그 긴장 때문에 이 일을 놓을 수 없다.
　사장이 인사하고 나가는 백두태의 어깨를 두드렸다. 사장은 전통적인 밀랍 공법에 대한 자부심이 높다. "우리는 천년을 만드는 사람들이라는 걸 명심하소."
　사장은 주철장 무형문화재다. 사장의 목표는 서기 725년에 제작됐다는 상원사 동종에 버금가는 범종을 만드는 것이다. 상원사 동종을 뛰어넘을 수는 없다고 말한다. 사장은 옛것에 대해 겸손하다. 사장의 꿈은 소리와 시간을 넘어서는 것이다. 자신이 만든 종이 천 년간 소리를 간직한다면 천년 동안 사는 것과 같다고 말한다. 백두태는 영속적 욕망에 대해 모른다. 회식 자리에서 사장이 말했다. "내 불알친구 놈들은 하나같이 전립선이 커질까 걱정이제. 그런데 막상 슬픈 게 뭐냐. 전립선을 걱정할 나이가 된 것보다 전립선 걱정밖에 할 줄 모르는 좁은 나이가 된 것이제. 전립선이 부어서 오줌길이 좁아지니까 사람도 좁아지는 것이제. 젊을 땐 그렇게 서로 자기 포부가 크다고 자지 크기 자랑마냥 하던 놈들이."

사장은 범종을 만드는 과정에서 결코 타협하지 않는다. 사장은 예순여섯의 나이에도 불구하고 끊임없이 새로운 여자를 만난다. 공장 부근에서 기다리던 젊은 여자들을 여러 직원들이 여러 번 목격했다. 여자들은 돈만 노리는 싸구려 같아 보이지 않았다.

백두태는 카키색 보스턴백을 들었고 김씨는 빨간색 배낭을 멨다. 버스정류장을 향해 두 사람이 걸었다. 백두태는 원래 홍씨와 나오는 짝인데 오늘은 날짜를 바꿔서 김씨와 나오게 됐다. 백두태는 김씨하고 말을 섞어 본 적이 거의 없었다. 평소 말이 많은 김씨는 몸살에 걸려서 별 말이 없었다. 김씨가 탈 버스가 먼저 왔다. 얼마 후 백두태가 탈 버스도 왔다. 백두태가 버스에서 내려서 비뇨기과에 들렀다가 1층 약국으로 들어갔다.

"빅명근씨."

약사가 부르자 백두태가 계산하고 약을 받았다. 밖으로 나와 버스를 탔다. 내려서 십분쯤 걸었다. 재개발을 기다리는 동네는 유목민의 주거지처럼 어수선했다. 백두태가 슈퍼마켓에 들러 정종을 한 병 샀다. 허름한 빌라 단지로 들어섰다. 자동차들이 마당 곳곳에 **빽빽**하게 주차됐다. 평상 위엔 고추가 널렸다. 평상 옆에 돗자리를 깔고서 할머니들이 찐 감자를 설탕에 찍어 먹으며 이야기를 나누었다.

백두태가 나동 202호의 초인종을 눌렀다. 반바지를 입은 여고생이 문을 열었다. 조카는 고개만 한 번 숙이더니 백두태가 말을 건넬 시간을 주지 않겠다는 듯 서둘러 자기 방으로 들어갔다. 부엌에서 음식을 준비하던 백경미가 백두태를 보고는 국과 밥을 떴다. 백두태가 여동생을 따라 작은 방으로 들어갔다.

"이 서방은 늦는대."

몇 년째 매제 얼굴을 보지 못했다. 본다고 반갑거나 특별히 할 말이 있는 건 아니다. 중간에서 매번 핑계를 만들어야 하는 여동생만 번거로운 일이다.

"손 씻고 와."

백두태가 손을 씻고 오자 백경미가 향을 피웠다. 백경미가 삐뚤빼뚤 직접 쓴 지방이 상 가운데 자리 잡았다. 글씨체 때문인지 제사상도 우스워 보였다. 백경미가 나가고 백두태가 홀로 제사를 지냈다.

결국 딸이 차려 준 제삿밥을 얻어먹을 거면서 어머니는 살아생전에 아들과 딸을 차별했다. 박복한 어머니는 지금 여동생의 나이와 비슷했을 때 돌아가셨다. 그럴듯한 사진 한 장 남겨두지 못해서 어머니와 남매가 함께 찍은 사진을 제사상에 올렸다. 단란했던 기억이 전혀 없는데 어떻게 웃는 사진을 찍었을까.

용케 진실을 왜곡한 순간을 만들어 냈다.

기억하지 못하는 행복했던 순간이라도 있었던 걸까. 백두태는 전혀 없었다는 듯 고개를 저으며 정종을 마셨다. 이 집에는 술을 마시는 사람이 없기 때문에 남겨 두면 버릴 것이다. 어머니가 살아생전에 음식을 먹는 걸 본 기억이 없다. 웃지도 먹지도 않았던 어머니가 견뎠던 45년은 어떤 시간이었을까. 남들은 일찍 죽었다며 혀를 찼지만 어쩌면 어머니는 주어진 운명보다 오래 버텼던 것일지도 모른다.

어머니도 아버지처럼 세상에 핏줄을 남기지 말았어야 할, 세상에 오지 말았어야 할 사람이다.

백두태가 제사를 마치고 제사상에 돈 봉투를 올려두고는 거실로 나왔다. 백경미가 소파에 앉아 텔레비전을 보다가 일어섰다.

"음식 싸줄게."

백두태가 신발을 신었다.

"됐어."

"아들만 끔찍하던 귀신이 먹던 음식을 아들이 먹어야지 누가 먹는다고."

백두태가 현관문을 열고 나갔다. 백경미가 슬리퍼를 끌며 따라 나왔다. 어떻게 사느냐, 돈은 모으고 있느냐, 집은 언제쯤 살 수 있느냐며 잔소리를 했다. 백두태는 언제나 그랬듯 듣기만 했다.

"대답 좀 해라."

"갈게."

"백장철하고 똑같아."

아는 사람이 말을 걸자 백경미가 언제 짜증을 냈냐는 듯 태도를 바꿔 인사를 나눴다.

"그 인간 다음 달에 나온다네. 알아?"

백두태는 몰랐다.

"어쩔래?"

백두태가 팔소매로 땀을 닦았다.

"직이쁜다며?"

백두태가 백경미의 어깨를 두드렸다.

"무서워?"

백두태는 악만 남은 것 같은 여동생을 물끄러미 바라보았다. 여동생이 잘 살길 바랐다.

"사람 죽인다고 다 감옥 가는 거 아니야."

백경미의 친구가 남편을 죽였다. 경찰은 사고사로 처리했다. 경찰은 속았다기보다 관심이 없었다. 여자의 남편은 아내가 죽을 경우 보험금을 수령하도록 보험에 가입했다. 남편이 죽을 경우 여자가 수령인이 되는 보험은 없었기 때문에 경찰은 의심하지 않았다. 남편을 죽인지 9년이 돼 가지만 여자는 잘 산다. 여자의 지인들 중에 아는 사람은 다 아는 사실이다.

백경미는 백두태에게 아버지를 살려두는 것이야말로 죄책감을 가질 일이라고 말하곤 한다.

백두태가 하늘을 올려다 보았다. 별이 보이지 않았다. 어릴 때 별을 보며 쿠웨이트에서 돌아 온 아버지를 다시 쿠웨이트로든 우주로든 보내 달라고 빌었다. 시간이 지나서 아버지가 교통사고라도 나서 죽게 해 달라고 빌었다. 교통사고 사망률이 가장 높은 나라에서 충분히 가능한 일이기에 간절하게 빌었다.

백두태에게 별은 멀리 있는 것에 불과했다.

"마음, 바뀐 거야?"

"마음 같은 건 없어."

"담배 있어?"

백두태가 담배를 건넸다.

"그년이랑 같이 살아?"

"그만 간다."

"아니지? 헛소문이지?"

백두태가 뒤돌아서 걸었다.

"미쳤어? 그년이 누구라고 배를 맞춰!"

비가 내리기 시작했다. 백경미가 경비실 처마 밑으로 들어갔다.

"평범하게 살면 안 되냐? 어!"

목이 말랐던 콘크리트가 급하게 습기를 흡수했다.

"우산 가져가! 인간아!"

백두태가 재개발을 바라기도 하고 막으려고도 하는 동네에서 벗어났다. 비를 맞으니 시원했다. 만날 때마다 지청구를 주어도 백두태는 여동생이 고맙다.

어머니는 죽고서 17년 동안 제삿밥을 얻어먹지 못했다. 백두태는 제사를 지낼 형편이 안 됐고 백경미는 교회에 다녔다. 백경미의 몸이 아팠다. 병원에서도 이유를 알아내지 못했다. 한의사는 백경미가 '기'뿐 아니라 '혈'도 약하다고 했다. 보약을 계속 먹어도 회복하지 못했다. 백경미가 지인과 함께 무당을 찾아갔다.

무당은 백경미가 아픈 게 어머니의 제사를 지내지 않기 때문이라고 했다. 제 명을 다 살지 못하고 죽은 어머니가 그렇지 않아도 원통한데 아무도 제사를 지내지 않으니 딸한테 해코지를 한다는 것이다. 왜 하필 딸한테? 남편은 무섭고 아들은 소중해서 만만한 딸한테 붙은 것이라는 게 무당의 해명이었다.

속는 셈 치고 지방 뒤에다 무당이 적어 준 부적을 붙이고 제사를 지냈다. 백경미의 몸이 회복되기 시작했다. 완전히 예전처럼 돌아가지는 못했지만 앓아누웠던 몸이 뷔페식당에 설거지 일을 하러 다닐 정도가 되었다. 무당은 어머니의 제사를 딸이 준비하고 아들이 술을 올려야 한다고 말했다. 아들이 죽으면 어머니도 물러갈 거라면서 그 후엔 제사를 지내지 않아도 딸의 몸이 아프지 않을 거라고 했다.

매년 제사를 지내기 전에 무당을 찾아가 백만 원짜리 부적을 사야 한다. 그전에 들던 약값과 일을 하지 못해서 벌지 못하는 돈에 비하면 저렴하다. 무엇보다 몸이 아픈 것에 비하면 아무것도 아니다. 아픔은 죽음이 아니어서 더 고통스럽다.

시댁은 모두 교회를 다니기 때문에 무당이 부적 팔아먹는 짓이라고 했다. 자리에 누웠던 며느리가 일어나자 그들도 할 말이 없었다. 백경미의 시어머니는 "독사의 핏덩어리"가 들어왔다고 저주를 퍼부었다. 그 말은 들은 후 백경미는 시어머니의 "지랄스러운 믿음"을 더 보지 않겠다며 교류를 끊었다.

백두태가 택시에서 내렸다. 멀리 순대국밥집이 보였다. 가방에서 약을 꺼내 입에 넣고 삼켰다. 집에 와서 욕실로 들어갔다. 제사를 지낸 날이면 평소보다 오랫동안 씻었다.

중학생 때 무슨 일이었는지 하루종일 비를 맞고 돌아다녔다. 그날 밤부터 며칠 동안 감기몸살을 앓았다. 무슨 일이었는지 기억이 나지 않은 그 일이 말끔하게 씻겼다.

백두태에게 물은 망각이다.

백두태가 방으로 들어갔다. 아로마 향이 나지 않았다. 백두태가 제사를 지내고 돌아온 날 예민해지는 습성을 배려한 것이다. 옥선이 음악을 들으며 휴대폰으로 인터넷을 검색하는 중이었다.

"티비 틀까요?"

옥선은 텔레비전을 좋아하지 않았다. 텔레비전을 보는 백두태를 보는 걸 즐겼다.

"아니."

재즈가 흘렀다. 취미가 고상한 여자다. 좋은 조건에서 자랐다면 우아하게 살았을 것이다. 백두태가 바지를 벗고 옥선 앞에 성기를 내밀었다. 옥선이 입에 넣었다. 더없이 단단했다. 백두태의 손길이 투박했다. 옥선은 불을 끄자고 했지만 백두태는 급했다. 옥선이 그대로 백두태를 받아들였다.

이 남자의 욕망은 한결같지 않다. 어쩔 땐 차갑고 어쩔 땐 너무 뜨겁다. 옥선은 백두태가 사납게 달려드는 것이 처음엔 거북살스러웠다. 언제부턴지 백두태가 차분할 땐 사나움이 그립다. 옥선이 달떴다.

"천벌을 받을 거예요...... 우리."

백두태가 옥선을 뒤로 돌려 뒤에서 삽입했다. 옥선이 입술을 앙다물었다. 입술이 벌어지면 깊숙한 곳에서 희열이 터져 나올 것이다.

"나, 안 떠날 거지?"

"어디로 가겠어."

백두태가 더 깊이 넣으려 옥선의 골반을 잡아끌었다.

"나빠. 갈 데가 없어서……"

백두태가 다시 앞으로 왔다. 백두태가 더욱 거칠어지면서 옥선의 신음도 깊어졌다. 옥선은 뒤에서 하는 것보다 배를 맞추는 것을 좋아했다. 백두태가 들어오면 올수록 안은 더 넓고 깊어진다. 백두태가 안으로 깊이 들어오면, 정작 흠뻑 젖은 채 들쩍지근한 바다에서 헤엄치는 건 옥선이다. 백두태는 길을 열어주기만 할 뿐 길을 가는 건 옥선이다. 다른 남자들과 무엇이 다른 건지 백두태의 그것은 옥선의 안에 샅샅이 도달하며 구석구석 숨어 있는 환희의 감각들을 깨운다.

"너무 늦었어."

"뭐, 가?"

"떠날 수 없다고."

백두태가 사정했다. 옥선이 백두태의 마음에 닿기라도 하겠다는 듯 깊이 안겨 왔다.

사랑이 끝나면 백두태는 식물이 된다.

"말 좀 해봐요."

"무슨 말?"

"아무거나 재밌는 말."

백두태가 뜸을 들였다.

"얼른."

"흑산도에서 홍어잡이 배를 탔다고 했잖아."

"한 번 배 타면 3박 4일?"

"그렇지."

"그런데?"

"홍어를 잡으려고 그물을 친다고 해서 홍어만 잡히는 게 아니야. 광어가 잡히기도 해. 배를 타고 회를 쳐서 먹는데 홍어만 먹는 게 지겨우니까 광어가 잡히면 광어를 회로 먹고."

"그리고?"

"어떤 날은 홍어보다 아귀가 더 잡혀."

"그래서?"

"그렇다는 거야."

"뭐가?"

"아귀."

"그게 다야?"

"응."

"재밌는 얘기라고?"

"음."

"엉터리 방터리."

백두태가 잠에서 깼다. 옥선은 근심이라곤 없는 사람처럼 잘 잤다.

악몽을 꾸었는지 아버지가 느껴졌다.

아버지는 마도로스가 되는 게 꿈이었다고 했다. 아버지는 거꾸로 들면 물음표 모양을 한 마도로스 파이프로 담배를 피웠다. 어린 백두태에게도 몇 번 피워보게 했다. 매캐했지만 좋았다. 아버지가 마도로스 모자를 쓰고 파이프를 피울 때 연기처럼 아득한 동경이 생겼다. 쿠웨이트에 가기 전에 아버지는 멋진 남자였다.

완충장치였던 할머니가 돌아가신 후 아버지는 폭력의 수위를 조절하지 못했다. 어머니는 아버지와 대등한 존재가 못 됐다. 165 정도의 키에 80킬로그램이 넘는 몸무게의 아버지와 150이 안 되는 키에 40킬로그램 정도밖에 안 되는 몸무게의 어머니. 나이치고도 지나치게 가부장적인 아버지와 또래들처럼 가부장적 질서를 징글징글해 하면서도 다른 도리가 없어 복종하는 어머니. 아버지는 절대적 권력자였다.

삼남매는 어머니가 불쌍하다고 여겼지만 그보다 생존이 더 중요했다. 삼남매는 살기 위해 아버지를 거스르지 않아야 한다는 것을 배웠다. 아버지는 당신 앞에서 웃고 당신을 좋아하는 것 같으며 당신을 거역하지 않으면 상을 주었다. 조금이라도 삐딱하게 굴면 곧바로 응징했다. 예외도 주저도 없었다. 상은 밥과 칭찬이었다. 응징은 굶주림과 매질이었다. 삼남매는 아버지 앞에서 어머니와 친근하게 지내지 못했다. 아버지의 심기를 거스르지 않으려는 것이었는데 차츰 아버지가 없을 때도 삼남매는 어머니와 거리를 두게 됐다. 아버지를 막지 못하는 어머니를 원망했고 그 원망은 아버지가 원하는 멸시로 전환되었다. 어머니는 남편에게 당하는 학대보다 자식들에게 당하는 외면을 더 한탄했을 것이다.

오월의 어느 날이었다. 어머니가 작정하고 아버지에게 악다구니를 부렸다. 아이들을 데리고 나가겠다고 말한 후 짐을 쌌다. 처음으로 보는 어머니의 당당한 기세에 삼남매는 두려웠다. 자신감이 충만한 아버지는 아이들에게 선택하도록 하자고 했다. 삼남매는 어머니를 선택하지 않았다. 어머니를 선택해도 어머니와 함께 나가리라고 기대할 수 없었다.

아버지의 집은 인간성을 말살시킨 곳이었다.

아버지는 기회를 준 것이 아니라 응징의 명분을 찾는 것이었다. 삼남매는 폭력으로 얽힌 관계의 본질을 알았다. 골리앗에게 다윗이 이긴다는 건 오래전 거짓말일 뿐이라 생각했다. 아버지는 지배자였다.

승리감에 도취된 아버지가 어머니의 반항을 짓밟을 차례였다. 아버지가 어머니를 때리기 시작했다. 어머니는 맞으면서 소리를 지르지 않았다. 아버지의 발길질이 어머니의 옆구리에 맞지 않고 빗나갔을 때 어머니가 비웃었다. 삼남매는 어머니가 눈앞에서 죽어가는 걸 그저 지켜봐야 했다.

어머니는 왜 몰래 나가지 않고 아버지에게 선포했을까. 아버지가 순순히 보내줄 거라고 생각할 만큼 어리석은 사람이 아니었는데. 어머니는 나가고 싶었던 게 아니라 죽고 싶었던 것이다. 삼남매는 어머니가 죽은 후에 아버지와 함께 산 보름 동안 어머니가 잘못해서 죽었다고 생각했다. 어머니의 죽음에 정당성을 부여하지 않을 수 없었다. 제사상을 받으면서 어머니는 비로소 세상에 자식을 남긴 여자가 되었다.

거푸집

1

추선배한테 전화가 왔다.
"찾았어요?"
"백두태 말고."
"누구?"
"최상우."
전처는 복형사와 이혼하고 일 년이 채 안 돼서 최상우와 재혼했다. 전처가 재혼하기 전에 처제가 복형사를 찾아왔다. 언니의 재혼 상대가 이상한 것 같다면서 알아봐 달라고 부탁했다. 복형사는 경찰이 근거 없이 남의 뒷조사를 하는 직업이 아니라며 거절했다.
계숙이 재혼하고 일 년이 지난 어느 날이었다. 최상우가 일하러 나간 사이 계숙이 안방에서 목을 맨 채 발견됐다. 집에 돌아온 최상우가 119에 신고했다. 경찰은 자살로 결론을 내렸다. 계숙의 가족들은 최상우가 죽였다고 확신했다. 정신적인 폭력에 시달리던 계숙은 최상우에게 이혼을 요구하던 중이었다. 계숙에게 다른 남자가 있다는 걸 최상우도 알고 있었다고 계숙의 가족들이 진술했다. 최상우는 몰랐다고 했다. 가족들은 계숙이 결코 자살을 선택할 성격이 아니라고 주장했지만 경찰은 받아들이지 않았다. 가족들은 최상우의 살인을 증명할 길이 없었다. 이혼을 요구했다는 것도 가족들의 증언일 뿐이었다. 가족들은 계숙이 이혼을 위해 변호사라도 샀다면 진실이 밝혀졌을 거라며 한탄했다. 계숙이 친구에게 보낸 SNS에서 죽고 싶다는 말을 했다. 경찰은 그것을 자살의 근거로 보았다. 가족들은 남편 때문에 계숙이 고통스러워서 한 말이었을 것이라고 주장했다.

처제는 최상우가 어떤 사람인지 알아보고 언니에게 말해줬더라면 결혼을 말릴 수도 있었을 거라며 복형사를 원망했다. 복형사는 미안하다고 했다. 결혼하기 전에 최상우에 대해 알아보고 계숙에게 말해주었더라도 결혼을 말리지 못했을 것이다. 간섭받는 걸 싫어하며 고집이 센 여자다.

계숙이 죽고서 최상우가 이사했다. 복형사는 시간이 날 때마다 최상우의 뒤를 밟았다. 계획 같은 건 없었다. 최상우와 계숙은 서로가 서로의 이름으로 생명 보험을 들었다. 최상우는 보험금을 타서 넓은 집으로 이사했다. 복형사는 일 년이 넘도록 최상우를 쫓아다녔다. 어느덧 복형사는 자신이 왜 최상우를 쫓는지 목적을 잃어버렸다. 다시 일 년이 지났다. 최상우가 한국을 떠났다.

복형사가 약속 시간 안에 도착했다. 7518부대 입구에 스파이크 트랩이 지그재그로 깔렸다. 군인 아니랄까봐 정시에 도착했느냐는 전화가 왔다. 잠시 후에 박상사가 나왔다. 키가 크고 마른 체형인데 눈빛은 강인해 보였다. 복형사가 인사를 한 후 명함을 주었다. 복형사는 친구의 소개를 받아 7518부대에 복무 중인 박상사를 만나러 왔다.

"말씀하셨던 명단입니다."

박상사가 서류봉투를 주었다. 박상사는 직업에 대한 자부심이 강해 보였다.

"그럼, 전 이만 들어가 봐야겠습니다."

박상사가 부대로 들어갔다.

복형사는 하과장과 함께 군 생활을 한 사람들에 대한 기록을 면밀히 살펴보았다. 서류엔 감정과 고통이 없었다. 다들 군대 생활을 잘하고 무사히 제대한 것 같았다.

복형사가 하과장보다 넉 달까지 후임인 사람들을 찾아다녔다. 후임이었던 시청 공무원은 하과장의 동기들이 특별히 후임병을 괴롭혔던 건 아니라고 말했다. 사생활이 없는 곳에서 다른 사람들의 눈에 두드러지게 보이지 않는 괴롭힘을 당하고 그것을 가슴 속에 묻어 두었다가 오랜 시간이 지나서 꺼낸 것이라면 그 은닉을 어떻게 알아낼 수 있을까. 죄를 짓고 못 산다는 건 죄를 드러나게 짓는 사람들과 죄책감을 느낄 줄 아는 사람들로 한정될 것이다. 죄를 짓고 무사히 사는 사람들은 궤도에서 비켜서서 순진한 추적을 비웃을 것이다.

"옛날엔 왜 학교 다닐 때 선생님들한테 별 이유도 없이 맞고 그랬잖아요. 고1 때 담임은 대 놓고 오늘 마누라랑 싸웠다면서 눈에 거슬리지 말라고 경고도 했어요. 거슬린 놈들은 빠따를 맞았죠. 몇년 전에 신문에서 보니까 학생 얼굴을 지휘봉으로 한 대 때려서 멍이 들었는데 그 부모가 형사 소송을 해서 선생님이 전과자가 됐다더라고요. 선생이 괜히 때렸겠어요? 정년 퇴직을 2년 앞두고서 연금도 날아갔다더라고요. 지금 입장에서야 우리가 학교 다닐 때 선생님들이면 많은 분이 연금을 못 받겠죠. 하지만 당시엔 누구나 이해했잖아요. 다들 그러니까. 부대에서도 그 정도였어요. 그때 그곳에서는 특별할 것도 없고 다들 익숙해서 이해할 정도로 서로 열심히 괴롭혔죠."
초등학교 선생님이라는, 하과장의 군대 후임이 말했다.
"괴롭히는 동기가 한 명 있었죠."
정육점을 하는 후임이 말했다.
같은 중대에 하과장의 동기가 여섯 명이었다. 하과장이 준 사진에는 동기가 다섯뿐이었다. 한 명의 고문관 때문에 나머지 다섯 명이 단체로 지하 보일러실에 끌려가서 구타를 당하는 일이 다반사였다. 나머지 동기들이 고문관의 군 생활을 제어하기 시작했다. 후임의 입상에서 처음엔 동기들노 살기 위해 어쩔 수 없었다는 생각이 들었다. 고문관에 대한 억압이 필요 이상으로 심해졌다. 후임들도 고문관을 무시하는 지경에 이르렀다.
"성추행도 했었어요."
복형사는 성추행의 구체적인 내용을 알고 싶지 않았다. 얼마 전에 오강경찰서에 소속된 의경들 사이에서 성추행이 벌어졌고 언론에도 보도되었다. 가해자로 분류된 8명 전원을 2주 동안 기율대에 보냈다. 오형사는 그들의 성적 성향을 파악한 결과 결코 동성애자가 아니라고 말했다. 면담 한 두 번 했을 것이다. 오형사는 밖에서 결코 남자를 건드리지 않을 애들이 안에서 남자를 추행하는 원인을 강력한 통제 때문이라고 진단했다.

복형사는 군대 선임 중에 한 놈을 아직도 기억에서 지울 수가 없다. 그놈은 취침이 시작될 시간에 발기한 채로 후임들의 바지를 벗긴 후 자신의 성기를 후임의 엉덩이에다 비벼댔다. 그가 어디서 무슨 정체성으로 사는지 모르지만 그놈은 비교적 즐겁게 군 생활을 했다. 제대하고 주말에 부대에 찾아온 적도 있었다.

성적 정체성은 단지 두 가지가 아니다. 이성애자이면서 동성에 대한 권력을 가질 때 동성을 성적으로 추행하는 성향은 독립된, 또 하나의 정체성이다. 그들은 군대와 달리 사회에서는 용납되지 않는 정체성 하나를 말살하며 살고 있을 것이다. 아니면 비밀스럽게 다른 곳에서 그 정체성을 풀 것이다. 육체적 추행이 용납되는 공간에서만 나오는 자아다. 그들이 사회로 나와 권력을 얻었다고 해도 군대에서 동성에게 했던 성적 폭력을 휘두르지 못할 것이다. 그들이 다시 추행이 허용되는 곳으로 간다면, 그들의 성적 욕망과 권력이 합쳐진 괴물은 또 발기할 것이다.

그것이 허용되니까.

"만약에 다른 동기들이 때리지 않았다면 그 고문관이 군 생활을 하기가 더 힘들었을지도 모른다는 생각이, 이제는 드네요."

"고문관은 그래서 잘 버텼습니까?"

"후송됐어요. 대대적으로 한따까리 하는 날."

지하 보일러실에서 종종, 일명 '야식집합'이라고 불리는 얼차려를 했다. 근무자를 제외하고 일병 이상이 모두 모였다. 상병 이하로 원산폭격을 했다. 병장 하나가 총기함의 열쇠를 분실한 사고에 대해서 마치 인격보다 중요한 게 훼손된 것처럼 분노를 표출했다. 열쇠는 금방 찾았다. 열쇠를 분실한 사람이 하과장의 동기인 고문관이었다. 열쇠를 건빵주머니에 넣은 채 씻으러 갔던 것이다.

병장들이 하과장의 동기들을 하나씩 밟았다. 다음은 동기들이 고문관을 밟을 차례였다. 시작도 하기 전에 고문관이 울었다. 동기들은 고문관을 짓밟았다. 밤새 끙끙 앓던 고문관은 다음날 아침에 통합병원으로 후송됐다.

"후송된 후에 제대했다던데."

정육점 남자의 얼굴이 골절기의 표면에 반사되었다.

고문관이었던 민태농이 의병 제대를 한 후에 칼을 갈다가 차례로 동기들을 죽였을까?

많은 시간이 흘렀다. 시간이 가도 잊을 수 없을 치욕이었을 것이다. 26년이나 지난 지금에 와서 왜 자살을 위장한 살인이었을까. 추적을 피하기 위해서?

하과장한테 사진을 보낸 건 추적을 하라는 뜻인데……

고문관이었던 민태동은 없었다. 19년 전에 죽었다.

민태동의 부모님은 모두 돌아가셨고 유일하게 남은 혈육은 누나다. 누나는 네덜란드로 이민을 떠났다. 민태동의 누나가 전화 통화에서 사촌동생과 민태동이 가까이 지냈다는 사실을 알려주었다.

 민태동의 사촌동생, 민태식은 부평에서 중국집을 운영했다. 복형사가 식사 시간이 지나서 중국집에 갔다. 민태식이 주방에서 군만두를 들고 나와 복형사 앞에 앉았다.

 "드셔 보세요. 새로 개발한 겁니다."

 복형사가 만두를 하나 집어먹었다.

 "맛있습니다."

 민태식이 오른쪽 입술을 아래로 내리면서 웃었다.

 "태동이 형을 찾아오는 사람이 다 있네요."

 복형사가 민태식이 어떻게 죽었느냐고 물었다.

 "제대하고 휠체어 신세를 졌어요. 동기들을 모두 죽여 버리고 싶다고 했어요."

 의심을 피하려 민태식이 먼저 동기들에 대한 말을 꺼내 선수를 치는 것일지도 모른다. 민태식은 무엇을 하든 능숙해 보이는 인상이다.

 "죽이려고 시도는 했습니까?"

 "휠체어에 앉아서?"

 휠체어에 앉은 민태동을 도와서.

 "혹시 민태동씨가 죽을 때 욕조 속에서 동맥을 잘랐습니까?"

 민태식이 물을 마셨다.

 "달리 방법이 없었겠죠."

 민태식이 군만두를 집어먹고는 엄지와 검지로 입술 양 끝에서 문을 닫는 듯 가운데로 두 손가락을 합쳤다. 민태식은 순순히 묻는 대로 대답하는 것 같았지만 정작 새로운 정보는 아무것도 없었다.

복형사가 중국집 문을 닫고 나가는 민태식의 뒤를 밟았다. 민태식은 피트니스 클럽에 들어갔다. 운동을 마치고 나오면서 통화를 했다. 민태식이 집으로 들어갔다. 민태식은 자주 웃었지만 그때마다 눈은 웃지 않았다.

복형사가 집으로 돌아와 늦잠을 잤다. 갑자기 만사가 귀찮아졌다.

왜 지나치게 열심히 하고 있을까.

추선배한테 재촉했지만 아직 백두태를 찾지 못했다.

"신분증 없이 어디서 객사하고 무연고시신으로 처리돼서 화장하고 한 줌의 뼛가루로 이승을 떠돌고 있을지도 몰라."

하루를 멍하니 보냈다. 사건이 깊은 곳으로 초대할 땐 일정한 시간 동안 멍해진다.

추선배한데 다시 연락이 왔다.

"백두태 찾았어?"

"자동차 번호판 만들던 놈, 찾았다."

"만들던?"

"만나 볼래?"

"어딘데?"

"경북북부 제1 교도소."

"청송?"

"나 내일 안동 가야 되는데 같이 가든가."

추선배를 만났다. 찌든 행색이었다. 추선배는 아이를 넷이

나 낳았다.

두 사람이 김정철과 면회를 했다. 김정철과 추선배는 오래전에 안면이 있었다. 김정철한테 추선배는 좋은 기억이, 당연히 아니었다.

"우리 인연이 또 어떻게 될지 모르는데, 삐딱하게 굴 거 없잖아. 서로 돕고 살면 좋지 않겠어?"

추선배가 협조할 생각이 없어 보이는 김정철에게 말했다.

"번호판 팔던 시절은 내 청춘인데, 흘러간지 오래 됐수다."

"오래된 기억을 되살릴 이야기를 하나 가져왔어. 김영철이라고 김정철하고 유전적으로 부모가 같은 놈인데 불법으로 도박장을 한다더라고."

"면회도 안 오는 형이랑 나랑 뭔 상관이게."

"진평 먹자골목에서 오늘 또 한다던데? 숙성고기집 영업 끝난 다음에 문 닫고서 한 판 크게 벌어진다더라고. 확인하러 가는 길에 들른 거야. 습식 숙성이 맛있는지 건식 습성이 맛있는지 고기를 잘 아는 놈한테 물어보려고. 숙성고기집은 김정철 누나가 하는 데고. 경찰이 덮치면 둘 다 철창신세지. 남매 셋이서 아주 씨발, 철창 페티시가 있나 보다."

가만히 듣고만 있던 김정철이 입을 열었다.

"원래 좋은 고기가 맛있지."

"내 관할이 아니어서 나는 뭐, 그 정보를 그냥 버려도 좋고 아니면 굳이 구미경찰서에 정보를 줄 수도 있고. 너한테 선택권이 있다는 걸 알려주려고 내가 먼 길을 오신 거야."

김정철이 눈을 감고 한숨을 쉬었다.

"전국에 가짜 번호판을 만드는 조직이 서로 연결됐겠지?"
복형사가 물었다.
"전국구는 없어. 다들 지역구지."
"경북 지역은 누가 유통하는데?"
"나도 몰라. 똑똑한 놈인데. 직접 거래를 안 하거든."
"그러면?"
"전화가 와서 어디다 돈을 넣으라고 해. 돈을 확인하고 다시 연락이 와서 어디로 가라고 해. 가 보면 물건이 있어."
"번호판을 그렇게까지?"
"이것저것 위조해서 팔아."
"좋아. 그렇다고 치자고."
"치자는 게 아니라 사실이야."
"좋아, 사실이라고 치자고. 그래도 중간에 같이 일하거나 번호판을 만드는 놈하고 연락이 될 텐데?"
"그 일 안 한지 오래 됐어. 수지타산이 안 맞아. 사람들이 가짜 번호판을 판다는 걸 잘 몰라. 사질 않아."
"형법 247조, 영리의 목적으로 불법 도박장을 개설한 자는 3년 이하 징역 또는 2천만 원 이하 벌금형에 처한다. 김영철은 초범이 아니니까 최고 형량을 받거나 가중처벌을 받겠고. 장소를 제공한 김현자도 처벌을 면할 수 없지. 숙성고기나 먹으러 가자."
추선배가 복형사의 어깨를 만지며 말했다.
"한 명 있긴 해. 어디 있는지는 모르고, 요."
김정철이 말했다.

"구미 터미널에 있는 〈오마이커트〉라는 미용실에 가면, 거기 미용사랑 같이 살면서 떡 치는 오영기가 있어. 오영기만 조지면 찾는다고 봐야지, 요."

추선배가 김정철을 보며 웃었다.

"남은 형기 잘 채워라. 강간당하지 말고. 내가 좋은 팁을 알려줄게. 누군가 널 강간할 기세가 보이면 자기 전에 항문에다가 안티푸라민을 발라. 그러면 다시는 안 할 거야. 그것보다 더 강력한 걸 원하면 맨소래담로숀을 발라도 되고. 바셀린 말고 안티푸라민이다. 바셀린 바르면 큰일 난다. 매끈하고 죽이는 똥구멍이라고 소문이 퍼질 거거든. 그러면 너도나도 쑤실 거고, 교도소 최고의 남창이 되겠지. 원하면 그렇게 하든가. 헷갈리냐? 안티푸라민인지 바셀린인지? 다음엔 반말할 건지 존댓말할 건지, 헷갈리지 마라. 나이로 보나 사회적 지위로 보나, 너가 우리한테 반말을 한다는 건 바셀린같은 짓이야."

추선배는 볼일을 보러 안동으로 갔다.

*

복형사가 〈오마이커트〉에 들어왔다. 손님 한 명이 머리를 자르는 중이었다. 남성 커트 전문점이었다. 복형사가 벽에 붙은 의자에 앉았다. 옆에는 잡지와 신문이 비치됐다. 미용사가 녹차와 커피가 있으니까 원하는 걸로 드시라고 말했다. 복형사가 커피를 타서 마셨다. 머리를 다 깎은 손님이 스스로 세면대로 가서 머리를 감고 말렸다.

"앉으세요."

복형사가 커피를 들고 자리에 앉았다.

"어떻게 자를까요?"

"영기 형, 있어요?"

미용사가 커트 보를 펼치려다 도로 접고는 정수기로 가서 종이컵에 녹차 티백을 넣었다. 미용사는 불편할 정도로 몸에 달라붙는 옷을 입었다. 미용사가 뜨거운 물을 천천히 받고는 돌아섰다.

"경찰이시네."

"국가공무원 시험에 합격할 만한 사람으로 봐주다니 나쁘지 않네."

미용사가 대기 의자에 앉으며 눈을 찡그렸다. 많은 사람을 보고 많이 구별해 봤으니 스스로 판별력을 신뢰하는 눈빛이었다. 두 사람은 벽에 붙은 커다란 거울을 통해 서로를 보았다.

"영기 형이랑 번호판 만들던 사람인데. 김정철이라고, 못 들어보셨나? 빵에 좀 있었지."

미용사가 입꼬리를 살짝 올렸다. 들켜버렸다. 빵 냄새를 맡을 줄 아는 것 같다.

"오영기가 얼마 전에 다녀갔다는 소문이 났던데?"

"같이 일하던 사람이면 경상도 사투리를 써야될 긴데. 딴 지역 사람은 절대 안 믿지, 오영기가."

"미용실 앞에다 경찰차 대 놓고 경찰복 입고 미용실에서 뻗

치기 해 볼까?"

"가요."

"어딜?"

"눈으로 보면 되잖아요. 남자들은 인내심이 없어. 쪼금만 버텼으면 빵동기, 믿을라 했는데."

미용사가 미용실 2층에 있는 집으로 복형사를 데려갔다. 방안에 남자 물건은 없었다. 복형사가 미용사의 휴대폰을 빼앗았다. 저장된 사진을 보았다. 한참을 넘기자 남자와 다정하게 찍은 사진이 나왔다. 계속 뒤로 사진을 넘겼지만 다른 남자는 없었다.

"이 비곗덩어리가 오영기지?"

복형사가 남자의 사진을 보여주며 물었다. 미용사는 대답하지 않았다. 오영기라는 말이다. 복형사가 그 사진을 자신의 휴대폰으로 전송했다. 오영기는 곱슬머리였다.

"오영기를 감옥에 넣으려고 하는 게 아니야."

"좀, 넣어요."

"참고로 물어보려고. 정보만 들으면 나는 볼 일 없어. 나는 잔챙이나 잡으러 다니는 경찰이 아니거든."

"그 새끼, 일식집 사장 마누라랑 중국으로 튀었다던데."

의미없는 거짓말이었다.

복형사가 미용실을 나와 팔롱폭포로 갔다. 자동차에 앉아 컵라면을 먹으며 밖을 관찰했다. 건너편에서 간혹 마을로 들어가거나 마을을 나가는 사람은 평범한 시골 노인네들뿐이었다.

민태식이 레토나를 끌고 나타난다. 레토나에서 내리는 민태식을 잡는다. 민태식이 묻는다. 어떻게 알았어요? 눈은 웃지 않는 네 웃음이 단서였지.

사촌형이 죽은지 얼마나 지났는데 왜 이제 복수를 하지?

복형사가 모텔로 왔다. 새벽에 다시 팔룡폭포 근처로 갈 생각이었다. 똥구멍이 간질간질한 범인이나 현장을 다시 찾는다. 우편을 보낸 놈은 가벼운 놈 같지 않다. 열심히 뛰어다니는 것보다 잠복을 하는 게 더 힘들다. 복형사가 에어컨을 강하게 틀어놓고 푸시업을 백 개쯤 했다. 샤워를 하고 맥주를 마시며 텔레비전을 보았다. 케이블에서 방영하는 영화를 보았다. 살인자 삼촌과 피를 이어받은 질녀가 나란히 앉아 피아노를 치는 장면은 에로티시즘의 절정이었다.

복형사가 전화를 걸어 마사지를 불렀다. 노크 소리가 났다. 문을 열어주었다. 여자가 급하게 뒤돌아가려 했다. 복형사가 체리의 팔을 잡아 방안으로 데려왔다.

"미친개이야! 뭐하는 짓이고!"

복형사가 따귀를 때리려 손을 올리자 체리가 어깨를 움츠렸다.

"왜이라는데요?"

복형사가 손을 거뒀다. 체리가 침대에서 소파로 옮겨 앉았다.

"뭐가 켕겨서 도망치냐?"

"그게 아이라, 이상한 문디 놈이 하나 있는데, 그놈인 줄 알고."

"뺑끼도 사람 봐 가면서 쓰는 거다. 너, 내가 누군지 모르지?"

"나는 내가 누군지도 몰라요."

복형사가 체리에게 수갑을 채웠다. 체리의 눈이 휘둥그레졌다.

"오빠, 경찰?"

"그 새끼들 누구야?"

"누구요?"

복형사가 손을 올리자 체리가 몸을 움츠렸다.

"말로 할 때 말로 하자."

복형사가 체리의 지갑을 뒤져서 신분증을 꺼냈다.

"겁대가리 없이 경찰을 털어먹어?"

"저는 뭔 말인지 모르겠는데요."

복형사가 체리의 휴대폰으로 체리의 신분증 앞면과 뒷면의 주소를 찍어서 자기 휴대폰으로 전송했다.

"니 번호랑 신상 저장했다. 콩밥 먹고 싶지 않으면 그 새끼들하고 미팅을 주선해. 그 새끼들은 물론 몰라야 되고. 시간은 일주일."

복형사는 체리의 잔머리가 굴러가는 소리가 들리는 것 같았다.

"경천경찰서에 내 동기가 있거든. 비슷한 느낌의 영화배우가 하나 있는데, 주로 폭력배나 강간범으로 나오더라고. 얼마 전에는 그 배우가 잡지에 표지 모델로 나왔는데 말이 많았지. 여자를 자동차 트렁크에 넣고 담배를 피우는 포즈였거든. 배우는 자신과 무관하게 연기를 한 것이겠지만 내 동기는 아주 정직한 외모를 가진 친구야. 생긴 거랑 하는 짓이랑 똑같거든. 여기가 내 관할 지역은 아니지만 내 동기랑 나는 막역한 사이고. 뭔 말인지 알아?"

체리가 기어들어가는 소리로 알았다고 대답했다. 복형사가 수갑을 풀어주었다. 체리가 화장대로 가서 의자에 엉덩이를 붙였다.

"나한테 경찰 냄새 안 나냐?"

"나는 자동차 파는 사람인 줄 알았는데."

"왜?"

"말이 많아서."

체리의 눈에서 눈물이 떨어졌다.

"진심으로 우는 거야?"

체리가 눈물을 훔쳤다.

"연극을 하는 사촌 누나가 그러너라고. 여자들은 모두 연극 배우라고. 여자들의 눈물은 모두 연기라고. 누나가 연극배우라서 하는 말 아니냐고 했더니, 자기는 현실의 여자 중에 연기를 못하는 축에 속한대. 그 누나가 삼성전자에 다니는 남자하고 연애도 했었어. 외모가 되니까. 결국 가난한 시나리오 작가랑 결혼했어. 매형의 시나리오를 사려는 영화사가 없대. 이야기를 들어봤는데 너무 느려. 도스토예프스키를 존경한대. 도스토예프스키가 웬말이야. 생계는 그 누나의 몫이지. 누나는 가장 중요한 순간에 연기를 안 한 모양이야."

"가도 돼요?"

"여자들은 왜 그렇게 거짓말을 하는 거야?"

"남자들은?"

"남자들의 거짓말은 쉽게 들키잖아. 여자는 안 들켜. 왠지 알아? 여자들은 진심으로 거짓말을 하거든. 그래서 알기가 쉽지 않은데, 한 번 알게 되면 정말 기분 더럽지."

체리가 일어섰다.

"사흘이다."

복형사가 침대에 누워 체리를 내려다보듯 올려보며 말했다. 체리가 나갔다. 모텔 방이 텅 빈 것 같았다. 복형사는 체리가 무엇을 가져갔는지 알 수 없었다.

전처는 왜 연기를 하지 않았을까.

복형사가 텔레비전을 보며 맥주를 마시려는데 추선배한테 전화가 왔다.

"찾았다. 역시 내가 못 찾는 건 내 마음밖에 없어."

"이번엔 백두태지?"

"박명근."

"박명근은 또 누구야? 백두태를 찾으라니까."

"박명근은 백두태가 사용하는 가명이다."

영화 채널을 틀었다. 남자를 받아들이는 여자의 자궁에서 물이 솟았다. 물이 햇빛과 만나 무지개가 되었다. 여자의 자궁에서 솟는 물이 남자에겐 구원 같았다. 복형사가 텔레비전을 끄고 침대에 누웠다. 하과장의 군대 동기들의 의문사는 군대 시절에서 출발했을 것이다.

2

 백두태가 종을 쳤다. 종구에서 나온 진동이 백두태의 몸을 휘감았다. 처음 종을 치기 시작할 때 선배들이 종을 적당히 치면 종에서 나오는 기운이 자지로 들어와 정력이 강해진다고 말했다. 종을 오래 치면 쇠의 기운이 결국 자지를 주저앉힐 거라면서 이 일을 오래 하면 안 된다고 했다. 백두태는 근거없는 그 말이 진실이어서 자신의 어두운 기운이 주저앉길 바라는 심정으로 종을 친다.
 쇳물을 붓는 작업을 하는 날이다. 9톤의 종이 수십 년 혹은 수백 년 이상 사계절의 변화를 고스란히 견디려면 세월보다 견고해야 한다. 내형과 외형을 만든 다음, 그 사이에 쇳물을 붓는다. 쇳물이 굳으면 내형과 외형을 세서하고 마침내 범종이 탄생한다. 절에 걸린 범종은 새벽과 저녁에 사람들의 슬픔과 분노를 다독일 것이다.
 인간이 쇠를 이용해 만드는 최고의 경지가 범종이다.
 점심 반찬은 제육볶음이었다. 언제나 낮엔 육식이고 저녁엔 해산물이다. 직원들이 밥을 먹은 후 공장 마당에 있는 평상에 앉아 냉커피를 마셨다. 평상 뒤편에 커다란 느티나무가 그늘을 만들었다. 누군가의 소싯적 이야기로 웃음꽃을 피웠다.
 허위와 과장은 늙어가는 남자들의 놀이다.
 백두태는 그 놀이에 수동적으로만 동참한다. 김씨가 오후에 할 작업에 대해 걱정했다. 아직 쇳물을 붓는 작업은 시작하지 못했다. 구리와 주석을 용해해서 합금한 용금의 온도가 절적하지 않았다. 사장은 용금에 선철을 더 섞고 내형과 외형도 다시 점검하라고 지시했다. 조금이라도 오차가 있으면 종의 모양뿐 아니라 소리도 달라진다.

소리가 어떻게 나느냐는 종을 만드는 과정에 얼마나 정성이 들어갔느냐를 증명하는 것이다.

쇳물을 붓기 시작했다. 네 군데서 천천히 같은 속도로 부었다. 지켜보는 직원들 모두 긴장의 정도 만큼 땀이 쏟아졌다. 쇳물의 양을 정교하게 측정하며 자루바가지를 기울였다. 백두태도 한쪽을 잡고 용탕이 떨어지는 걸 지켜보았다. 공장장의 구호에 자루바가지를 더 기울였다. 주입의 속도는 절묘하게도 일정했다. 공장장이 사장에게 제안을 했지만 자동으로 쇳물을 붓는 기계는 사지 않기로 했다. 사장은 기계보다 인간의 손을 신뢰한다.

민씨가 비명을 질렀다. 거푸집이 온도를 견디지 못하고 터졌다. 용탕의 파편이 민씨의 허벅지에 튀었다. 사장이 민씨의 뒷덜미를 끌고 화장실로 데리고 갔다. 민씨의 바지를 가위로 찢었다. 최씨가 냉동실에서 얼음을 꺼내 수건에 싼 후 민씨의 허벅지에 댔다. 민씨는 부들부들 떨었다. 김씨가 119에 신고했다. 백두태가 물러서다가 뒤로 넘어졌다. 그대로 앉아서 일어나지 못했다. 모두 정신이 없어서 백두태의 어리바리한 태도를 나무랄 겨를이 없었다. 거푸집 여기저기가 터지면서 불똥이 도발적으로 튀었다. 백두태가 넋을 놓고 불똥을 보았다.

둔탁하고 소박한 불꽃놀이가 심혈을 기울인 시간을 조롱했다.

누군가 공장 문을 열었다. 바람이 들어왔다. 녹색이 보내준 바람이 금세 붉게 변했다. 땀이 식지 않았다. 거푸집이 터지는 소리가 간간이 들렸다. 백두태가 땀을 닦았다. 심장보다 더 깊은 곳에서 불길이 솟는 것 같았다. 잠잠하던 거푸집에서 다시 불똥이 튀었다. 백두태가 웃옷을 벗었다. 호흡이 가빠졌다. 두 팔을 땅에 짚고서 고개를 주억거렸다. 사이렌 소리가 들렸다. 민씨가 구급차에 실려 갔다.

사위가 어둑어둑했다.

까마귀 떼라도 덮칠 것처럼 음산했다. 저녁이 되면 공장 바깥엔 불빛이 없고 소리도 땅으로 꺼져서 무덤 같았다. 영애산엔 까마귀가 많다. 범종을 치면 까마귀는 쇳소리에 울음을 넣는다. 유난히 뜨거웠던 낮이 식지 않았다. 직원들은 잠들지 못했다.

백두태와 홍씨가 공장 밖으로 나왔다. 오늘은 홍씨의 딸이 데리러 오지 않았다. 근무 중이라고 했다.

"어제 좋은 경험했다. 간이 쪼그라들었제?"

버스정류장엔 두 사람 뿐이었다. 정류장은 빨간 벽돌로 지어졌다. 한쪽 축이 기울었고 정류장을 지탱하기 위해 임시로 지렛대를 댔다.

"술 한잔 하시겠습니까?"

두 사람이 식당에 들어갔다. 홍씨는 쉬지 않고 말했다.

"옛날에 비구니가 부처님께 고기를 드리러 갔는데 거기 장로를 만났어."

"절에서 장로를요?"

"교회 장로 말고, 불교에서도 덕행이 높고 나이가 많은 스님을 장로라고 불러. 장로가 말하기를, '누이여, 불타께 고기를 드리면 만족하실 것이다. 나는 그대의 하의를 주면 만족할 것이다.' 이라는 기라. 이 새끼가 변태였던 기야. 당연히 비구니는 거절했제. 아래는 속옷만 입고 돌아가야 된다 아이가. 그대는 불타께 고기를 드리면서, 나에게는 하의조차 주지 않는가. 변태 스님이 말했더니 비구니가 어쩨 했을까?"

"글쎄요."

"여자라면 주지 않았겠지만 비구니라 주었제. 장로는 부처님께 혼쭐이 났고. 옛날이나 지금이나 스님이나 뭐나, 사내들은 똑같지. 나도 그렇고."

두 사람이 막걸리를 한 병씩 비우고 식당을 나왔다. 홍씨가 버스를 타고 갔다. 백두태가 타야 할 버스가 곧바로 왔지만 그냥 보냈다. 정류장을 받치고 있는 지렛대는 금방이라도 쓰러질 것처럼 허술해 보였다.

배두태가 버스에서 내려 호프집으로 들어갔다. 얼음물과 생맥주를 번갈아 마셨다. 진정이 되지 않았다. 호프집은 홀과 테라스로 나뉘었다. 〈감옥풍운〉, 〈우견아랑〉, 〈의개운천〉, 〈타이거맨〉 등 옛날 홍콩 영화의 포스터들이 나란히 벽에 걸렸다.

*

복형사가 호프집 구석에서 장국영의 노래를 들으며 맥주를 마셨다. 테라스에 앉아 무서운 속도로 맥주를 들이키는 백두태를 등졌다. 백두태의 모습이 카운터 위 거울을 통해 보였다.

곧 터져버릴 고요……

백두태가 택시를 타고 바닷가로 갔다. 등대를 보며 담배를 피웠다. 하루가 넘어가는 시간이었다.

바람이 백두태에게 수렴되는 듯 불었다.

백두태의 단정한 머리카락을 흩뜨리지 못하자 바람이 더욱 거세졌다. 윗부분을 한 입 베어 문 것 같은 모양의 달이 서서히 구름에 가려졌다. 멀리서 오징어잡이 배들이 밤바다를 밝혔다.

백두태는 생존과 죽음, 어둠과 공격이 뒤엉키는 현장을 아득히 바라보았다.

백두태가 순대국밥집 앞에 왔다. 해상에서 무적(霧笛) 소리가 간간이 들렸다.

백두태가 순대국밥집으로 들어간 지 한 시간이 지났다. 복형사가 순대국밥집이 보이는 돌담길 아래 차를 대고 기다렸다. 백두태가 들어가기 전에 그를 불렀어야 했을까.

복형사가 차에서 내렸다. 순대국밥집으로 걸었다. 백두태가 고동색 보스턴백을 들고 순대국밥집을 나왔다. 복형사가 걸음을 멈췄다.

백두태가 담배를 꺼냈다. 주머니를 뒤졌지만 없었다. 복형사가 다가와 불을 붙여 주었다.
"장사 끝났어요?"
백두태가 불을 받지 않고 골목이 시작되는 전봇대 쪽으로 걸었다. 전봇대 위 수은등의 조도가 약했다. 복형사가 따라왔다.
"인심 한 번 더럽네. 사람이 물어보면 대답을 해야지. 개가 짖는 것도 아니고."
백두태가 계속 걸었다. 백두태의 키가 175 센티미터 정도 돼 보였다. 블랙박스에서 서류봉투를 들고 가던 용의자와 비슷하다. 흔한 남자의 키에서 흔하지 않은 기운이 느껴졌다.
"박명근?"
백두태가 멈췄다. 복형사가 한 걸음 조심스럽게 내딛었다.
"잘못 봤나?"
바닷바람이 방파제를 넘어 마을로 들어와 골목을 누볐다.
"아니면 백두태?"
복형사가 백두태의 허벅지를 걷어차려 오른발을 휘둘렀다. 백두태가 골목으로 뛰는 바람에 복형사의 오른 발이 헛발질을 했다. 간발의 차이였다.
복형사가 골목으로 따라 들어갔다. 복형사는 백두태의 옆차기에 맞고 쓰러졌다. 머리를 전봇대에 부딪쳤다. 벽에 기대앉았다.
운동선수가 부상당하는 건 실력이 부족해서고 형사가 부상당하는 건 용의자에 대한 분석력과 장악력이 부족하기 때문이라고, 하과장님이 말했다. 발소리는 사라지고 없었다. 백두태가 뛰어간 곳으로 바람이 따라갈 뿐이었다.

무정한 달빛이 더럽게 아름다웠다.

*

백두태가 속도를 늦추고 걷다가 택시를 탔다. 시내로 가자고 했다. 가슴께에서 뜨거운 게 가라앉지 않았다. 택시에서 내려 편의점에 들렀다. 조니워커 한 병과 핫바를 잡히는 대로 샀다. 핫바를 뜯어서 모두 전자레인지에 넣고 데웠다. 모텔에 들어와 술을 마시며 핫바를 모조리 먹어치웠다. 욕실로 들어가서 찬물을 틀어 놓고 샤워를 했다. 발기가 됐다.

백두태가 모텔을 나섰다. 무작정 걸었다. 한적한 곳에 이르렀다. 적막한 길이었다. 지나가는 택시를 향해 손을 들었다. 경기 택시가 섰다. 백두태가 목적지를 말하자 기사가 산조저수지를 입력했다. 26킬로미터. 요금이 3만원을 넘자 기사가 백미러로 백두태를 힐끗거렸다. 기사는 오늘이 장거리를 뛰는 날인 것 같다면서 손님을 내려주고 돌아오는 길에 다시 경기도로 가는 손님을 태울 것 같은 예감이 든다고 말했다. 기사의 목소리 톤이 높았다. 기사가 백미러로 반응이 없는 백두태를 흘끗댔다. 백두태는 창밖을 보았다.

차창밖엔 어둠과 어둠에 묻힌 빛이 서로를 삼키는 중이었다.

"낮도 덥고 밤도 덥고, 우리 아들놈은."
"소변 좀 봅시다."

기사가 차창 밖을 살폈다.

"조 앞에 샛길로 갑시다."

기사가 방향을 틀었다. 택시가 아스팔트에서 벗어나 흙길로 들어섰다. 가로등도 없고 인적도 없었다. 가장 깊은 욕망인 권력을 다투는지 짐승들의 소리가 투쟁적이었다. 백두태가 밖으로 나와 소변을 보았다. 기사도 밖으로 나와 담배를 피우며 백두태를 관찰했다.

"도망이라도 갈까 봐?"
"내 나이가 몇인데, 반말은 좀 그러네."
"왜 나왔는데?"

백두태가 다가오자 기사가 뒤로 한 걸음 물러났다. 기사는 백두태의 기운에 밀려 두 걸음 더 물러났다. 백두태가 기사에게 주먹을 날렸다. 몸을 숙이는 기사의 얼굴을 백두태가 무릎으로 쳤다. 기사가 뒤로 넘어졌다. 백두태가 기사의 배 위에 올라타서 마구 주먹을 휘둘렀다. 기사는 대체, 왜, 나에게, 내가 무슨 잘못을 했느냐고, 항의성 비명을 토했다. 피도 토했다.

기사는 눈을 제대로 뜨지도 못하며 어린아이처럼 울었다. 눈물과 콧물, 핏물이 섞였다. 기사가 손에 잡힌 돌멩이를 잡았지만 백두태를 치지 못했다. 백두태는 기사의 눈을 보았다. 짐승들도 지켜보는지 소리를 내지 않았다.

기사가 돌멩이를 떨어뜨렸다.

"돈은, 운전석, 왼쪽, 밑에……"

백두태가 기사의 목을 졸랐다. 기사의 눈이 빨개지면서 몸이 떨렸다. 지켜보는 짐승의 눈이 노란 빛을 내뿜다 깜빡였다.

적막이 층을 이루었다.

백두태가 손을 놓았다. 기사가 숨을 토했다. 거칠고 빠르게 산소를 보충한 후 기사의 호흡이 안정을 찾아갔다.

"아들놈이 여적 대학원을 다녀요. 서른이 넘었는데……"

백두태가 다시 목을 졸랐다. 기사의 몸이 떨리자 다시 놓았다. 몇 번을 반복했다.

기사는 집에 가고 싶었다. 여기서 벗어난다면 좋아하는 사극이나 실컷 보면서 며칠 집에서 꼼짝도 하지 않을 것이다. 아니, 몇 달. 앞으로는 과분하게 원하지 않을 것이다. 풀려나기만 한다면……

백두태가 손을 놓았나.

벗어날 수 없잖아……

백두태가 귓가에 울리는 가냘픈 소리를 털어내듯 고개를 흔들었다. 기사의 배에서 내려와 옆에 누웠다. 기사의 숨이 끊어졌다.

별이 촘촘했다.

백두태가 담배를 찾았다. 모텔에 두고 왔는지 없었다. 모텔 로고가 찍힌 라이터만 주머니에 들어있었다. 백두태가 기사의 안주머니에서 담배를 꺼내 입에 문 후 자신의 주머니에 넣었다. 담배를 다 피우고서 기사를 트렁크에 넣었다. 기사는 70

킬로 쯤 돼 보이는데 100킬로 정도의 무게로 느껴졌다. 백두태가 운전석에 앉았다. 백미러에 염주가 걸렸다.

비구니에게 하의를 벗어달라고 했던 장로는 비구니의 욕망을 간파했던 걸까.

백두태가 택시를 몰고 산조저수지로 갔다. 비포장도로로 들어섰다. 차를 세우고 운전석 밑에 있던 돈 가방에서 6만 3천원을 꺼내 주머니에 넣었다. 차창을 모두 열었다. 기어를 중립에 놓고 사이드브레이크를 풀었다.

며칠 혹은 몇 달 후에 세상에 드러날, 어쩌면 아주 오랫동안 아무도 찾지 않을 죽음이 저수지로 들어갔다. 택시가 물에 잠기면서 공기가 물음표처럼 올라왔다. 아무것도 삼키지 않은 척 수면이 평온해졌다. 자동차가 가라앉았던 자리에 달빛이 의뭉스럽게 제 모습을 찾았다. 백두태가 보스턴백을 들고 산을 탔다.

별이 몸을 숨기고 동이 터 올랐다.

3

부검 결과가 나왔다. 국과수가 성진영의 모낭을 검사해서 독극물인 탈륨이 주입됐다는 사실을 알아냈다. 성진영의 오른쪽 검지 손톱 밑에서 타인의 피부 조직이 검출됐다. 그 유전자를 감식해서 DNA 프로필을 얻었다.

범인이 성목사에게 주사를 꼽고 독극물을 주입할 때 성목사가 저항하느라 손을 뻗었을 것이다. 그때 범인의 DNA가 성목사의 손톱에 남았을 것이다. 범인의 DNA와 하과장의 유전자가 일치하지 않았다.

김형사가 하과장을 배웅했다.

"잘 아시겠고 문제를 일으키시지 않겠지만 우리가 연락하면 받으십시오."

"담배 한 대 피우자. 악연도 인연인데."

김형사가 복도 끝에 흡연이 가능한 곳으로 하과장을 안내했다.

"일단은 오강경찰서에 출근하시면 될 것 같습니다."

김형사가 담배를 건넸다. 하과장이 담배를 받으며 김형사의 조인트를 깠다. 김형사가 비명을 참았다.

"불."

김형사가 라이터를 꺼내 불을 붙였다. 한 대 정도는 참을 수 있다. 자존심이 많이 상했을 테니까.

하과장은 담배에 불이 붙자 다시 또 구둣발로 정강이뼈를 걷어찼다.
"아, 씨발!"
어느새 다가온 윤팀장이 하과장 쪽으로 몸을 움직이려는 김형사의 어깨를 잡았다. 김형사가 하과장을 보며 씩씩댔다. 하과장이 김형사의 따귀를 때렸다. 김형사가 하과장의 멱살을 잡았다. 하과장이 무릎으로 김형사의 낭심을 걷어찼다. 하과장의 눈빛이 김형사의 머리통이라도 부술 것처럼 이글거렸다.
윤팀장이 김형사의 두 팔을 잡고 그의 몸을 돌렸다. 김형사는 고통에서 나와 겨우 몸을 꼿꼿이 세웠다. 윤팀장이 말리지 않았더라도 김형사는 하과장의 눈빛과 맞설 엄두가 나지 않던 참이었다. 하과장이 살인을 저질렀다면 이 눈빛으로 했을 것이다. 윤팀장이 김형사의 등을 떠밀었다.
"출동 걸렸다."
김형사가 움직이지 않았다.
"현풍터미널. 발리 노래타운."
김형사가 터벅터벅 걸어갔다.
"아무튼, 미안하게 됐다."
윤팀장이 어깨를 움츠리며 말했다.
"아무튼?"
하과장의 냉소가 뜨거웠다.
"위아래도 없는 저런 양아치가 경찰이라고……"
하과장이 멀어지는 김형사를 보며 말했다.
"이 수모는 어떻게든 갚을 테니까, 보자고."

"당신도 경찰이니까 내 입장 알잖아."

하과장이 담배 연기를 길게 내뿜었다.

"내가 수사해 줄까? 일주일이면, 엉뚱한 사람 안 잡고, 나라면 범인 잡는다."

"고맙지만, 내 밥값은 내가 해야 안 되겠나."

하과장이 담배 한 대를 더 물었다. 윤팀장이 시중들 듯 불을 붙여주었다.

"감식반은 성진영이 언제 죽었다고 보는데?"

"신고 접수를 받기 4시간에서 6시간 전쯤."

"두 시간 전도 가능하네?"

성진영의 휴대폰에서 음악이 반복적으로 재생되었다. 유튜브였는데 배터리를 꽤 잡아먹었을 것이다. 한 시간전이었을 수도 있다. 살인이 마무리되는 과정에서 하과장이 교회에 도착했고 범인이 음악을 재생한 후에 교회 안에서 하과장의 어리둥절한 반응을 구경하고 있었는지 모른다.

"그건 모르지. 같이 점심이나 먹을까?"

"사건은 어디까지 조사했는데?"

"수사 기밀이야."

"뒤가 구리면 내 더듬이에 들키지 않는 게 좋을 거다."

"하종수 형사과장님은 사적 복수 같은 거 안 하는 사람인 거 압니다."

하과장이 담배꽁초를 윤팀장 바지에 던졌다. 윤팀장이 움찔거리며 뒤로 물러났다.

하과장이 경찰서 주차장으로 갔다. 주차장에서 복형사가

기다렸다.

"요 앞에 두부전골 죽인답니다."

"멀리 가자."

경찰서에서 한참 멀리 나와서 촌두부 집에 들어왔다.

복형사가 옥선이 죽은 현장의 사진을 보여주었다. 사진은 경천경찰서에서 얻은 것이기 때문에 흑백이 아니었다. 하과장의 다른 동기들처럼 옥선도 욕조 안에서 자살로 보이는 죽음을 맞았다. 복형사가 백두태를 놓쳤던 걸 말했다.

"백두태는 레토나 타고 다니고?"

"확인 못했습니다. 어디 숨겨두고 필요할 때만 쓰는 걸지도 모르죠."

하과장이 눈을 감고 머리를 벽에 기댔다.

"면목 없습니다."

하과장이 소주를 주문했다.

"성진영은?"

항간에 두 개의 소문이 돌았다. 하나는 성목사를 이단으로 보는 열렬한 누군가가 그를 죽였다는 소문이었다. 또 하나는 딸의 남자친구가 교제를 반대하는 성목사를 죽였다는 것이다. 경찰은 둘 다 신빙성이 없다고 일축했다. DNA 프로필의 주인만 찾으면 되는 것이다.

경찰은 주변 인물들의 유전자를 채집하기 시작했다. DNA 프로필은 경찰청 데이터베이스에 등록되지 않은 것이었다. DNA의 주인은 11개의 강력 범죄 중 하나라도 저지른 전과가 없다는 뜻이다. 주변인물 중에서도 일치하는 사람이 없었다.

사건에 진전이 없자 경찰은 두 개의 소문을 조사하기 시작했다. 성목사 딸의 남자친구에게 유전자 검사를 받길 요구했지만 그의 부모는 그럴 의무가 없다면서 변호사를 통해 거절했다.

"딸의 남자친구는 아닐 거야."

딸의 남자친구가 죽였다면 동기들의 죽음과는 무관하다. 다른 동기들과 같은 방법으로 죽었는데 성목사의 죽음만 외따로 이루어졌을 리 없다.

연쇄살인이다.

"동기분들의 자살과 관련됐다는 정보를 경찰에 넘길까요?"

"그러지 마."

"성진영 목사가 독극물로 죽었다던데, 동일한 범인이라면, 다른 동기들도 먼저 살해당한 후에 자살로 위장한 거 아닙니까?"

"알 수 없지. 다른 피해자들은 이미 화상을 했는데."

"레토나 주인만 찾으면 중요한 실마리가 풀리지 않겠습니까?"

공권력은 레토나의 주인을 하루 이틀이면 찾을 수 있을 것이다.

"공식적으로는 안 돼."

복형사는 오늘도 달서경찰서에 오기 전에 미용실에 들렀다. 오영기의 출입국 기록을 확인한 결과 그는 한국을 떠나지 않았다. 오영기 말고는 가짜 번호판을 만드는 놈에게 붙는 자석이, 지금으로선 없다.

"백두태가 동거녀를 왜 죽였을까요?"

"글쎄……"

"동거녀의 전남편이 종종 찾아오기도 했었답니다."

종업원이 두부전골을 두 사람 사이에 놓고 가스 불을 켰다. 한 번 끓여서 나온 거니까 먹어도 된다고 말했다. 종업원은 방금 하품을 했는지, 울었는지 눈가가 촉촉하고 붉었다. 하과장이 뒤돌아가는 종업원을 보다가 시선을 복형사에게 옮겼다.

"전남편은 만나봤어?"

"아직."

"만나볼 거냐?"

만나보라는 말이었다.

하과장의 턱 근육이 불끈거렸다.

"어쩌면 자살한 걸 수도 있지 않겠냐?"

"누구 말입니까?"

"백두태 동거녀."

"그렇다고 보기에는 다른 동기들하고 같은 방법으로……"

"어쩌면 우연이 겹친 걸 우리가 필연으로 자꾸 해석하려는 것일지도 모르잖아."

"뭐, 네."

하과장은 우연의 잔인함을 경험한 적이 있었다.

*

하과장이 현관에 들어서자 지숙은 눈물부터 흘렸다. 하과장이 지숙을 안았다. 아내의 따뜻함이 몸으로 들어오는 것 같았다. 아이들도 아빠를 맞았다. 예쁘고 건강하며 건전하게 자라고 있는 두 아이를 품에 안으면 지금껏 무엇을 살았는지 돌아보지 않아도 된다.

반드시 지켜야만 한다.

아이들은 아빠가 구치소에 들어갔다 왔다는 건 모르고 급하게 출장을 간 것으로 알고 있었다. 하과장이 오랫동안 샤워를 했다. 욕실 밖으로 나오자 눈이 퀭했다. 침대에 눕자마자 잠이 들었다.

온통, 벗어날 수 없을 것 같은 어둠이다. 켜켜이 어둠 위에 어둠이 쌓인다. 어둠이 수천 개의 송곳이 되어 삽입한다.

하과장이 잠에서 깼다. 몽정을 해버렸다.

하과장이 일찍 퇴근했다. 남자를 한 명 데려왔다. 남자가 거실, 베란다, 현관 앞에 CCTV를 달았다. 잘 사용하지 않는 노트북에 연결해서 안방에 두었다. 노트북 화면으로 언제든 현관, 베란다, 거실 한복판을 볼 수 있게 됐다.

두 아이를 학원에 데려다주고 돌아 온 지숙은 왜 CCTV를 설치했냐고 묻지 않았다. 지숙은 남편을 믿었다. 믿을만한 사람이다. 지숙이 다시 출근하기 시작한 경찰서 분위기가 어땠냐고 물었다. 하과장은 늘 그렇듯 직장 일에 대해서 별말이 없었다.

"서장 사모가 전화했어. 밥 한번 먹자고."

"왜?"

"자기 일 때문에 위로해 주려는 거겠지."

"누굴 위로할 깜냥이 안 되잖아."

지숙은 남편의 말투가 낯설었다.

하과장이 노트북을 들여다보았다. 현관, 기역 자로 꺾인 베란다 두 군데, 거실, 네 개의 화면이 분할되었다. 화면 아래 타임 라인은 생명력을 유지하는 장치 같았다. 사진을 찍은 놈이 성진영의 손톱 밑에서 나온 DNA 프로필의 주인일 것이다.

지금껏 나를 농락하고 평온한 일상을 짓밟은 놈.

"당신, 뭐해?"

"어, 아니야."

지숙이 인공눈물을 넣었다.

"불안해?"

지숙이 티슈를 뜯어 눈 주변에 흐르는 눈물을 닦으며 말했다.

"형사과장 집에 감히 누가 들어오겠어? 우리 위험해?"

"위험한 건 아니고, 조심하는 거야."

"이 새벽까지 볼 필요는 없잖아."

"내일부터 당신이랑 예랑이랑 경호원 붙을 거야."

"그게 무슨 소리야?"

지숙이 손가락으로 눈 주변 부위를 마시지하며 말했다.

"갑자기 무슨 경호원이냐고?"

"당분간만."

"자기 도대체 왜 그래? 갑자기 구치소에 간 건 뭐고? CCTV는 왜 설치해서 새벽에 잠도 안 자고? 이쯤 되면 말해줘야 하는 거 아니야? 우리가 남이야?"

"조심하는 거라고."

"왜 예랑이랑 나랑 만이야? 도영이는? 남자애지만 아직 어리잖아."

"내 말대로 해! 좀……"

하과장이 침실을 나갔다. 집에선 소리를 지르지 않는 남편이다. 대구로 가기 전 남편과 대구에서 온 남편은 다른 사람 같았다. 지숙이 반복해서 한숨을 쉬다가 잠이 들었다.

아침은 여느 때처럼 분주했다. 하과장이 샤워를 하고 나왔다. 주방에서 아침을 준비하는 지숙을 뒤에서 안으며 사과했다.

"앞으로 잘해."

"그럴게. 그리고 밥 한 그릇 더 떠."

"왜? 누가 와?"

"강형사. 오늘부터 같이 출근할 거야."

강형사가 전기 충격기 세 개를 거실 소파 앞 탁자에 올려두었다. 사용 허가서도 놓았다. 밥을 먹기 전에 아이들과 지숙에게 사용 방법을 알려주었다. 지숙은 듣는 둥 마는 둥 했다. 강형사가 아이들에게 충격기를 사용하는 가장 좋은 방법과 자세에 대한 시범을 보여주었다. 아이들은 재미있어했다. 도영이는 아빠도 이걸 사용할 줄 아느냐고 물었다. 강형사는 형사과장님은 전기충격기를 사용하지 않아도 될 만큼 실력이 좋은 분이라고 대답했다. 강형사는 아침밥을 두 그릇이나 먹었다. 하과장의 차가 빌라를 빠져나갔다. 지숙이 베란다에서 두 사람을 지켜보았다.
 이 또한 지나가리라.

4

장례식장은 지하 2층이었다. 옥선의 빈소는 테이블 다섯 개가 전부인 8평짜리지만 문상객이 드물어서 좁지 않았다. 상주도 없었다. 자살한 사람은 장례식을 생략하고 화장을 하기 마련인데 친구가 옥선의 마지막 길을 초라하게 보낼 수 없다면서 장례식장을 빌린 것이다.

지인들이 옥선의 사진 앞에 향을 피우고 절을 한 후 술을 마시고 돌아갔다. 부조를 받는 사람은 없었다. 부의금 함에 알아서 돈을 넣었다. 한 문상객은 귀신이 직접 돈을 받는 것 같다고 투덜거렸다. 복형사는 끼니마다 와서 육개장을 먹었다. 누구라도 수상한 사람이 등장할지 모른다.

이정용이 들어왔다. 복형사가 자리를 옮겨 이성용 앞에 앉았다. 이정용이 복형사를 보았다. 이정용은 가지고 태어나지 못한 강한 눈빛을 애써 만들고 있었다. 복형사가 신분증을 보여주었다. 이정용이 입술을 굳게 다물었다. 복형사가 백두태의 사진을 보여주었다.

"아시죠?"

"옥선이년 새서방이네."

"백옥선씨가 자살할 이유가 있습니까?"

"내 어찌 알까. 새서방한테 물어야지."

이정용이 복형사한테 한 손으로 소주를 따라주었다.

백옥선의 죽음은 자살로 처리되었다. 백옥선의 죽음을 억울해하거나 항의하는 친인척이 없었기 때문에 경찰은 사건을 더 깊이 파지 않았다. 장례가 끝나면 화장을 할 예정이었다.

"그년이 원체 남자를 좋아하는 년이오. 종 만든다는 땡중놈하고 살면서도 다른 놈하고 붙어먹었을 거야. 보아하니 허우대만 멀쩡하지 속은 부실할 것 같던데."

"백두태가 질투심에 죽였을 거라고요?"

"죽였다고? 자살이 아니라고?"

"제가 어찌 알겠습니까."

이정용이 소주를 들이켰다.

"땡중이 열흘에 한 번씩 집에 오는 모양이야. 색끼를 주체 못 하는 년이 열흘 동안 부뚜막에서 가만히 기다리겠어?"

이정용이 술을 연거푸 마셨다.

"염병할 년. 몇 놈이나 주고 갔을까나."

이정용이 낄낄거렸다.

"당신이 죽인 건 아니고?"

복형사의 말에 이정용이 욕으로 대거리하며 복형사의 멱살을 잡았다.

"한 번만 더 잡으면 손모가지 부러질 줄 알아."

복형사와 눈싸움을 하다 이정용이 멱살을 놓고 앉았다. 종이컵에 소주를 따르더니 한 번에 마셔버렸다.

"국밥집에서 난동을 부려 경찰이 출동했다던데?"

복형사가 주변을 조사할 때만 해도 전남편, 이정용을 전혀 의심하지 않았다. 보통 죽은 사람에 대해 나쁜 말을 하지 않는다. 죽음은 슬픈 것이니까. 살인자들은 피해자에 대해 폄하한다. 자기가 죽이지 않았더라도 죽었어야 할 사람이라고 스스로에게, 듣는 이에게 주는 살인의 명분이다.

"차 있어요?"

복형사가 물었다.

"있지."

"차종은?"

"뉴 포터. 차는 현대지."

복형사는 현대차에 대한 이정용의 확신이, 굳이 그런 생각을 덧붙인 태도가 웃겼다.

"지금 병원 주차장에 있겠네?"

이정용이 한 잔 더 마시려는데 복형사가 말렸다.

"앞장서요. 차 보러 가게."

"내가 왜?"

"아니면 용의자가 되던가."

복형사와 이정용이 주차장으로 갔다. 이정용이 레토나를 몬다면 범인이다.

이정용이 낡은 뉴포터의 차문을 열었다. 복형사의 의심을 안아주기라도 할 것처럼 두 팔을 벌렸다. 복형사가 차번호를 휴대폰으로 찍었다.

"백옥선씨가 죽던 날, 당신은 어디 있었어?"

"내 집에서 잤지."

"집이 어딘데?"

"태백."

"집에 있었다는 걸 증명할 수 있어?"

"쉬는 날도 아니고. 일하는 날엔 매일 저녁 늦게까지 하고 다음 날 새벽에 또 일하는데, 그것만 봐도 알리바이가 증명되지, 뭐."

"중간에 택시를 타고 왔다면 얘기는 달라지지. 계획적으로 살인을 하는 종자들은 알리바이에 목숨을 걸어야 되거든."

복형사가 이정용의 신분증을 휴대폰으로 찍고 일터의 위치를 메모했다. 이정용은 기분 나빠하면서도 순순히 알려주었다.

"내 전화, 받아."

"원체 바빠 놔서."

"내일도 일해?"

"식솔이 몇인데."

"음주운전하게?"

"안 해."

"집에는 어떻게 갈 건데? 경상도에서 강원도까지."

이정용이 머리를 긁적였다. 할 말이 없기 때문이 아니라 정말로 가려운 것 같았다.

"너, 씨발, 의심스러워."

"참 나......"

"범인이면 빨리 토끼는 게 좋을 거야. 나한테 잡히기 전에. 나는 와이프였던 여자를 욕하는 잡종을 혐오하거든."

"생사람 잡지 마세요."

"이정용. 갈취, 절도, 사기!...... 빵잡이 새끼야."

이정용이 한 걸음 물러났다. 복형사가 손짓하자 한 걸음 앞으로 왔다.

"그래봤자 잡범인데, 뭘요."

"잡범이 진화하면 살인범 되는 거야."

"그런 적 없어요."

"뭐가?"

"제가 죽인 적 없다고요."

"여긴 왜 왔어?"

"보고 싶어서요."

"백옥선씨가?"

"네."

"왜, 이제 와서?"

"저도 잘 모르겠어요. 떡정인지, 뭔지."

복형사가 이정용의 따귀를 때렸다.

"진쳐힌데 떡정이라니······"

이정용은 저항할 의지가 없었다.

"전화 받아라."

이정용이 고개를 끄덕였다.

"말로 해."

"받겠습니다."

"가 봐."

이정용이 주차장 입구로 나와 담배를 피웠다. 복형사의 차가 멀어지는 걸 보며 욕을 했다. 거지같은 놈이 형사랍시고, 나이도 어린 게······

이정용은 기어코 뉴포터로 음주 운전을 해서 순대국밥집 앞에 도착했다. 주차를 하고 가게 안으로 들어갔다. 여길 왜 왔는지 모르겠다.

제대하고 한동안 집에서 죽치고 있을 때 어머니가 너는 왜 사느냐고 물었다. 그 후 종종 왜 사는지 생각해보았지만 아직까지 모르겠다. 다른 사람들도 이유를 알고 사는 것 같진 않다.

누군가 국밥집에 상중(喪中)이라고 붙였다. 친하게 지낸다는, 눈이 찢어진 미용사가 붙였을 것이다. 그 전부터 미용사와 서로 돈도 꿔주고 가깝게 지내더니 결국 그녀가 마지막 길을 챙겼다. 옥선이 말로는 땡중이 잘 해 준다고, 세상에 그런 남자가 없다고 했다. 웃기는 년. 한 번 남자한테 빠지면 아무 것도 못 보는 주제에, 뭘 안다고.

옥선이 가고 가게도 숨이 멎은 것 같았다. 이정용이 의자에 앉았다. 주방이 보였다. 주방에서 순대국밥을 끓일 때 옥선의 목덜미에 흐르던 땀이 눈에 선했다. 그 땀을 핥던 때가 좋았다. 그 땀을 핥아달라고 칭얼대던 때가 그리웠다. 어디에서 옥선과 틀어졌을까.

옥선을 사랑하면서 욕을 하고 때렸다. 가게의 주요 손님은 남자들이다. 손님들에게 친절하게 대해야 하는 건 먹고 사는 문제다. 옥선이 아이를 낳지 못한다는 진단이 나온 후에 그녀를 때리는 것에 죄책감이 사라졌다.

옷 수선 기술자였던 첫 번째 여자도 아이를 낳지 못했다. 그녀는 제법 솜씨가 좋아서 돈벌이가 쏠쏠했다. 어머니는 첫 번째 여자가 아이를 낳지 못한다고 구박했고 그녀는 떠났다. 어머니가 돌아가시고 옥선과 결혼했는데 옥선도 아이를 낳지 못했다. 세 번째 여자는 전남편과 사이에서 낳은 아이를 둘이나 데리고 왔다. 그녀는 더 이상 아이를 낳지 않겠다고 했다. 두 아이가 생겼지만 어머니가 그토록 원했던 이정용의 씨가 아닌 것이다.

이정용이 담배를 피우려다 말았다. 옥선의 땀내가 배인 곳에 그녀가 없다는 것이 야속했다.

방문이 열렸다. 이정용이 소스라치게 놀라며 벌떡 일어섰다.

"누, 누구야?"

이정용이 두 주먹을 내밀었다. 백두태가 나왔다.

"여, 여기 왜, 뭐야?"

백두태가 이정용 앞에 앉았다.

"앉아."

백두태의 말은 일어서려는 이정용을 만유인력처럼 앉혔다. 백두태가 담배를 권하자 이정용이 미적거리다가 받았다.

"술 한 잔 하자. 내가 사지."

백두태가 불을 붙여주며 말했다.

"우리가 그럴 사인가?"

백두태가 일어서서 이정용을 내려다보았다. 이정용이 따라 나섰다. 백두태가 차 열쇠를 달라고 하자 이정용이 순순히 주었다.

"경찰이 왔었어."

이정용이 말했다. 백두태가 시동을 걸었다.

"너가 죽였냐?"

이정용의 말에 백두태가 씩 웃었다. 다리 위에 백두태가 차를 세웠다. 사이드 브레이크를 잡아당기는 소리가 이정용의 심장을 긁는 것 같았다.

"왜 못 살게 굴었냐?"

백두태가 이정용과 눈을 맞추며 물었다. 백두태의 눈동자는 방금 냉동실에서 꺼낸 것 같았다.

"누가 못 살게 굴어?"

이정용이 밭은기침을 했다.

"내가 뭘!......"

이정용이 목소리에 힘을 주었지만 힘이 들어가지 못했다.

"나 때문에 죽었나!......"

이정용이 다시 고함을 쥐어 짜냈다. 사이드미러 안에 미적대는 아반떼가 들어왔다. 백두태가 액셀을 깊게 밟았다. 아반떼가 따라붙었다. 트럭이 도로에서 샛길로 들어섰다. 아반떼는 계속 따라왔다. 흙길이라 차가 꽤 흔들렸다. 이정용은 도대체 어딜 가는 거냐면서 조수석 위에 달린 손잡이를 잡았다. 백두태가 사이드 미러를 보았다.

"누구야?"

"아까, 장례식장에서, 그, 경찰, 같은데……"

지난번에 순대국밥집 앞에서 이름을 불렀던, 서울 말씨에 된마파람을 맞아본 적이 없는 것 같은 놈.

트럭이 논길로 들어섰다. 아반떼도 뒤따라 왔다. 두 차 모두 속도가 느려졌다. 낮에 내린 비로 땅이 젖었다. 잠을 때까지 돌아가지 않겠다는 듯 아반떼가 경적을 길게 울렸다. 상향등을 쏘며 트럭을 세우기 위해 안간힘을 썼다. 이정용은 옆에서 차를 세우라고, 괜히 나중에 자기만 의심을 받는다고 투덜거렸다. 애원했다.

백두태는 트럭 한 대가 겨우 지나갈 넓이의 논둑길을 헤쳐 나갔다. 트럭과 아반떼의 거리가 좁혀졌다. 배수로 위가 과속방지턱의 역할을 했다. 두 차 모두 속도를 줄이지 않아 심하게 덜컹거리며 배수로를 넘었다. 논두렁이 끝나는 곳에 다다랐다. 땅과 논두렁의 높이가 서로 일치하지 않아 트럭이 크게 흔들렸다. 몸에 충격이 오자 이정용이 부지불식간에 욕을 뱉었다. 아반떼도 속도를 냈지만 차체가 낮아서 논두렁보다 낮은 땅에 처박히고 말았다. 액셀을 깊게 밟았지만 바퀴만 헛돌았다. 오른쪽 사이드미러에 아반떼에서 나오는 복형사가 보였나. 복형사가 트럭을 향해 날려오려나 말았나.

백두태가 트럭을 몰고 도로로 나갔다. 한참을 달리던 트럭이 고가도로 아래에 섰다. 백두태가 시동을 끄고 헤드라이트도 껐다. 백두태가 이정용의 어깨에 손을 얹었다.

"사람 죽여 봤어?"

이정용이 백두태의 손길로부터 벗어나려 몸을 옆으로 움직였다.

"마장동에서 칼질을 할 때, 돼지 내장을 제거한 지육을 놓고 해체를 시작했지. 먼저 복부지방부터 제거를 해. 그리고 갈매기살과 안심를 분리하지. 그 다음에 삼겹과 뒷다리를 하고.

뒷다리를 후지라고 하는데 그걸 분리한 후에 등뼈를 제거해. 목뼈부터 잘라내는데, '칼길'이란 게 있어."

백두태가 이정용을 빤히 보았다. 이정용이 차창으로 시선을 돌렸다.

"뼈와 뼈 사이에서 길을 헤매면 안 되거든. 인간이 돼지를 칼로 잘라서 먹는다는 걸 알게 된 후에 돼지 스스로 칼길을 만들면서 진화한 거지."

백두태 옆 차창에 벌레들이 부딪혔다 떨어졌다.

"그 다음 삼겹에서 뼈를 분리하지. 삼겹 쪽에 칼집이 나지 않아야 해. 안그러면 고기값이 떨어지니까. 칼을 쓰면서 칼집이 나지 않아야 된다고. 그게 뭔지 알아?"

이정용이 백두태와 눈을 맞췄다가 고개를 돌렸다.

"삼겹에선 다시 오돌뼈를 제거해야 돼. 그리고 견갑골을 제거하고 상완골을 분리하지. 견갑골은 천사의 날개가 달린 곳이야."

이정용의 호흡이 빠르고 얕아졌다.

"감자탕용으로 반골과 꼬리뼈를 제거해야 해."

"나한테… 왜… 그 얘기를… 내… 가, 안 죽였어."

"돼지의 몸 구석구석에 칼을 넣다 보면 무슨 생각이 드는 줄 알아? 사람이나 돼지나 뼈 위에 지방과 근육이 붙은 건 마찬가지이겠구나."

"그게 어떻게… 다르지…"

"너는 사람커녕 돼지도 해체하지 못할 놈이야."

"그러니까… 왜…?"

"돼지를 해체하다 보니 사람도 해체해 보고 싶어지더라고. 돈을 벌어서 넓은 집을 사고 지하실을 만드는 거지. 미국에 지하실처럼. 넓은 도마를 만들어서, 깨끗한 도마 위에 사람을 놓고 해체하는 거야. 어때?"

이정용이 고개를 숙이고 두 손으로 백두태의 말을 막으려는 듯 귀를 감쌌다. 백두태가 이정용의 목을 잡았다.

"여기 오지 말았어야지."

백두태가 주머니에서 접이식 칼을 꺼내서 폈다. 이정용이 문고리를 잡으려 허둥댔다. 백두태가 이정용의 목에 칼을 넣었다. 순식간에 벌어진 일이라 이정용은 자신이 칼에 찔렸는지도 모른 채 계속 문을 열려고 시도했다.

삶이란 왜 이토록 간절한 것인지, 이정용의 몸부림을 바라보면서 백두태는 쓴웃음을 지었다.

백두태가 이정용의 머리를 잡아 차창에 박았다. 몇 번을 세게 부딪쳤다. 머리에 진해지는 충격을 느끼지 못하는 듯 이정용은 문을 열어 달라고 소리를 질렀다.

"뭘 하기 전에 곰곰이 생각부터 하라고 했잖아!....... 엄마가 나한테 해준 게 뭐가 있다고, 허구한 날 지랄이야!......."

이정용의 머리가 차창을 부쉈다. 이정용의 원망도 멈췄다. 백두태가 오른쪽 사이드 미러 앞으로 이정용의 얼굴을 내밀었다. 이정용은 볼록 거울에 비친 자신의 모습을 보았다. 날파리가 코끝을 간질였다. 얼굴에 피가 번졌다. 목에 들어 온 칼이 보였다. 백두태가 이정용의 티셔츠를 잡아 위로 올려 그의 얼굴을 덮었다.

이정용의 목에서 칼을 뽑자 피가 솟구쳤다.

이정용은 백두태의 완력에 순종했다. 피가 얼굴을 덮어 숨쉬기가 곤란했다. 순대국밥에 넣은 들깨 냄새가 났다. 옥선은 들깨가루에 오메가3가 많다며 한 숟가락 듬뿍 넣어 주었다. 들깨 값이 올랐다고 투덜대면서도 양을 아끼지 않았다. 뭐든지 아끼지 않는 여자다. 이정용이 왼손을 뻗어 백두태의 목을 잡으려 했다. 백두태가 이정용의 왼손을 꺾었다.

"나한테 왜……?"

"옥선이한테 그랬으니까."

이정용의 숨이 끊어지자 백두태가 차를 몰았다. 내비게이션에 산조저수지를 입력했다. 멀지 않았다. 트럭이 상향등을 쏘며 불길한 길을 밝혔다.

5

렉카차가 아반떼를 끌어올렸다. 마을에 사는 노인들이 패잔병처럼 무거운 발걸음으로 논에 나왔다. 복형사가 지평선을 보며 담배를 참았다. 쓰라린 새벽에 담배를 참는 건 피우는 것보다 쾌감의 수위가 높다.

태양을 둘러싼 붉은 빛이 또렷해지며 원으로 뭉쳐졌다.

열심히 사는 건 형편 때문이기도 하겠지만 열심히 살지 않고는 견디지 못하는 본성 때문이기도 하다. 아반떼가 논두렁에서 나왔다. 복형사가 세차를 한 후 갈비탕집에 주차하고 아침을 먹었다.

복형사가 〈사람의 교회〉로 갔다. 교회는 외부에서 목사를 초빙해 '아픔과 치유'라는 기도회를 열었다. 신도들은 혼을 불러내기라도 할 듯 열렬하게 찬송가를 불렀다. 곧 성진영 목사가 부활할 것 같은 분위기였다.

복형사가 교회 관계자들과 이야기를 나누려 시도했지만 모두가 약속한 듯 말을 조심했다. 교회 뒤편에 대기하고 있는 버스 안에서 운전사가 통화 중이었다. 복형사가 버스에 탔다. 전화를 끊은 운전사에게 신분증을 보여준 후 이것저것 물었다.

"성경에 자살은 금기니까…… 성목사님, 자살이 아니라는 말이 있던데?"

복형사가 물었다.

"자살이 아이지."

"아니라고요?"

"경찰이 수사를 제대로 안 합디다."

운전사가 휴대폰으로 시간을 확인했다.

"범인을 그냥 내비 두더라고."

"범인이 누군데요?"

"나도 모르지. 부목사님이 목사님하고 사이가 아니야."

운전사는 최근 들어 두 사람이 목소리를 높여서 언쟁을 벌이기 일쑤였다고 말했다.

"왜요?"

"이단이니 아니니, 하면서. 목사님만 죽으면 이 교회를 자기가 갖는다고 생각할 수 있는 기지."

"교회를 나가면 되지, 굳이 성직자가 사람을 죽일 것까진 없잖아요. 성직자가 아니라도 그런데."

"성목사님 처제가 부목사 사모님 아입니까."

"그게 왜요?"

"부목사가 마누라한테 꼼짝을 못해. 억수로 사랑하기도 하고. 부목사 사모님은 언니네랑 척을 지고 살 생각이 없어. 형부를 존경하고 언니랑도 잘 지내고."

교회에서 사람들이 나왔다. 슬픔은 예배당에 다 내려놓고 나온 듯 가벼워 보였다. 운전사는 버스를 운행해야 한다며 그만 내리라고 했다. 복형사가 버스에서 내려 편의점으로 들어갔다. 냉장고에서 캔 커피를 꺼냈지만 별로 시원하지 않았다. 담배도 한 갑 달라고 했다. 복형사가 담배를 물고 차가 주차된 곳으로 걷는데 누군가 따라왔다. 위협적인 발걸음은 아니었다. 복형사가 골목의 모퉁이를 돌자마자 멈췄다. 모퉁이를 향해 발걸음이 빨라졌다. 발걸음이 모퉁이를 돌 때 복형사가 추적자의 어깨를 잡았다. 복형사를 본 여자는 비명을 지르려다 멈췄다.

"누구야?"

"형사…… 님 맞죠?"

"누구냐고?"

"성진영 목사님 살인범……"

복형사가 여자를 차로 데려왔다. 여자가 차 밖을 살폈다.

"부목사님이 죽인 거예요."

"부목사가 인심을 못 얻었네."

"네?"

"왜 죽였을까요? 교회를 가지려고?"

"성복사님이 부목사 아들을 상산했서든요."

복형사는 목이 탔다. 캔커피는 다 마셔버렸다. 복형사가 에어컨을 틀었다.

"부목사 아들은 지금 못 만나요."

"왜요?"

"부목사 사모 동생한테 보냈대요. 일본."

"강간한 거 맞아요?"

"백 프로."

"누가 그래요?"

"목사님 처제, 부목사 사모요. 그 여자가 술 마시고 친구한테 털어놨대요. 그 친구가 하는 말을 내가 아는 언니가 들었고. 내가 아는 언니는 절대로 허튼소리 안 하는 사람이거든요. 난 아무 말도 안 했어요."

여자가 차에서 내려 종종걸음으로 사라졌다.

복형사가 추선배한테 전화를 걸어 부목사의 뒷조사를 부탁했다.

"알리바이를 확인하라고?"

"알리바이는 내가 확인할게. 부목사가 최운택이나 정학성, 그리고 민태동과 무슨 연관이 있나 알아봐 달라고. 문자 보낼게."

복형사가 부목사의 집에 갔다. 성목사가 죽은 날 부목사는 자신의 집에 있었다고 말했다. 부목사의 와이프가 그 말이 맞는다고 알리바이를 확인해 주었다. 두 사람은 경찰이 찾아올지 알고 있었던 것 같았다. 준비한 것일 수도 있다.

부목사의 집과 교회는 도보로 15분 거리다. 교회와 부목사의 집 사이에 야트막한 산이 있다. 부목사가 집을 빠져나와 산을 탄 후 교회로 와서 성목사를 죽이고 돌아간다면 다른 사람의 눈에 띄지 않았으리라. 와이프는 그동안 집에서 남편이 아들의 강간범을 무사히 죽이기를 기다렸을 가능성이 전혀 없는 건 아니다.

부목사는 복형사의 요구대로 차가 주차된 곳까지 배웅했다.

"민망한 소문이 돌아서······."

복형사가 머리를 긁적였다.

"우리 아들이요?"

"성진영 목사님이⋯⋯."

"저도 안 믿깁니다. 아이가 좀 과장하는 버릇도 있긴 하고요."

"소문에는 부목사님이 아들을 추행한 성목사를 죽였다고 하더라고요."

"제가 성직자가 아니라면, 아들의 말이 사실이라면 주먹이라도 날렸겠죠. 하지만 사람을 죽일 순 없습니다. 무슨 짓을 했더라도."

"언제 그 사실을 알았습니까?"

"목사님이 돌아가시고 나서 이틀 후에 아들놈이 제 엄마한테 말했답니다."

"일본에 갔다고 하던데?"

"집사람이 보냈습니다. 일본에 사는 처남이 심리학 석사 학위가 있거든요."

"혹시 성목사님의 군대 동기들에 대해 들어 본 적이 있습니까?"

부목사가 고개를 저었다. 모르는 것 같았다.

사람을 죽일 수 없는 사람이 따로 있다면 그 사람이 부목사일 것 같았다.

*

복형사가 부평으로 갔다. 중국집 건너편에 차를 대고 기다렸다. 민태식이 가게 문을 닫았다. 갤로퍼를 몰고 도로로 나왔다. 오늘도 민태식은 피트니스 클럽에 들러 운동을 하고 같이 운동을 하는 사람들과 이자카야에서 술을 마셨다. 민태식은 거의 매일 운동과 음주를 즐기는 것 같았다.

복형사가 팔룡폭포에 왔다. 오전 3시 20분. 덤프트럭은 없었다. 블랙박스가 우체통을 찍도록 차를 세웠다.

눈을 뜨자 이미 해가 떴다. 목덜미에 땀이 났다. 에어컨을 틀기 위해 시동을 걸자 9시라는 표시가 눈앞에 떴다. 복형사가 밖으로 나와 기지개를 켰다. 아침을 먹고 미용실로 갔다. 오영기는 보이지 않았다. 주차를 하고 블랙박스를 살폈지만 밤새 팔룡폭포의 우체통에는 아무도 출연하지 않았다.

열심히 살지 않고는 시간을 견딜 수 없다. 몸을 가만 두면 알고 싶지 않은 질문을 던지기 때문에 끊임없이 움직일 수밖에 없다.

추선배한테 연락이 왔다. 부목사는 성목사가 다녔던 신학대학의 후배였다. 교수의 소개로 성목사를 만났고 그와 가깝게 지내면서 그의 처제를 소개받아 결혼했다. 최운택, 정하성, 민태식과 지역적으로나 직업적으로 겹치는 것이 없었다. 성목사 주변 인물들의 DNA를 채집할 때 부목사도 응했다. 성목사의 손톱이 간직한 것과 같은 유전자였다면 벌써 체포가 됐을 것이다. 설사 부목사가 성목사를 죽였다고 해도 하과장 동기들의 죽음과는 무관할 것이다.

새벽에 잠이 깼다. 민태식의 웃지 않는 눈이 자꾸 질문을 던졌다.

복형사는 민태식을 관찰하러 갔다.

중국집에서 나온 민태식이 피트니스 클럽을 거르고 강변북로를 탔다. 갤로퍼가 월드컵 터널에 들어가기 전에 주차했다. 차량 통행은 도심 이면의 적막을 깨뜨리지 않을 만큼 뜸했다. 미리 섭외한 곳 같았다. 민태식이 차에서 나오지 않았다. 복형사도 차에서 기다렸다. 한 시간이 지나도록 민태식은 움직이지 않았다. 서울이라고 믿을 수 없을 만큼 호젓했다. 인공위성인지 별인지 몇 개가 밤하늘에 반짝였다.

어둠도 대기처럼 탁했다.

갤로퍼가 비상깜빡이를 켰다. 차량 통행이 거의 없었다. 비상상황이 아니다. 민태식이 누군가를 기다리는 것이다. 복형사가 운전석에서 허리를 폈다. 갤로퍼 옆으로 카니발이 섰다. 갤로퍼의 비상깜빡이가 꺼졌다. 키가 크고 말랐으며 반대머리의 남자가 차에서 나와 카니발로 옮겨 탔다. 민태식이있다. 카니발이 출발했다. 강변북로를 타고 양평 방향으로 가면서 속도를 높였다. 복형사가 하과장한테 전화를 걸었다.

"어쩐 일이냐?"

"지금 어디십니까?"

"집이지."

"아, 예. 그냥 안부 전화 드린 겁니다. 쉬십시오."

"싱겁기는."

"괜찮으시죠?"

"하고 싶은 말이 뭐야?"

"아닙니다. 끊겠습니다."

하과장의 목소리에 금이 갔다. 놈들이 하과장에게 가는 건 아니다.

카니발이 강변북로를 빠져나와 저수지를 지났다. 비포장도로를 더 들어가는데 곧 막다른 길이 나올 것 같았다. 복형사가 아반떼의 헤드라이트를 끄고 천천히 뒤를 따랐다. 카니발이 목적지에 다다른 모양인지 속도를 줄였다. 돌아서 나오지 않는다면 다른 곳으로 갈 곳도 없었다. 고가도로 기둥 옆에 카니발이 섰다. 고가도로를 떠받치는 기둥은 문명을 떠받치는 증오처럼 굳건해 보였다. 복형사가 낡은 컨테이너하우스 옆에 차를 세웠다. 카니발은 복형사의 차에서 백 미터쯤 떨어졌다. 가까이 가고 싶지만 놈들의 눈에 띌 것이다. 시야를 가리는 건 없었다. 황토가 지면을 덮었다. 사람이 지날 리 없는 곳이었다. 놈들이 미리 섭외해 둔 곳이다. 복형사가 망원경을 꺼냈다.

카니발 문이 열리자 복면을 쓴 남자들이 내렸다. 유일하게 복면을 쓰지 않은 남자는 두 팔이 묶이고 눈이 가려졌다. 카니발에서 마지막으로 내린 복면이 차문을 닫았다. 민태식도 복면을 썼다. 눈이 가려진 남자를 나무에 묶었다. 놈들은 조직적으로 움직였다. 눈이 가려진 남자는 단단해 보이는 게 백두태와 체형이 비슷했다. 백두태를 죽이고 자살로 꾸민 후 마지막으로 하과장을 노리려는 계획일까. 복면이 남자의 바지와 팬티를 벗겼다. 라이터를 켜고 남자의 음모를 태웠다. 복면들이 남자의 반응을 즐겼다. 후임들의 엉덩이에 성기를 비비던 선임처럼, 성추행한 의경 선임처럼 복면을 쓴 놈들은 깊이 간직한 성적 정체성 하나를 꺼내 어둠에 적시고 있는 것 같았다.

복면 하나가 남자의 낭심을 걷어찼다. 다른 복면들도 돌아가면서 남자의 낭심을 공격했다. 새 한 마리가 야만의 현장 위를 빠져나갔다. 남자는 묶인 채 몸을 움츠렸다. 폭력은 가해자들의 손을 떠나 독립적으로 까부는 듯 했고 적당한 지점을 찾지 못해 멈추지 못할 것 같았다.

복형사가 구리경찰서 최형사한테 전화를 걸었다. 현재 위치를 인터넷으로 검색한 후 링크를 보내주었다. 간단하게 자초지종을 설명한 후 서치라이트와 사이렌을 켜지 말고 오라고 했다.

"뱀의 걸음처럼 조용히."

"크리스천한테 하필 뱀을 비유할 건 뭐야."

복형사가 휴대폰으로 놈들의 만행을 촬영했다. 카니발의 헤드라이트가 비추지 않는 곳은 잘 보이지 않았다. 다섯 녕의 복면들이 번갈아 가면서 남자의 낭심을 걷어찼다. 남성성을 제거하려는 원시 신앙의 의식 같았다.

두 번째 의식이 시작되었다. 복면 넷이 남자의 양 팔과 양다리를 잡았다. 민소매를 입은 복면이 주머니서 무언가를 꺼냈다. 십자가나 염주라도 꺼냈을까. 남자가 버둥거렸다. 소리도 질렀겠지만 재갈이 삼켜버렸다. 남자가 심하게 발버둥치는 바람에 그를 붙잡았던 복면들이 뒤로 밀렸다. 민소매가 자리를 옮겨 남자의 정면으로 갔다. 민소매가 들고 있던 건 칼이었다. 희롱을 부리다 분위기가 무르익으면 위해를 가할 것 같았다. 더 이상 방치하면 직무유기다. 최형사를 기다릴 수만은 없었다.

　복형사가 밖으로 나와서 뛰었다. 파란색 티셔츠를 입은 복면이 뒤를 돌아보았다. 복형사가 파란티셔츠를 향해 날아서 찼다. 갈비뼈가 부러진 것 같은 파란티셔츠가 뒤로 넘어졌다. 다른 복면들이 남자를 놓았다. 남자는 두 손이 뒤로 묶여 두 다리를 이용해 바지를 올리려 안간힘을 썼다. 복형사가 경찰 신분증을 꺼낼 시간도 없이 복면들이 달려들었다. 복형사가 테이저건으로 빨간 남방을 쐈다. 빨간 남방이 괴성을 지르더니 바닥에 쓰러졌다. 민소매가 테이저 건을 걷어차 바닥에 떨어졌다. 놈들은 아직도 복형사가 경찰이라 테이저건을 가지고 있다는 걸 인식하지 못하는 것 같았다. 복면들이 달려왔고 복형사는 방향을 바꿔 뛰었다. 고동색 티셔츠를 입은 민태식은 샛길로 달아났다. 복형사의 얼굴을 알아본 것이다.

　최형사가 민태식을 잡았다. 복형사가 민소매한테 잡혔다. 네 명의 형사들이 뛰어왔다. 경찰을 본 복면들이 뿔뿔이 흩어졌다. 민소매도 복형사를 놓고 달아나려 했다.

　복형사가 민소매를 쫓았다. 덩치가 큰 민소매는 빠르지 않았다. 복형사가 민소매의 뒷덜미를 잡았다. 민소매가 어깨를 돌리며 뿌리쳤다. 복형사가 민소매와 격투를 벌였다. 민소매의 솜씨가 만만치 않았다.

　땀이 튀었다. 곧 피도 튈 기세였다.

　민소매가 넘어진 복형사 위로 올라탔다. 주먹으로 복형사의 얼굴을 치려는데 거친 발이 그의 머리를 차버렸다. 최형사의 발이었다. 민소매가 옆으로 주춤했다. 최형사가 민소매의 목을 바닥으로 눌러 올라탔다. 복형사가 빠져나왔다. 민소매가 힘으로 일어서려 하자 복형사가 바닥에서 뜨려는 민소매의 허리를 걷어찼다. 최형사가 수갑을 채웠다. 복형사는 흙을 털었다. 다른 형사들도 하나씩 복면들에게 수갑을 채웠다.
"천하의 복희준이 당하기도 하네."
최형사가 숨을 고르면서 이죽거렸다. 복형사가 민소매의 허벅지를 걷어찼다.
"저기 고동색 입은 놈이랑 내 차 타고 같이 가자. 경찰서까지."
복형사가 말했다. 민소매가 복형사를 노려보았다.
"이 놈이 아니고?"
복형사가 민소매의 옆구리를 주먹으로 때렸다.
"눈 깔아. 뽑아버리기 전에."
최형사가 주먹을 내리지 않은 복형사를 믹있다.
"복직해야지."
복형사가 운전석에 타고 최형사와 민태식이 뒤에 탔다. 민태식은 뒤로 찬 수갑이 갑갑해서 자꾸 꿈틀거렸다. 복형사가 최형사의 휴대폰으로 아까 찍어 두었던 동영상을 전송했다. 줌으로 최대한 당긴 데다 빛도 부족했기 때문에 화면이 선명하지 않았지만 거치대에 놓고 찍었기 때문에 흔들림은 없어 무슨 일이 벌어졌는지는 판별이 가능했다.
"너네 뭐하는 새끼들이야?"
최형사의 질문에 민태식이 대답하지 않았다. 최형사가 팔을 운전석 쪽으로 뻗어서 블랙박스의 전원을 뺐다. 민태식을 가까이 오라고 하더니 따귀를 때렸다.

"안 들려?"

"정의의 심판."

"뭐? 그게 뭔데?"

"인터넷 동호회."

최형사가 다시 따귀를 때렸다.

"말 길게 해라."

"경찰이 수갑 찬 시민을 이렇게 구타해도 돼요?"

"어, 돼. 시민이 아니라 범법자니까."

"정의의 심판에서 뭘 하는데?"

복형사가 물었다.

'정의의 심판'은 피해자로부터 의뢰가 들어오면 회원들이 가해자를 납치해서 심판하는 동호회다.

"뭐? 니들이 뭔데 심판을 해? 사법시험도 합격 못한 새끼들이."

최형사가 말했다.

"법이 심판하지 않으니까요."

자동차가 신호등 앞에 섰다.

"저 사람은 왜 납치했어?"

납치된 남자는 의뢰한 여자의 옛 남자친구였다. 여자가 이별을 통보했다. 남자는 매달렸지만 여자는 돌아서지 않았다. 어느 날 여자가 친구로부터 끔찍한 말을 들었다. 여자가 어떤 남자와 섹스를 하는 사진이 인스타그램에 올라왔다는 것이다.

동영상을 캡처한 사진이었다. 헤어진 남자친구의 얼굴은 모자이크로 가려졌다.

"리벤지 포르노는 한물 가지 않았어?"

최형사가 혐오스럽다는 표정을 지었다. 여자의 나체가 인터넷에 떠돌기 시작했다. 여자가 술에 취해 정신을 잃고 침대에 누웠을 때 하의를 벗기고 찍은 사진도 돌았다. 결국 동영상도 올라왔다.

"경찰에 신고하면 되지, 왜 니들이 설쳐?"

"신고했습니다. 사이버 수사대에서 뭐라 했는지 아십니까? 민간 업체에다 돈 주고 인터넷에 떠도는 그 여자 분의 음란 사진을 삭제하면 된다고 했대요. 피해자가 직접 해야 한다고. 염병, 그게 대한민국 경찰입니다. 말이 된다고 생각하세요?"

두 형사는 말을 잇지 못했다. 최형사가 땀 냄새 난다며 차창을 열어 환기를 시킨 후 닫았다.

판사는 남자가 동영상을 직접 유출한 게 아니라고 판단해서 집행유예를 선고했다.

"민태동 복수도 했지?"

복형사가 물었다.

"사촌형이랑 아주 친했잖아. 민태동의 누나가 그러던데. 어릴 때 태식이가 맞고 오면 같은 동네에 살았던 태동이가 복수해줬다고."

민태식이 차창 밖을 우두커니 보았다.

"생판 모르는 남의 복수도 해주면서 어릴 때 지켜주던 사촌형의 억울한 죽음을 그냥 넘어갔겠어?"

"오래전 일이죠. 공소시효도 끝났고."

"공소시효가 끝났으니까 직접 복수를 했잖아. 당신, 24일에 뭐 했어?"

"글쎄요."

"대구에 연고가 있어?"

"연고요?"

"없지?"

"뭐……"

"24일에 대구에서 목사가 죽었어. 민태식이 그때 대구에 간 흔적이 있는지 알아봐 줘. 그리고 11일이랑 18일에도 경천에 갔는지 알아봐주고."

복형사가 최형사를 보며 말했다.

"이 놈이 연쇄살인범일 수도 있다는 거야?"

"있지."

구리경찰서에 도착했다.

"우린 살인은 안 합니다."

민태식이 조수석 쪽을 보며 말했다.

"살아서 고통 받는 걸 봐야 복수가 되죠."

"내가 말리지 않았으면 아까 그 사람 죽었을지도 몰라. 살인은 그냥 결과야."

"이 일…… 태동이 형 때문에 시작했어요."

무전기에서 최형사를 찾았다. 최형사는 금방 들어가겠다고 답했다. 복형사가 오분만 시간을 달라고 했다. 최형사가 차에서 내렸다.

"그래서, 민태동의 복수도 한 거야?"

"형은 이미 죽었잖아요. 이 동호회는 내가 만들었어요. 아주 오랫동안 괴로워하다가. 차라리 죽으면 괴롭진 않을 거잖아요. 피해를 당했는데 죽지 못하는 게 더 괴로운 거 아닙니까? 그래서 사회가 처벌하지 않는 가해자를 우리가 대신 처벌해주자는 취지에서 시작한 거예요. 태동이 형처럼 혼자 괴로워하다가 죽지 말라고. 왜 피해자만 고통을 받아야 합니까!...... 이미 죽은 사람들의 복수는 하지 않습니다. 해도 모를 테니까요."

"감옥에서 썩어 봐야 그 취지가 잘못됐다는 걸 알 거야. 그래서 감옥을 학교라고 하는 거야. 더 나쁜 걸 배우고 나와서 탈이지만. 민태동이 죽어서 당신이 괴롭다고 했잖아."

"담배 한 대 피워도 됩니까?"

"안 돼."

담배로 마음을 다스릴 시간을 주면 나오려던 진실이 가라앉기도 한다.

"민태동의 복수를 한 게 아니라 민태식, 자신의 복수를 한 거 아니야? 민태동의 군대 동기들한테? 민태식이 의뢰인이고. 죽은 민태동은 모든 걸 잊었겠지만 당신은 여전히 괴롭고. 그러면 스토리가 되잖아."

"동호회 회원들끼리의 사적 복수는 하지 않는 게 원칙입니다."

최형사가 밖에서 손을 돌리며 재촉했다. 복형사가 손을 들어 금방 끝내겠다는 표시를 했다.

"하고 싶었는데 할 수 없었어요."

"왜?"

"태동이 형이 동기 중에 가장 악독한 놈을 절대 잊지 못하겠다고 했어요."

"악독한 놈?"

"그 사람을 찾아봤더니 경찰이더라고요."

역시 그랬다.

"강력계 형사를 어떻게 응징하겠어요? 검색하니까 연쇄 살인범을 검거한 사람이라고 신문에도 났던데."

"그래서, 형사만 남기고 나머지를 응징했다?"

"아니라니까, 씨발!"

복형사가 고개를 돌려 노려보았다. 민태동의 눈빛에서 공격성이 누그러졌다.

"복수 대신 태동이 형 납골당에 가서 소주 한 잔 따라주면서 미안하다고 했어요."

민태식이 울었다. 복형사가 차 밖으로 나왔다.

"조금이라도 이상한 게 나오면 바로 연락."

"오케바리. 저 놈, 짱구 굴리는 거 같지 않은데."

"그러니까."

비밀을 숨기려는 듯 밤이 깊어졌다.

복형사가 집으로 갈까 하다가 잠이 올 것 같지 않아 방향을 바꿨다.

복형사가 차 안에서 낡은 빌라를 바라보았다. 죄인을 품고 있더라도 현재, 이 시간에 빌라는 평온해 보였다. 304호. 전처를 죽인 최상우가 사는 곳이다. 다른 집들처럼 불이 꺼졌다.
　복형사의 휴대폰이 울렸다. 체리였다.
　"연락하라고 하셔서."
　체리는 새벽 6시에 아리랑치기를 한 놈들을 만나기로 했다.
　"5시 반까지 스위스 모텔 앞으로 갈게."
　"네."
　복형사가 304호를 잠시 바라보다 차에 시동을 걸었다.
　모텔 앞에서 기다리는데 체리가 도착했다. 편의점에서 놈들을 만난다고 했다.
　"제가 나오고 나서 덮치면 안 돼요?"
　"왜?"
　"안 그러면, 전 죽을지도 몰라요."
　"알았어."
　체리가 살 게 있다며 편의점들 사이에서 장사가 안 될 것 같은 슈퍼마켓에 갔다. 복형사는 슈퍼마켓 옆 골목에 쓰러져 있는 사람을 확인하러 갔다. 술에 취한 사람을 일으켜 세워서 집에 가라고 했다. 체리가 스타킹을 사서 슈퍼마켓에서 나온 후 담배를 한 대 물었다.
　"재수 없는 짭새 새끼."
　복형사가 체리 옆으로 왔다. 체리가 복형사를 보고 놀랐다. 복형사가 체리의 입에 문 담배를 뺏어 피웠다.
　"너는 자연스럽게 거래가 끝나면 나와서 집으로 가. 괜히 재수 없는 짭새를 쳐다보지 말고. 그러면 재수 옴 붙을지도 모르니까. 두 놈 중 한 놈이 밖에서 볼 수도 있어."
복형사가 앞장섰다.
"내가 원래 말뽄새가 안 좋아서."
"알았다고. 가자고."
두 사람이 약속장소로 갔다. 10분 전 6시였다. 체리가 편의점에 들어갔다. 복형사는 편의점 건너편 차 안에서 관찰했다. 서서 음식을 먹는 테이블에서 체리가 유자차를 마셨다. 체리는 감기 기운이 있는 목소리였다. 허구한 날 밤새며 일을 하니 감기에 걸릴 수밖에 없을 것이다.
십 분쯤 기다리자 민소매를 입은 남자가 편의점으로 들어왔다. 왼쪽 팔뚝에 염소대가리 문신을 새겼다. 염소가 체리에게 다가가 봉투를 건네고는 밖으로 나왔다. 체리는 복형사 쪽을 보았다. 염소가 편의점에서 어느 정도 떨어지자 복형사가 그의 뒤를 밟았다. 복형사가 가는 걸 본 후 체리가 편의점에서 나왔다.
염소가 타이어 가게 건물로 들어갔다. 염소가 엘리베이터를 탔고 복형사도 따라 탔다. 순복음교회 주차장에서 등 위에 올라탔던 놈인 것 같기도 했다. 입 냄새를 맡으면 금방 알아볼 것 같았다.
염소가 5층을 눌렀다. 유리에 반사된 복형사를 보았다. 알아보지는 못했다. 엘리베이터가 3층을 지났다. 염소가 6층을 눌렀다. 제 발이 저려 경계하는 것이다. 복형사가 주머니에서 손을 뺐다. 5층에서 꼼짝없이 내려야 한다. 놈이 괜히 이상해서 6층을 눌러 본 거라면 다시 5층으로 내려올 것이다. 복형사는 게임을 하고 싶지 않았다. 복형사가 6층 버튼을 다시 누르자 버튼의 주황색 불이 사라졌다.
"니 뭐하는 새낀데?"
제법 빠른 놈이다.
"버트너."
"뭐라꼬?"
"버튼을 눌러서 히로시마에 원자탄이 떨어졌어. 14만 명이 죽었지."
"뭔 개소리고!"
복형사가 염소의 복부를 주먹으로 때렸다. 염소를 엎드리게 하고 수갑을 채웠다. 복형사한테 잡힌 염소가 사무실의 문을 열었다. 소파에는 곱슬머리의 남자가 앉아서 맥주를 마셨다. 곱슬머리는 낯선 남자가 들어오는 걸 보고도 별 반응이 없다가 몇 초쯤 후에 맥주병을 거꾸로 들었다.
두박한 책상 두 개가 정면에 보였고 긱긱 책상 잎에 모니터가 놓였다. 창문 아래엔 마주 보고 앉는 소파가 있었다. 그 옆에는 낡은 캐비닛이 있었다. 캐비닛 옆에 창고로 보이는 문은 새로 페인트칠을 한 모양이었다. 냄새에 민감한 복형사가 코를 찡그렸다.
"니들 둘이 다야?"
"니, 누군데?"
곱슬머리가 물었다. 복형사가 테이저건을 꺼냈다.
"좆도...... 경찰이야?"
곱슬머리가 빈정댔다.

"좆도 경찰 맞아."

"아인 거 같은데?"

복형사가 염소를 소파로 밀고 문을 잠갔다. 염소가 소파 뒤에 창가로 가서 목을 움직였다. 맥주병을 든 곱슬머리의 손이 떨렸다.

"니들이 뿌리 친 내 돈 찾으러 왔어."

"우리가 은제 봤다고?"

"원래 가해자는 기억을 잘 못하지. 시력이 나빠. 양심의 눈이 멀어서."

"앵가이해라."

복형사는 곱슬머리가 한 손에 아직 맥주병을 들고 있다는 걸 염두에 두었다. 싸구려 레자로 만든 소파로 슬슬 움직였다. 아직 소파에 앉아 있는 곱슬머리의 긴장이 인조적인 마찰음으로 드러났다. 곱슬머리와 염소가 서로를 보았다. 곱슬머리가 일어났다. 당장 수분이 필요하다는 듯 입을 우적거렸다.

복형사가 선반 위 선인장 화분을 곱슬머리한테 던졌다. 곱슬머리가 피하려 했지만 어깨에 맞았다. 곱슬머리가 달려들려 하자 복형사가 다시 테이저건을 겨눴다. 곱슬머리가 발차기를 하려는지 발을 조금씩 움직였다. 태권도 단증을 딴 놈 같지만 예비 동작이 길었다.

"좆도, 가짜총 아이가."

"나부랭이들을 잡는데 진짜 총을 쓰겠냐. 이건 5만볼트짜리 테이저건이라는 거야. 한 방 맞으면 중추신경계가 일시적으로 마비되지. 경고를 했는데도 들어 처먹지를 않아서 어쩔 수 없이 매뉴얼 대로 하는 거니까 원망은 하든지 말든지 알아서 해라."

복형사가 테이저건을 발사했다. 침 두 개가 곱슬머리의 복부에 붙었다. 곱슬머리가 소파에 누워 벌벌 떨었다. 복형사는 염소가 말한 서랍을 열어 케이블타이를 꺼내 곱슬머리의 두 손을 묶었다.

"그거 맞고 죽기도 합니까?"

"죽지."

복형사가 염소한테 215만 원을 찾아오라고 했다.

"5분."

"은행이 가까운 데 없어요. 15분은……"

"10분."

염소가 수갑이 채워진 두 손을 복형사에게 내밀었다.

"이대로 갑니까?"

복형사가 뒤로 찼던 염소의 수갑을 풀어서 앞으로 채웠다. 책상에 걸쳐 있던 수건으로 수갑을 돌돌 말았다.

"뛰어, 이 새끼야!"

염소가 허겁지겁 달려 나갔다. 복형사가 사무실을 뒤졌다. 직업병이다. 책상 서랍을 다 열어 본 후에 캐비닛을 열었다. 캐비닛 안에 물건들을 꺼내 쏟았다. 맨 아래 칸에 박스를 꺼냈다. 박스 한 면에 건담 스티커가 붙어있었다. 둘러보니 사무실 곳곳에 건담 피겨가 여기저기 놓여있었다.

"어른 되는 게 두렵냐?"

곱슬머리의 눈동자는 아직 초점을 되찾지 못했다. 박스 안에 경상북도지사 및 유명인사들이 수여했다는 상장이 수십 개 였다. 날짜와 수여자의 이름은 없었다. 주문을 하면 수여자의 이름을 적어 넣고 판매하는 것이리라. 박스 옆 바구니에 자동차 번호판이 열 개쯤 담겼다.

오영기!……

복형사가 휴대폰에서 오영기의 사진을 찾았다.

"반갑다, 영기야. 어디서 봤다 했다."

곱슬머리가 눈을 크게 떴다.

"일식집 마누라는 잘 지내냐?"

오영기는 아직 제정신이 아니었다. 염소가 들어와 돈뭉치를 건넸다.

"엿 먹으라고?"

염소가 만 원짜리로 찾아왔다.

"5만 원 짜리가 없어요. 십분 안에 오라 캐가."

"이거 파냐? 니들?"

돈을 챙긴 복형사가 번호판을 들고 염소에게 물었다. 대답이 없자 번호판으로 염소의 머리를 치려했다.

"팔아요, 팔아."

염소가 몸을 피하며 대답했다.

"얼마에?"

"백이요."

"불법의 온상 새끼들."

"우리, 우짤낍니꺼?"

아직 몸을 움직이지 못하는 오영기가 눈을 크게 뜨며 물었다. 복형사가 레토나를 캡처한 화면을 보여주며 본 적 있느냐고 물었다. 둘 다 없다고 했다. 레토나의 번호판 두 개를 말했지만 둘 다 모른다고 했다. 두 남자가 서로 쳐다봤다.

"둘이서 눈팅 하지 말고 잘 들어. 한 번 더 눈팅 하면 눈알을 서로 바꿔 껴 줄 테니까. 만약에 너네 때문에 이 번호판을 누가 사 갔는지 내가 알게 되면 여기서 시마이. 니들 좆이 좆같은 방향으로 꼴려서 모른 척하면 사문서 위조, 사기 등으로 경찰에 넘기고. 모르긴 몰라도 빵에서 꽤 살아야 할 거야. 원래 별이 있다면 니들이 빵 사는 동안 니들 애인이 딴 놈이랑 배 맞아서 애를 둘씩은 낳을 동안."

오영기의 눈빛이 원래대로 돌아왔다.

"누구한테 팔렸는지 모른다?"

"네."

"너네가 판 번호판이 뭔지도 모르고?"

"네."

"번호판을 사 간 사람들의 전화번호도 모르고?"

"네."

"그럼, 난 니들을 경찰에 넘길 수밖에 없다는 걸 알려줘야겠네."

"진짜 모른다 아입니까?"

"니들이 거짓말을 해서 경찰에 넘기지 않는다는 게 아니라, 니들이 필요하면 안 넘긴다니까."

염소와 오영기가 다시 눈을 맞췄다. 복형사는 시간을 주기 위해 창문을 열고 담배를 피웠다. 창밖에 네온사인이 레자처럼 저급했다.

"저기……"

복형사가 돌아봤다.

"이것 좀 끌라주시면 안 됩니까?"

오영기가 케이블타이에 묶인 두 팔을 내밀며 말했다.

"어차피 경찰한테 잡히면 수갑 찰 건데 연습해야지."

"번호판은 모르겠고. 레토나는, 알 것 같습니다."

염소가 말했다.

"어떻게?"

"봄에, 아니, 겨울 끝에 번호판을 두 개 사 갔는데 번호판 바꿔 다는 방법을 알리 돌라고 해서."

"계속."

"그기에 맞는 볼트랑 드라이버면 된다고 했어요."

"그랬더니?"

"그래도 가르치 돌라 그래서, 뭐, 천변에 차 세우고 거서 알리줬어요."

"그 차가 레토나?"

염소가 고개를 끄덕였다. 염소가 오영기보다 아래인데 머리가 더 잘 굴러가서 대외적인 변호를 담당하는 것 같았다.

"그리고?"

"레토나 크루저. 볼트랑 드라이버도 사 갔어요."

"몇 인승?"

"2인승이요. 밴."

복형사가 백두태의 사진을 보여주며 동일인물이냐고 물었

다.

"아니요."

이번에는 민태식의 사진을 보여주었다.

"아니요."

"씨발, 그럼 누구야?"

"말랐어요."

"자동차 번호판을 사가는 사람이 자기 전화번호를 가르쳐 주진 않겠지?"

"당연하죠."

"니들이 저장해 두겠지. 좋은 말로 할 때 번호 찾아."

"정말 없습니다. 우리야, 돈만 벌면 되지, 뭐 할라고 엮입니까."

"나 몰래 레토나한테 연락을 한다든가 거짓말이면, 지금 찍은 증거들로 빵에 가는 거야. 잘 생각해 보고 도울 방법이 생각나면 전화 해. 내가 조만간 레도나를 못 찾으면 그때 신고할 거야. 조만간은 길지 않은 시간을 말하는 거고."

복형사가 명함을 한 장 주고는 사무실을 나왔다.

6

하과장이 차를 몰고 범종공장 앞으로 왔다. 공장 앞은 흙길인데 자동차 두 대가 지날 수 있을 너비다. 흙길 옆엔 풀숲이 있었다. 하과장이 풀숲과 흙길 사이에 차를 댔다. 공장 안으로 들어갔다. 마당으로 나온 김씨에게 다가갔다.
"박명근이란 사람 좀 만날 수 있겠습니까?"
"아, 명근이 찾아오셨구나. 어쩌나. 헛걸음 하셨어."
"네?"
"안 나온지 며칠 됐어요."
하과장이 공장을 나와 주변을 걷는데 신팀장에게 전화가 왔다. 신팀장은 레미콘 기사가 죽은 사건 때문에 현장에 같이 가면 좋겠다고 요청했다. 하과장이 차에 타서 한참 동안 공장 안을 살폈다. 공장에 전화를 걸었다. 박명근을 바꿔 달라고 했다. 전화를 받은 남자는 퉁명스럽게 안 나온다고 말하고 끊었다. 백두태가 어디선가 자살과 타살의 경계에 있는 죽음을 당했을까. 백두태가 죽었다면 남은 동기는 하과장 뿐이다. 다음 목표가 하과장이라는 뜻이 된다.
하과장이 오피스텔을 짓는 건설 현장에 나왔다. 레미콘 차량 안에서 시신 한 구가 발견됐다. 시신은 레미콘 운전사였다. 죽은 운전사는 레미콘 차량 운전사들을 대표해서 회사와 협상을 벌이는 중이었다. 회사는 '포괄임금제'를 적용해서 초과 근무에 대해 무조건 두 시간으로 쳐서 임금을 결정하지만 노동자들은 실제 네다섯 시간을 초과하는 경우가 부지기수기 때문에 상시근로 감독을 통해 임금을 계산해야 한다고 주장하며 대립했다. 포괄임금제가 폐지될 것이라는 예고는 오래전부터 있었지만 아직 멀었다는 게 현장의 전망이다.

레미콘 운전사들은 죽은 운전사가 자살을 한 게 아닐 거라고 했다. 긍정적인 마인드를 가진 사람이고 주변 사람들과 관계도 좋았기 때문에 자살할 이유가 없다는 것이다. 외상의 흔적은 없지만 부검을 통해 운전사의 사인을 밝히고 죽은 운전사의 행적을 조사하라고 강력하게 주장했다.

죽은 운전사가 똑똑하고 입바른 소리를 잘 해서 다른 운전사들을 대표해 협상에 앞장섰다. 죽은 운전사는 대립할 때 말투가 매우 공격적이어서 회사의 간부들에게 눈엣가시였다는 것이다. 회사 관계자가 죽은 운전사를 협박하는 내용의 통화를 했다. 운전사가 이를 녹음했으며 다른 동료에게 녹음 파일을 주었다. 전화해서 "사지를 찢어버리겠다."는 욕설을 했다고 해서 그것이 살인을 했다는 증거는 될 수 없지만 그냥 간과할 수도 없었다. '거열형 발언'을 한 간부를 찾아 경찰서에 참고인으로 데려갔다.

"과장님이 보시기엔 어떤 것 같습니까?"

바닥에 있는 철근을 피해 걸으며 강형사가 물었다. 하과장은 말이 없었다.

"너는 어찌 보는데?"

신팀장이 물었다.

"자살일 것 같습니다."

"왜?"

"타살이라고 보기에 너무 정교합니다."

"솜씨가 좋으면 가능할 수도 있잖아."

"운짱들이 말하는 전문가들이라는 게, 한국에 있겠습니까?"

"글쎄."

박상무가 다가와 인사를 하며 명함을 건넸다. 변호사와 부하직원이 박상무를 뒤따라 다녔다.

"잘 부탁드립니다. 희한한 소리들을 하는 것 같은데, 진실만 밝혀주십시오."

신팀장이 명함을 받았다. 하과장은 과조적으로 주변을 둘러보았다.

새로운 건물을 짓고 새로운 부를 창출한다는 것은 새로운 파괴가 전제되는 것이리라.

"가능하면 빨리, 처리를 해 주셨으면 좋겠습니다. 또 회사 입장에서는 자꾸 시끄러우면……"

변호사가 전화를 받으러 자리를 피했다.

"신속하게 처리하시길 원하시니까 한 가지 부탁을 드려도 되겠습니까?"

신팀장이 말했다.

"말씀만 하십시오."

"회사 간부들의 한 달 치 핸드폰 통화 목록을 전부 뽑아 주실 수 있겠습니까?"

"예?"

"그걸 증거로 내놔야 운전사들이 불필요한 추측을 안 할 겁니다. 우리도 수사의 방향을 집중하게 되고요."

"수고가 많으신데, 식사 같이 하시죠."

박상무가 하과장과 신팀장을 번갈아 보며 말했다.

"아닙니다. 괜한 오해를 사면 안 되니까요. 부탁드린 걸 빨리 제출하시면 신속하게 끝날 수 있을 것 같습니다."

"죽은 운전사가 회사 경리하고 불륜이었다던데, 그건 알고 계십니까?"

"참고하겠습니다."

"참고 정도가 아니라 자살의 아주 중요한 원인이 되지 않을까요?"

"당신이 어떻게 알아?"

하과장이 말했다. 통화를 마친 변호사가 다가왔다.

"뭐라고요?"

"수사 방향을 지시하는 이유가 뭐야? 당신, 범인이야?"

"지금 뭐하시는 겁니까?"

변호사가 항의했다. 강형사가 신팀장의 눈짓을 받아 하과장을 옆으로 데려갔다. 변호사가 신팀장에게 항의했다.

"간통죄도 없어졌으니 참고 정도가 맞을 겁니다. 물론 말씀하신 가능성은 열어두겠습니다."

신팀장이 박상무에게 말했다.

하과장이 먼저 공사 현장을 나왔다.

하과장이 집에 오니 경호원이 소파에서 텔레비전을 시청

중이었다.

"뭔 일 없었어요?"

하과장이 물었다.

"네, 전혀 없었습니다."

"전혀?"

"예? 예."

"내가 괜히 돈을 날리는 건가?"

경호원이 와이셔츠의 칼라를 만지며 거북살스런 표정을 지었다. 하과장이 냉장고에서 물을 꺼내 마셨다.

"미안해요. 내가 요즘 예민해서."

"내일부터 더 주의를 기울이겠습니다."

경호원이 돌아갔다.

하과장이 샤워를 하고 나와 맥주를 마셨다.

"술, 그만 하지?"

지숙이 더 마시고 싶어 하는 남편을 보며 말했다.

"이거까지."

"경호도 그만 하자. 한 달이면 얼만 줄 알아? 토요일까지 하면 천만 원이야."

지숙은 위험하면 경찰에 정식으로 신변 보호를 요청하자고 했다.

"우리, 이민 갈까?"

하과장이 말했다.

"퇴직금 받고 집 팔고, 뉴질랜드로 가자."

지숙이 손으로 남편이 좋아하는 두릅나물을 먹기 좋게 잘

라주었다.

"골프 시키자. 리디아 고 때문에 한국 혈통이 골프 하는 거, 반겨주겠지. 애들도 서열의 노예가 되지 않게. 둘 다 운동 신경이 좋잖아."

"골프는 갑자기 지금 생각한 것 같은데?"

"뉴질랜드는 한국처럼 전쟁 날 염려도 없고 지랄 맞지도 않을 거고."

"오빠 있는 미국으로 가면 되지, 갈 거면."

"미국은 잘 사는 후진국이잖아. 해마다 총기난사가 일어나도 총기규제도 안 하고."

"뉴질랜드도 총기 사건 있었잖아."

지숙이 육포의 냄새를 맡아본 후 먹었다.

"난 여기가 무서워."

하과장이 말했다.

"생각해 보자."

"진지하게?"

"진지하게."

하과장이 자리에 누웠다. 머리가 아팠다. 지숙은 깊이 잠들었다.

하과장이 거실로 나와 냉장고에서 맥주를 꺼내 마셨다. 부족했다. 다시 잠들기 위해 밖으로 나왔다. 미래보다 현재로 무게 중심이 기우는 나이가 되면서 잠이 드는 게 종종 어려워졌다. 편의점에서 맥주를 산 후 파라솔에 앉아서 마셨다.

전에 보았던 아이들 다섯 명이 어슬렁어슬렁 욕을 노래처럼 뱉으며 걸어왔다. 편의점 뒤편 놀이터를 중심으로 이 부근이 아이들의 아지트인 모양이었다. 아이들이 가로등과 가로수 사이에 쓰레기통으로 갔다. 고등학교를 다니지 않거나 다닌다고 해도 학교가 품지 않을 아이들 같았다. 지금 빨리 품어주지 않으면 아이들은 나중에 사회가 감당할 수 없는 반사회적 인간들이 될지도 모른다. 아이들이 담배를 피우며 하과장 쪽을 힐끔거렸다.

아이들 중 보스로 보이는 모히칸 헤어스타일이 하과장에게 다가왔다.

"아저씨, 담배 좀 사다 줄 건가요?"

모히칸이 뒤를 돌아보자 다른 아이들이 웃으며 엄지손가락을 치켜 올렸다. 모히칸이 만 원짜리 한 장을 하과장에게 내밀었다.

"에쎄 체인지 두 갑."

하과장이 자리에서 일어나며 모히칸의 따귀를 때렸다. 힘에 밀려 모히칸이 뒤로 넘어졌다. 다른 아이들은 쳐다보기만 할 뿐 이쪽으로 오지 못했다. 하과장이 에드왈드 튜논을 1회에 케이오시키고 중립코너로 간 유명우처럼 아이들에게 걸어갔다. 아이들은 같은 꼴을 당할까 눈치를 보았다. 하과장이 빈 맥주 캔을 우그러뜨린 후 쓰레기통에 넣었다.

"건방진 새끼들."

아이들은 어느새 꼬리를 내린 짐승이었다. 짐승들이 언젠가 인간이 될 수 있을까.

인간이 된 줄 알았는데……

하과장이 신호등을 건넜다. 걷다 보니 멀리 재개발을 진행 중인 빌라가 보였다. 오른쪽 바지 주머니에 구겨 넣었던 야구 모자를 꺼내 썼다. 왼쪽 바지 주머니에 넣었던 바람막이 여름 점퍼를 꺼내 입었다.

저지르지 않고서 잠들 수 없는 밤이었다.

하과장이 재개발을 기다리는 빌라 입구에 들어왔다. 사람이 없는 곳을 찾아 산책을 하다 보면 지나치는 곳이다. 눈여겨 봤던 건 아닌데 자연스레 떠올랐다. 내면에 웅크리고 있던 다른 자아가 다른 삶을 작동시키고 있었던 것이다. 하과장은 언제나 자식들에게 엄격했고 열심히 돈을 벌었던 아버지를 존경했다. 결혼하고서 술에 취해 필름이 끊어졌던 적이 있었다. 다음날 아내에게 전날의 태도를 물었다. 아내는 하과장이 아버지에 대한 증오심을 표출했다고 말했다. 믿을 수 없었다. 아버지를 존경한다는 생각과 말은 진심이었다. 하과장은 곰곰이 생각해 보았다. 시간이 지나서 하과장의 내면에 아버지를 증오하는 마음이 있다는 것을 알게 되었다. 그 원인은 아직 모른다. 법 최면을 하는 수사관을 찾아가서 원인을 찾아보려고 하는데 아직까지 용기를 내지 못했다.

101동은 모두 이주했는지 이미 철거에 들어갔다. 102동엔 아직 사람이 살고 있는 것 같았다. 철거가 완료된 후 주상복합 건물이 들어설 예정이다. 이곳에서도 누군가의 생활이 파괴되었을 것이다. 102동은 외벽이 무너지는 걸 방지하기 위해 철제 프레임을 대 놓았다. 오래된 자동차들이 주차돼 있었다. 하과장이 벽에 기대 담배를 피웠다. 코란도 옆면에 뿌연 가로등

빛이 반사됐다.
 드러나지 않을 줄 알았다.
 태완이법 이전의 일이라 공소시효가 끝난 날 하과장은 공교롭게도 강력팀의 팀장으로 진급했다. 모든 게 끝난 줄 알았다. 법은 벌을 주기도 하지만 면죄부도 주니까.
 하과장이 일자드라이버로 비상릴리즈를 열었다. 와이어를 당겨 수동으로 차량 주유구를 열었다. 주변에서 천 쪼가리를 찾았다. 라이터로 천에 불을 붙인 후 주유구 안에 넣었다. 서둘러 자리를 피하는데 구두 소리가 들렸다. 방향이 감지되지 않았다. 하과장이 담배꽁초를 주머니에 넣었다. 구두 소리가 소리를 멈추고 지켜보는 것 같았다.
 하과장은 뛰다시피 걸었다. 주변을 둘러볼 수 없었다. 구두 소리에 난자당할 것만 같았다. 하과장이 바닥에 주저앉았다. 체력이 떨어지면서 정신력도 약해졌다. 벽에 기대자 어지러운 게 좀 괜찮아졌다. 서둘러 언덕으로 올라갔다. 비탈을 빠르게 올랐더니 숨이 찼다. 하과장이 벗어난 곳에서 분노하듯 자동 자동차가 타올랐다. 구두 소리가 멀어졌다. 군대 동기들이 한 일을 아무도, 아직도 모른다.
 신도 눈을 감은 일이다.
 모자와 점퍼를 벗어서 주머니에 넣었다. 주민들이 하나 둘 밖으로 나오는 바람에 하과장은 자동차가 전소되는 과정을 더 지켜보지 못하고 자리를 떴다. 다시 시도할 수밖에 없는, 불안한 성공이다.
 동기들의 자살은, 누군가 불을 붙인 과거에 신이 눈을 떴다는 뜻일까.

7

복형사가 북어 해장국을 먹고 식당 앞에서 자판기 커피를 마셨다.

구리경찰서, 최형사한테 전화가 왔다. 민태식의 동선이 나왔다고 했다. 민태식은 23일 밤 11시 55분에 자기 집 아파트로 들어가는 게 CCTV에 잡혔다. 24일 새벽 12시 5분엔 자기 집 근처 기지국에서 통화기록이 있었다. 24일 08시에 집에서 트레이닝복 차림으로 나오는 것도 확인됐다.

"그 사이에 부평에서 대구를 갔다 온다는 건 불가능하잖아."

"그렇지."

"그런데 한 가지가 수상해. 21일에서 22일까지 대구에 갔더라고. 그냥 바람 쐬러 갔다고는 하는데...... 그리고 11일을 전후해서 조사해 보라고 했잖아. 9일에서 10일 날에 부산에 갔었어. 그리고 16일, 17일에는 김포에서 통화한 기록이 여러 개 있고."

"민태식, 미팅 좀 하자."

"명분이 없는데?"

"만들면 되지. 그리고 지금 말한 6일 동안 민태식의 통화내역 좀 뽑아줘."

복형사가 통화 내역을 보며 민태식 앞에 앉았다.

"11일에 최운택이 죽었고 당신은 9일, 10일 이틀 동안 최운택을 관찰하고 누군가에게 최운택의 동선을 보고했어. 16일, 17일에는 정학성의 동선을 관찰해서 누군가에게 알려주고. 22일, 23일에는 성진영을 알려줬지. 어떻게 아냐고? 최운택의 집과 가까운 기지국. 그리고 정학성, 성진영 목사의 집과 직장 근처에서 당신이 통화한 기록을 KT가 기억하더라고. 그들을 죽인 건 누군가 다른 사람이야. 자, 누군가가 누구야?"

민태식이 지조라도 지키겠다는 듯 입술을 굳게 다물었다.

"다음은 누구야? 백두태? 하종수?"

민태식은 끝내 아무 말도 하지 않았다.

민태식이 6일 동안 매일 통화를 한 번호가 여덟 개였다. 가족과 중국집 주방장 등을 제하고 한 사람이 남았다. 그 번호를 조회했다.

김광후……

복형시기 껌쟁이처럼 김광후의 사진을 들여다보았다. 대포폰일까. 하과장한테 죽은 자들의 사진을 보낸 건 조만간 찾아가겠다는 메시지거나 찾아오라는 뜻이다. 우체국을 통해 사진을 보낸 걸로 볼 때 자신한테 올 수 없도록 모든 걸 차단하진 않을 놈이다.

놈이 열어둔 길로 오라는 의미다.

반갑다, 김광후.

복형사가 가짜 번호판을 파는 사무실을 다시 찾았다. 문을 두드렸지만 반응이 없었다. 건물로 올라오기 전에 아래에서 사무실에 불이 켜 있는 걸 확인했다. 복형사가 문을 두드리며 안에 있는 거 안다고 소리를 질렀다. 볼록렌즈 앞에서 주먹을 쥐어 보였다. 문이 열렸다. 두 놈이 자장면을 먹는 중이었다. 복형사가 염소 문신을 한 놈의 머리를 쥐어박고는 군만두를 집어먹었다.

"웬일로?"

복형사가 김광후의 사진을 보여주었다.

"레토나, 번호판 사간 놈, 맞아?"

둘 다 맞는다고 했다.

"확실해?"

그렇다고 했다.

"한 번 더 찾아와서 사진을 들이대면 무조건 맞는다고 하자고 짠 거 아니야?"

둘이 동시에 이맛살을 찡그렸다.

"믿어라?"

"믿으십시오."

복형사가 오영기 앞에 이과두주를 마셨다. 밖으로 나와 경천경찰서에 전화를 걸었다. 두 개의 사무실 위치와 그들이 벌이는 짓들을 알려주었다. 담당 형사의 전화번호를 알아내고 핸드폰으로 촬영해 두었던 증거 사진을 보내주었다.

범죄자들과의 약속보다 다음 범행의 예방이 중요하니까.

복형사는 주민등록등본에 게재된 김광후의 현재 주소지를 찾아갔다. 다세대 주택의 지층에 김광후는 살지 않았다. 거주자는 김광후의 지인인데 김광후가 잠깐 더부살이를 한 게 1년 전이라고 했다. 지인은 김광후와 가까운 사이가 아니라고 말했다. 거리를 두려 거짓말하는 것 같지 않았다. 백만 원을 주면서 주소를 옮기게 해 달라고 해서 허락한 거라고 했다. 김광후 누나, 김나진의 주소지는 대구였다. 김나진은 본적지가 광주인데 대구에서 노래방 도우미로 일했다.

*

복형사가 노래방에 들어갔다. 혜미가 들어왔다.
"처음 보는 오빤데?"
혜미가 복형사 옆에 앉자마자 손수건으로 얼굴에 묻은 땀을 조심스럽게 닦았다.
"나 찾았다던데. 어떻게 날 알고 불렀어요?"
"소문이 났더라고."
"뭐라고요?"
"진실하게 논다고."
혜미라는 가명을 쓰는 김나진이 목젖이 보이도록 웃었다. 두 사람이 맥주를 마셨다. 혜미는 복형사에게 안주를 먹여주었다. 혜미는 노출이 과감했지만 야하지 않았다.
"김나진 씨, 김광후 때문에 왔습니다."
본명을 말하자 혜미의 표정도 김나진으로 변하는 것 같았다. 김나진이 표정을 차단하려는지 오른쪽 엄지로 왼쪽 눈썹을 만졌다.

"김광후를 최근에 언제 봤습니까?"

"오빠, 경찰?"

복형사가 신분증을 보여주었다.

"광후가 왜? 죽었어요?"

"아닙니다."

김나진이 안도의 한숨을 내쉬었다.

"죽였어요?"

"참고인입니다."

"그게 뭔데요?"

"어떤 사건을 안다는 겁니다."

"범인일 수도 있고?"

"피해자일 수도 있고요."

김나진이 허리에 긴장을 풀고 뒤로 기댔다. 꽃무늬가 그려진 소파에는 오랫동안 술, 타액, 땀, 욕정 들을 흡수해서 뒤엉킨 냄새가 났다.

"광후, 만나더라도 나 여기서 일한다는 말은……"

"안 하겠습니다."

"어떤 사건은, 어떤 사건인데요?"

"사람이 죽은 사건입니다. 자살인지 타살인지 아직 알지 못하고요."

"담배 한 대 피워도 돼요?"

복형사가 담배를 건네고 불을 붙여 주었다. 김나진이 불을 받으러 몸을 숙였다가 가슴골을 손으로 가렸다. 복형사가 가슴골로 눈이 가자 그걸 본 김나진이 아주 작게 웃었다.

"김광후는 어디 있을까요?"

"못 본 지, 오래됐어요."

"왜 남매가 못 보고 살까요?"

"집안마다 사정이 있잖아요."

"그 사정이 뭔데요?"

"나, 그 얘기 하려면 양주 한 병 마셔야 되는데."

복형사가 잭 다니엘을 주문했다.

"좋네요. 검소해서. 하긴, 공무원이 세금으로 돈 뿌리고 다니면 안 되지."

김나진이 맥주를 따르고 양주를 섞었다.

"김광후, 키는 얼마나 될까요?"

"평범해요. 보통 남자 킨데."

"175쯤?"

김나진이 고개를 끄덕였다.

"집안 사정이 뭔데요?"

"우리 집이 원래 잘 살았어요."

김나진의 부모님은 족발집을 운영했다. 장사가 잘 됐다. 그 일이 벌어지기 전까지는 모든 게 잘 풀리는 집이었다. 고등학교 3학년이던 언니의 성적은 전교 최상위권이었다. 첫째가 잘 들어가야 둘째, 막내도 잘 간다는 믿음 때문에 부모님은 언니의 대학 진학에 관심이 깊었다. 어머니는 바쁜 와중에도 유명한 과외 선생을 고용해서 언니의 서울 유학을 준비했다. 어머니는 언니가 한의대에 진학하기를 바랐다.

언니는 뜻이 달랐다. 이과에서 문과로 교차 지원을 하여 문학을 전공하고 싶어 했다. 어머니는 문학처럼 밥 빌어먹기 좋은 공부는 대학에 가서 취미로 하라며 양보하지 않았다. 한의사가 되고 허전하면 그때 가서 글을 쓰든 말을 타든 마음대로 하라고 했다.

집안에서 어머니를 이길 사람은 없었다. 족발집을 번성하게 한 것도 어머니의 능력이었다. 아버지는 가부장적이고 싶어했지만 집밖에서 어머니의 보조 역할에 그쳤다. 경제적 서열이 자연스레 집안의 질서로 이어졌다.

어머니와 언니의 갈등은 점점 깊어갔다. 언니도 포기하지 않는 어머니의 성정을 물려받았기 때문이었다. 1학기 중간고사가 끝나고 대학 진학 상담을 시작한 때였다. 언니의 모의고사 점수가 하락했다. 수학만 1등급과 2등급을 오르내리고 나머지는 안정적으로 1등급이었는데 수학은 3등급, 나머지는 2등급으로 떨어지고 국어만 1등급을 유지했다. 시간이 지나고 나니까 언니가 문학을 전공하기 위해, 어머니가 한의대를 포기하게 하기 위해 일부러 성적을 떨어뜨렸을지도 모른다는 생각이 들었다. 충분히 그런 위험한 실천을 할 만한 사람이었다.

"그래서요? 한의대를 못 갔어요?"

어둠이 집안을 집어삼켰다. 언니가 자살을 했다.

"미친년이지. 지가 죽는 게, 지만 죽는 게 아니라는 걸 그 똑똑한 머리로 몰랐다는 게 말이 돼요?"

평소 심장이 좋지 않았던 어머니는 자리에 누웠다. 일 년이 지나서 어머니도 돌아가셨다. 아버지는 어머니 없이 혼자서 장사를 잘해 나갈 위인이 못 됐다. 아버지는 도박에 빠져 재산을 날렸다. 아버지는 얼굴도 예쁘고 공부도 잘한 언니를 남달리 사랑했다. 아버지가 술에 취해 무단횡단을 하다가 교통사고로 죽었다.

언니는 두 동생이 마땅히 누릴 풍요로움과 부모님의 명까지 말살해 버렸다.

김광후와 김나진은 고모와 함께 살았다. 김나진이 고등학교를 마치지 못하고 고모네 집에서 나왔다. 김광후는 착실히 고모와 살았다. 서울에서 대학도 다녔다. 김광후가 대학생일 때 우연히 한 번 본 적이 있었다. 그때 왜 아는 척을 하지 않았는지 김나진은 아직도 그 이유를 모르겠다.

"결혼하고, 이혼도 했다더라고요."

"고모님하고는 아직 연락을 할지도 모르겠네요."

"고모도 돌아가셨어요."

김나진이 문자메시지를 확인했다. 단골이 찾는다고 했다.

"진심이긴 한데, 팁을 잘 주니까."

김나진이 자리를 떠야 할 이유를 덧붙였다.

"나한테 도우미가 어울려요?"

아니라는 말을 듣고 싶겠지.

"별로."

"초등학교 선생님은 어때요?"

"어울릴 거 같네요."

"언니는 초등학교 선생님, 내 꿈도 뺏어 간 거예요. 그래서 분명, 지옥에 갔을 거예요."

노래방 기계에 남은 시간이 없었다.

"다음에 광후가 잘못하지 않았다는 소식을 가지고 오시면, 진실되게 놀아 줄게요. 광후는 절대 사람을 해칠 아이가 아니에요. 내가 누나라서 그렇게 생각하겠지만, 많은 남자들과 밑바닥까지 가서 놀다 보니까, 어떤 남자가 위험한지 알겠더라고요. 광후는 아니에요. 착해요. 말 그대로, 착해요."

누나가 동생을 어디까지 알 수 있을까.

놈은 성목사를 죽이고서 CCTV의 영상을 저장한 하드를 통째로 가져갔다. 자동차도 가짜 번호판으로 달고 다닐 만큼 치밀하다. 김광후는 놈이 사용한 대포폰의 등록자에 불과할지도 모른다.

김나진이 일어섰다.

"하나만."

김나진이 미니스커트의 끝자락을 잡아 내리며 복형사의 다음 말을 기다렸다.

"언니가 자살했다고 했죠? 어떤 방법이었어요?"

"뭐가 어떤?"

"손목을 그었습니까?"

"맞아요."

"직접 봤어요?"

김나진이 고개를 저었다.

"말로만 들었어요."

"경찰이 뭐라고 말하던가요?"

"삼촌이 말해줬어요. 욕조에 물을 받아놓고 손목을 그었다고. 옷도 다 입은 채로 들어가서."

"그때 경찰이 수사를 했습니까?"

"난 몰라요."

"집에 경찰이 자주 왔습니까?"

"한 번?"

경찰은 얼마나 많은 죽음의 이야기를 놓쳤을까.

복형사가 노래방을 나왔다. 대구의 밤하늘도 서울처럼 별이 드물었다.

*

복형사가 백두태의 동생, 백경미가 일하는 곳으로 갔다. 건너편에 설렁탕집을 보는데 전화가 왔다.

"가게 앞으로 오세요."

복형사가 횡단보도를 무시하고 길을 건넜다. 설렁탕 집에서 깡으로 버티는 것 같은 여자가 나왔다. 백경미가 복형사를 데리고 가게 뒤편으로 갔다. 두 사람이 느티나무가 만들어 준 그늘 아래로 갔다. 구멍 뚫린 그늘이었지만 땡볕을 피할 만했다. 복형사가 커피숍이라도 들어가자고 하자 백경미는 근처에 들어갈 만한 커피숍도 없거니와 오래 이야기할 시간도 없다고 했다. 백경미는 단발 머리인데도 머릿결이 푸석푸석했다. 눈동자는 누적된 피로 때문인지 불그스름했다. 말투와 표정이 신경질적이었다. 복형사가 신분증을 보여주었다.

"경찰인지 어떻게 믿어."

복형사가 웃었다.

"작년에 온 경찰은 영 이상하던데."

"작년에 경찰이 왔었어요?"

"몇 년 전에도."

"뭐가 이상했습니까?"

"경찰로 태어난 팔자가 아니야."

"생긴 건요?"

"키는 큰데 삐쩍 말랐던데. 볼도 움푹 들어간 게 복도 없게 생겼어. 얼굴도 허여멀거니 한 게 범인을 잡기는커녕, 범인한테 잡히겠고."

복형사는 불현듯 직감에 따라 휴대폰에 저장된 김광후의 사진을 보여주었다.

"몰라요. 이렇게 봐선."

복형사가 백경미의 눈앞에서 핸드폰을 내리지 않았다. 백경미가 복형사의 팔을 아래로 내렸다.

"백두태씨는 언제 봤습니까?"

"그 인간 얼굴 잊어버렸어요. 어디서 뭘 하고 사는지. 이제 봐도 생면부지, 뭐."

"얼마나 못 봤습니까?"

"우리 딸이 초등학교 들어갈 때 와서 사진을 찍어줬어요."

"딸은 몇 살입니까?"

"고2."

"백두태는 어떤 사람입니까?"

"그 인간요?"

백경미가 땡볕 아래 남자 아이들을 보았다. 아이들은 일찍 찾아온 여름에 도전하듯 뛰어다녔다.

"경찰이 가끔 찾아오는 인간이지, 뭘."

백두태는 전과가 없다.

"그 인간은 그냥 있는 인간이에요. 있으나마나한…… 오빠로서 든든한 면도 없고 삼촌으로서 조카한테 뭘 해 준 것도 없고. 나, 들어가야 돼요."

"다음에 시간 좀 내셔서 커피라도 한잔 하시죠?"

"나 백날 쫓아다녀 봐야 그 인간 못 만나요. 안 온다니까. 좋은 인간은 아니지만 또, 빵에 갈 인간도 아닌데. 뭐, 잘못했어요?"

"아직 모릅니다."

백두태에 대한 알리지라도 도진 듯 백경미가 '그 인간'이라고 말하면서 얼굴을 찌푸렸다.

"저기 농협 사거리 뒤편에 용한 선녀님 있는데 거기 가서 물어보시든가."

복형사가 인사를 하고 돌아서려는데 백경미가 불렀다.

"아까 사진, 다시 봐요."

복형사가 김광후의 사진을 보여주었다.

"맞는 거 같아요. 이 사람. 작년에는 머리가 짧긴 했지만……"

김광후가 찾아왔다면 백두태가 목적이다. 백경미가 백두태에게 경찰이 찾아왔다고 전한다면 백경미 주변에 자석처럼 붙어서 관찰한다고 해도 당분간 백두태는 나타나지 않을 것이다.

복형사가 또 민태식을 면회했다. 민태식은 혀가 뽑히더라도 말하지 않을 기세였다.

김광후는 누굴까?

8

"적당히 해. 이거 좀 먹고."
　수사과장이 노크도 없이 형사과장실에 들어와 생크림으로 만든 카스텔라를 놓고 나갔다. 대구에 다녀온 뒤로 수사과장은 하과장을 볼 때마다 다정한 말투나 따뜻한 시선으로 대했다. 하과장의 명백한 추락을 통해 자신의 완벽한 우위를 확인했으니 동정심을 보여주겠다는 수작이다.
　9시가 넘었다. 하과장이 퇴근할 준비를 했다. 일을 마쳤다기보다 미뤘을 뿐이다. 달서경찰서에 갔다 오고 나서 공무에 집중하지 못했다. 서장도 하과장한테 지시하는 걸 자제했다. 서장은 평상시에 하과장한테 많이 의존했다. 하과장의 몫이 수사과장한테 돌아갔다. 수사과장은 영민하지 못하지만 무난하다. 위로 올라갈수록 능력보다 정치가 승진에서 더 중요한 조건이다. 잘 극복하지 못하면 언제고 궤도에서 추방당한다. 경찰대 출신이 아닌 이들에게 쌓기는 어려워도 무너지는 건 한순간이다.
　하과장은 능력이 뛰어나면서도 추락한 선배들의 궤적을 많이 보았다.
　하과장이 껍데기 집으로 갔다. 복형사가 일어서서 경례를 붙이고 하과장은 소극적으로 받았다. 옆 테이블 사람들이 그런 두 사람을 보고 비웃었다. 복형사는 그들을 등지고 앉아서 보지 못했지만 하과장은 비웃음을 정면으로 목격해야 했다.

복형사가 첫 번째 가설을 세웠다. 민태식이 '정의의 심판' 회원들과 사촌 형, 민태동의 복수를 한다. 사진을 찍어서 보낸 건 김광후다. 민태식과 김광후가 함께 움직일만한 관계라는 단서만 잡는다면 이 가설은 증명될 가능성이 높아진다.

"김광후가 단순히 심부름을 하는 사람일 수도 있잖아."

"그럴 수도 있습니다."

하과장이 소주를 마시자 복형사도 따라 마셨다.

"한 가지 여쭤봐도 됩니까?"

하과장이 그러라며 껍데기를 뒤집었다.

"그때, 민태동을 얼마나 괴롭혔습니까?"

하과장이 집게를 내려놓고 술을 마셨다.

"두 번째 가설은 뭔데?"

백두태가 살인범이고 김광후가 사진을 찍어 보낸다. 백두태가 범인이라면 왜 같은 방법으로 동거녀를 죽였느냐가 의문이다.

"동거녀를 죽인 건 이상하지 않아. 증오가 아니라 살인 자체가 목적일 수 있으니까."

"주변에선 관계가 좋았다고 하던데요?"

"타고 난 살인범은 일반 상식이나 윤리가 통하지 않아. 세 번째는?"

"이상한 게 하나 있습니다."

하과장이 울리는 휴대폰을 받지 않았다.

"동기분들이 군 생활을 한 부대가 김광후가 살던 곳입니다.

그래서 백두태와 김광후의 연결고리를 과장님이 혹시 아시지 않을까 생각합니다. 김광후의 큰누나가 당시 고3이었고 공부도 잘했습니다. 과장님의 동기들이 말년 휴가를 나온 날, 하필 자살을 했습니다."

여고생!……

건배를 청하는 하과장의 손이 떨렸다. 여름 교복을 입은 여고생이었다. 알 수 없었던 불안감의 정체가 여고생이었다.

"여기까지만 하자."

"아직 껍데기 남았는데요."

"복직하면 그만큼 생각해 줄 거다."

"예?"

"일에서 손 떼."

하과장은 했던 말을 반복하거나 번복하는 사람이 아니다.

"과장님이 먼저 시키신 일 아닙니까?"

복형사가 들고 있던 잔을 내려놓지 않았다.

"접으라고 하신 이유가 뭡니까?"

껍데기에서 흐른 기름이 열기를 못 이기고 하과장의 팔에 튀었다. 하과장은 반응하지 않았다.

"이제 거의 다 왔습니다."

"그만해!"

사람들이 두 사람을 흘겨보았다. 복형사가 아까부터 힐끗대던 건너편 테이블의 남자와 눈싸움을 했다.

"충분해."

복형사와 눈싸움을 하던 남자가 눈을 돌렸다. 휴대폰이 다시 울리자 하과장이 가게 밖으로 나가 전화를 받았다. 지숙은 술을 많이 마시지 말라고 당부했다. 하과장은 별말이 없었다. 지숙은 도영의 과학 선생이 해 준 칭찬을 흐뭇해하며 전했다. 지숙의 이야기를 듣는 동안 가게 입구 통유리에 남자와 여자가 다가오는 게 보였다. 여자는 짧은 청치마에 흰색 블라우스를 입었다. 남자는 짧은 머리에 콧수염을 길렀다. 통유리에 반사된 콧수염의 움직임과 표정이 불량스러웠다. 콧수염이 하과장을 한 번 보았다. 콧수염과 여자가 안으로 들어가서 자리를 잡았다. 콧수염이 여자의 머리를 밀쳤다. 여자는 인상을 찡그리며 콧수염의 팔을 여러 번 때리다가 분이 풀리지 않는지 팔을 꼬집었다. 콧수염이 통유리 밖에 있는 하과장을 보았다.

언젠가 검거했던 놈인가.

지숙과 통화를 마치고 하과장이 화장실로 갔다. 소변기 위에 거울이 가로로 길게 붙어있었다. 거울의 프레임 안으로 콧수염이 들어왔다. 콧수염이 세면대에 서서 머리를 매만졌다. 콧수염은 20대 후반으로 보였다. 자랑하고 싶은 몸으로부터의 얄팍한 자만심으로 어깨에 잔뜩 힘이 들어갔다. 하과장은 소변기에서 나왔다. 콧수염은 세면대에서 돌아섰다.

두 사람이 조그만 화장실 한가운데서 통유리 없이 마주쳤다. 하과장의 호흡이 가빠졌다. 콧수염이 하과장을 보았다. 짧은 시간이었지만 하과장은 길고 답답했다. 달서경찰서에 잡혀갔다 온 나를 비웃는다. 정보과장, 수사과장, 경찰대 출신들, 내 현재를 망치려는 과거, 과거가 보낸 징후들……

세면대에 흐르는 물소리가 크게 들렸다. 콧수염이 바로 앞에 왔을 때 하과장이 뒤돌아 그의 복부를 가격했다. 하과장이 뒤로 오른 발을 뺐다가 주춤하는 콧수염의 허벅지를 걷어찼다. 콧수염이 소리를 질렀다. 하과장이 넘어진 콧수염의 멱살을 잡아 일으켜 세웠다.

"너, 누구야!"

복형사가 화장실로 뛰어 들어왔다. 그 뒤로 가게 사장이 들어왔다. 하과장이 콧수염에게 주먹을 날리려는데 복형사가 하과장의 겨드랑이에 자신의 어깨를 넣었다. 콧수염이 머리로 하과장의 배를 들이받았다. 하과장이 뒤로 밀렸고 벽에 부딪혔다. 콧수염이 하과장에게 돌진하는데 복형사가 콧수염을 잡아 바닥에 넘어뜨렸다.

하과장의 분노가 갑자기 멈췄다. 가게 사장이 진정한 하과장을 잡았다. 사장이 경찰에 신고를 하겠다고 말했다. 콧수염 위에 올라탄 복형사가 사장한테 경찰 신분증을 보여주었다. 콧수염이 바닥에서 고함을 지며 욕을 했다. 억울한 상황을 실명하려 했지만 감정이 복받쳐서 의미가 전달되지 않았다. 복형사는 일어선 콧수염을 잡았다. 콧수염이 주먹을 휘두르자 사장의 어깨에 맞았다. 밖에서 웅성대는 소리가 들렸다. 콧수염의 여자친구가 화장실 안으로 얼굴을 내밀었다.

"서로 오해를 한 거 같은데, 여기서 마무리합시다."

복형사가 말했다. 콧수염은 억울하다며 길길이 뛰었다. 복형사가 하과장을 데리고 밖으로 나왔다. 하과장이 가게 밖으로 터벅터벅 걸었다.

말할 수 없는 과거로 걸어가는 것 같았다.

여자가 고소를 하겠다며 가해자가 현장을 떠나도 되느냐고 쏘아붙였다. 사장은 중립을 지켰다.

"화장실에 CCTV가 없으니 누구의 말도 증명될 수가 없어요."

복형사가 콧수염의 여자친구를 데리고 밖으로 나왔다. 하과장이 간 곳을 보며 저 분은 인정받는 경찰 간부라고 했다. 통유리로 안에서 씩씩대는 콧수염을 보며 만약 남자친구가 전과라도 있다면 CCTV가 없는 상황에서 남자친구가 불리할 거라고 말했다.

겨우 콧수염 커플을 보낸 후 복형사가 남은 술을 마셨다. 껍데기를 파김치에 싸서 먹었다. 건너편에서 아까 쳐다보던 남자가 또 힐끔거렸다. 복형사는 그의 자리로 가고 싶은 걸 간신히 참았다. 수사를 하다보면 참고인이 종종 이상한 반응을 보일 때가 있다. 낯선 상황에 처했을 때 낯선 반응이 나오는 경우이기도 하지만 용의자와 참고인의 연결고리가 드러날 때 돌출되는 불안감이기도 하다.

−미안하다. 여기까지만 하자. 그동안 너랑 나랑 쌓아 온 신뢰라고 생각해라.

하과장이 문자를 보냈다.

*

〈Mizzy〉 바는 무겁고 고급스러웠다. 창가에서 하과장이 데킬라를 마셨다. 마담이 과일 안주를 들고 왔다. 마담의 아이라인은 자연과 인위의 경계를 지우려는 듯 옅었다. 펜던트 목걸이가 쇄골을 타고 내려왔다.

"앉아도 될까요?"

대답하지 않고 푸른 미소만 짓고 있는 하과장 옆에 마담이 앉았다. 마담이 술을 따라주며 여러 번 하과장과 눈을 마주쳤다.

"원래 데킬라가 무색인 거 아세요?"

하과장이 눈빛으로 마담의 쇄골을 애무했다.

"이렇게 누리끼리한 건 오크나무 통에 넣어서 숙성을 시켜 그런 기래요. 저도 한 잔 주세요."

하과장이 술을 따라주었다.

"술 색깔이 겨우 나무통에 영향을 받는단 말이지."

마담이 숙성된 미소를 지었다.

"안주는 제가 내는 거예요."

마담이 술잔을 들었다. 두 사람이 눈빛과 술잔을 동시에 부딪친 후 술을 마셨다.

"재미있는 얘기 해 드릴까?"

하과장이 술의 잔향을 음미했다.

"찰스 맨슨이라는 살인범을 알아?"

마담이 고개를 저었다.

찰스 맨슨의 어머니는 창녀이자 양성애자였다. 어린 찰스 맨슨 앞에서 손님을 받기도 했다. 어머니가 강도짓을 하다가 잡혀가서 찰스 맨슨은 외갓집에 맡겨졌다. 외삼촌은 찰스 맨슨한테 여자 옷을 입히고 성추행도 했다.

찰스 맨슨이 살인을 저지르기 전에 〈비치 보이스〉랑 같이 음악을 했다. 찰스 맨슨이 만들고 비치보이스가 부른 노래가 〈Never Learn Not To Love〉다. 그런데 찰스 맨슨이 재판 중에 이 노래를 편곡해서 발표했다. 그 노래 제목이 〈Cease to Exist〉다.

"무슨 뜻인데요?"

"존재하는 걸 그만두다? 더 이상 존재하지 않는다? 뭐, 그런……"

하과장이 건배를 하지 않고 홀로 마셨다. 마담은 별 흥미를 느끼지 못했다.

"마담 옛날이야기 하나 들으면 좋겠는데."

"애틋한 걸로 할까요? 에로틱한 걸로 할까요?"

"에로틱이 좋지."

마담이 스물아홉 살 때였다. 그 사람이 좋은지 그 사람과 하는 섹스가 좋은지 알지 못했다. 섹스가 곧 그 사람이라는 생각도 들었다. 서른이 되기 전에 마지막으로 만났던 남자가 불편한 요구를 했다. 다른 남자와 마담이 섹스하는 걸 몰래 지켜보겠다는 것이다. 마담은 거절했지만 남자는 집요했다.

원하는 건 오롯이 자신이 원하지 않을 때까지 해야만 하는 사람이었다.
 마담은 해 보면 별 게 없고 둘의 관계에 후유증도 남을 거라고 말했지만 남자는 간절했다. 마담은 그런 게 왜 간절한 문제가 되는지 알 수 없었다.
 "밥을 굶으면 밥을 먹는 게 간절한 문제가 될 수 있지만, 어차피 한 끼 먹는 건데 간장게장을 먹고 싶은 게 간절한 문제는 아니잖아요. 더군다나 상대가 간장게장을 못 먹는다면……"
 마담은 차라리 다른 여자와 당신이 하는 걸 나보고 지켜보게 하라고 했지만 남자가 원하는 건 오로지 한 가지였다.
 "그걸 '네토라레'라고 한다더라고요."
 "그런 말이 있다는 건 그런 남자가 꽤 있다는 말이겠군."
 "남자뿐이겠어요. 그런 거 해 보고 싶은 적 없었어요?"
 "아직까지는……"
 마담이 손목에 소금과 레몬을 뿌렸다. 하과장이 술잔을 비우자 미담이 손목을 건넸다. 하과장이 핥았다.
 "그래서?"
 "어땠을 거 같아요? 맞추시면 우리 아주 가까워질 것 같은데."
 "상대가 원하는 걸 해 주려고 하는 스타일 아닌가?"
 "제가요? 그럼, 했을까요?"
 "사랑하지 않은 사람하고는 섹스를 할 것 같지 않은 여자 같은데."
 "신중한 분이시네요."
 반대편 창가 테이블에서 두 남자가 일어섰다. 남자들은 지갑이 아니라 마음에서 기꺼이 돈을 꺼내겠다는 듯 유쾌해 보였다. 마담이 계산하고 돌아왔다.

"이제 선생님 말씀 좀 해보세요."

하과장이 손가락으로 관자놀이를 긁었다.

"눈이 말하고 있어요. 제 이야기를 듣고 싶은 게 아니라, 찰스 맨슨이 아니라 선생님 말씀을 하시고 싶다고."

"스물아홉, 결론을 말 안 해줬는데?"

"여자한테 스물아홉이 뭔 줄 아세요?"

하과장이 밤이 되면 다시 자라나는 턱수염을 만졌다.

"여자가 스물 아홉이 되면 바람이 내 곁에 머문다는 게 느껴져요."

하과장이 데킬라를 마셨다.

"다음에 오시면, 혼자 오시면 스물아홉의 비밀, 말해 줄게요. 은밀한 이야기라 두 분이 오시면 못하고요."

마담이 새로 들어온 손님을 맞으러 갔다. 독점할 수 없는 미소로 두 남자와 대화를 나누다가 돌아왔다.

"나 왜 자꾸 이리로 오는지 모르겠어요."

마담이 하과장의 술잔을 채우고 새빨간 딸기를 하나 먹었다.

"이 이야기는 실화가 아니야. 그런데 내 이야기지."

하과장의 눈이 풀어졌다.

"바는 고해성사를 받는 곳이에요."

마담이 술잔에 입술을 댄 후 성호를 그었다.

"천주교에 남녀차별이 없었다면 제가 신부님이 됐을지도

몰라요. 신부와 수녀 사이에 계급이 나뉘잖아요. 멍텅구리들. 나는 성당 신부가 될 수 없어서 술집 신부가 된 거예요. 그러니, 말씀해 보세요."

다섯 명의 동기들이 휴가를 나오기 위해 중대장한테 신고를 했다. 복귀하면 그 다음날 제대하는 말년휴가였다. 중대장이 사고치지 말라면서 콘돔을 하나씩 주었다. 동기들은 콘돔을 받으며 깔깔거렸다. 얼마 전에 중대에서 일등병이 탈영했다. 휴가를 나갔다가 나이트클럽에서 만난 여자와 하룻밤을 보냈는데 그녀가 임신했다며 연락해 왔다. 일등병은 애를 지워야 한다면서 괴로워했다. 휴가는 까마득히 남았고 그의 사정을 봐 줄 리 없었다. 아이를 지워야 하는 건 일등병에게 간절한 문제였다. 그 사건 후에 중대장은 '덜렁이'를 놀려야만 할 땐 반드시 끼우고 하라면서 휴가를 나가는 중대원들에게 콘돔을 하나씩 챙겨주었다. 탈영한 일등병은 동서울터미널에서 잡혔다. 포상 휴가장이 하나 있있고 누구에게 주이도 상관이 없는 거였기에 일등병을 내보낼 수 있었지만 간부들은 원칙을 운운하며 일등병의 간절함을 외면했다. 모든 중대원이 열외 없이 3박 4일 동안 군기 교육을 갔다. 교육의 주체는 중대 간부들이었다. 간부들은 들떴다. 부하의 잘못에 대해 책임지는 리더십 따위는 없었다. 사회에 나오니 우리 사회에 통용되는 리더십은 책임의 의무보다 질책의 권리에 가깝다는 걸 알게 되었다. 동기들은 말년인데도 열외가 없었다. 중대장은 말년인데 빼주지 않은 것에 대해 미안하다고 했다. 모든 결정을 자기가 했으면서. 동기들은 앞에서 하는 말과 뒤에서 내리는 결정의 불일치가 조직의 중요한 속성이라는 걸 충분히 경험한 짬밥이었다.

군기 교육이 끝나고 이틀 후 말년 휴가를 받은 동기들이 부대 밖으로 나왔다. 공기가 달랐다. 화사한 봄이 펼쳐졌다. 부대 안의 봄은 눅눅했다. 부대 버스를 타고 읍내로 올 때까지 아카시아 냄새가 거리에 떠다녔다. 동기들은 욕으로 흥을 쏟았다.

동기들이 중국집에서 소주와 탕수육, 짜장면, 간풍기로 배를 채웠다. 휴가를 나오는 날과 제대하는 날은 부대에서 아침 식사를 먹지 않고 나오는 게 전통이었다. 다섯 명이 대낮에 소주 열 병을 마셨다. 날이 더워 술이 금방 올라왔다. 불콰한 기운을 이어 다방으로 갔다. 가장 어린 레지도 서른은 넘어 보였다. 중늙은이들이 레지들의 몸을 만지려 시도했다. 레지들은 도박판에 카드를 배열하듯 웃음을 종류별로 깔아놓고 몸값을 올렸다. 동기들도 레지들을 만지고 싶었지만 중늙은이들마냥 능숙하지 못했다.

사회에 나가면 기다리겠지?

여자 후배들이 짧은 치마를 입고 빨간 립스틱을 바르고 요염하게 다리를 꼬고 캠퍼스에서 기다릴 거야.

치마 사이로 보이는 허벅지를 상상하면 환장하겠어.

허벅지 아래로 흐르는 곡선, 둔부, 아……

엉덩이와 허벅지의 연결 라인이야말로 은총이지.

수줍은 미소도 좋지만 수줍음 속에 감춰진 도발은 더 죽이지.

티켓 하나씩 끊을까?

난 저기 빨간 치마가 먹고 싶어.

티켓이 얼만데, 똥물아.

791일, 억울한 내 시간을 주고서라도 빠구리랑 바꿀 거야. 말년에 군기 교육까지 받았잖아.

덕분에 시간은 잘 갔지.

말뿐이었던 동기들은 2차로 족발을 먹었다. 동기들은 또 소주를 여섯 병째 마셨다. 누군가 여자 이야기에서 벗어나고 싶었던지 외환위기에 대해 말했다. 군대에 들어올 때만 해도 멀쩡했던 사회였는데 제대할 때가 되니 멍청한 사회가 됐다. 바깥에서 하도 죽는 소리들을 하니까 많은 병사들이 말뚝을 박을까 고민했다. 실제로 하사관에 지원하는 병사들이 꽤 있었다.

어떻게 군대에 말뚝을 박겠냐? 호박에 말뚝을 박지.

제 밥그릇은 다 타고나는 거야.

밥솥을 IMF가 깨부쉈잖아.

무슨 수가 나오겠지.

중대장이 만날 말하잖아. 전쟁의 폐허에서 한강의 기적을 이룬 나라니까 자부심을 가져야 한다고.

쉽게 흥한 자 쉽게 망하는 법이야. 재벌이 그걸 증명해 준 거야. 역사적 교훈을 주려고.

티켓도 IMF가 다 끊어갔나? 여자 후배들도 IMF가 다 따먹은 거 아니야?

자동차공학과엔 5년 연속 저주가 내렸대. 올해도 여자 신입생이 없대.

　IMF가 신입 여사원들을 지배하겠지.

　나도 IMF나 될까?

　IMF가 미니스커트 안에 내 거시기를 넣게 해준다면 내 영혼이라도 팔겠어.

　IMF가 얼마나 경제적인데 네깟 영혼을 사겠냐? 공짜로 줘도 안 받을 걸.

　내 영혼은 어디다 팔지?

　고물상, 킬로 당 백 원도 안 돼.

　영혼이 21그램이라니까 2원쯤 되겠네.

　족발집으로 교복을 입은 여고생이 들어오자 주인아저씨가 반겼다. 저녁을 먹고 가라고 했지만 여고생은 싫다고 했다. 먹는 거에 관심 없을 것 같은 날씬한 몸매였다. 청초함이 동기들의 시선을 사로잡았다. 술로 달궈진 젊음을 괴롭혔다. 여고생의 표정이 뚱했다. 주방에서 여고생의 엄마가 나왔다.

　여고생은 엄마가 하는 말을 듣는 둥 마는 둥 밖으로 나갔다. 동기 중 한 명이 소주를 하나 더 시켰다. 누군가 취소했다. 누군가 그만 가자고 했다.

　아까 걷은 돈으로 계산을 했다.

　좆도, 따라 가자……

　아무도 그 말을 하지 않았을지도 모른다. 모두의 마음속 말. 아무 생각 없이 구령에 발을 맞추듯 모두가 동시에 말했는지도 모른다. 자대 배치를 받고 처음 근무를 나갔을 때 고참이 말했다. "생각을 멈추면 군 생활이 수월할 거야. 너가 무엇을 하고 있는지, 그건 제대하고 생각하란 말이야. 좆같다는 말을 만 번 하면 제대가 보여. 시간이 빨리 가거든. 생각을 하면 제대는 멀어져. 시간이 멈추거든."

생각이 너무 오래 멈춰서 발생한 일일지도 모른다.

여고생이 정류장에서 버스를 기다렸다. 동기들도 버스를 기다리면서 담배를 피웠다. 여고생은 담배 연기와 군바리들의 욕망을 피해 서너 걸음 떨어졌다.

여고생은 거리에 흩어져 떠돌던, 청초한 아카시아 향기를 뭉쳐서 빚은 생명체 같았다.

여고생이 버스를 탔고 동기들도 따라 탔다. 세 정거장 쯤 지나자 여고생이 내렸다. 동기들도 따라 내렸다. 누가 지휘했던 걸까. 명령에 복종하는데 길든 26개월이 끝나는 시기였다. 아무도 명령하지 않았는데 일사분란하게 움직일 리 없었다.

원초적 에너지? 군기 교육? 나만 그런 게 아니라는 집단적 부도덕? 방향을 잃은 분노?

성진영일지도 모른다. 성진영은 언제나 정신적으로 동기들을 지배하려 했고 때때로 효과가 있었다.

여고생이 걸었다. 동기들도 여고생과 멀찌감치 떨어져서 홀린 듯 걸었다. 연병장만한 논이 윗동네와 아랫동네를 나누었다. 여고생이 아랫동네를 지나 논둑길을 지났다.

근데, 어쩌자는 거야?

누군가의 말에 동기들이 걸음을 멈췄다. 욕망은 멎지 못했다. 여고생이 파란색 대문을 열고 집으로 들어갔다. 논이 끝나는 첫 번째 집이었다. 동네에서 제일 높은 3층짜리 집에 여고생이 들어가면서 불이 켜졌다. 동기들은 집안에 아무도 없다는 상황으로 해석했다. 부모님은 장사를 하고 있고 집에 아무도 없다면 외동딸이란 말이다. 동기들이 논둑길로 나갔다. 모두가 두려워했다. 모두가 어디로 가는지 몰랐다. 모두가 절실했다.

쿠오바디스……

성진영이 그 말을 한 것 같았다.

어디선가 청춘을 갉아먹는 듯 낡은 엔진 소리가 들렸다. 동기들은 사람 키 정도 되는 높이의 담을 넘었다. 넓은 마당엔 쥐똥나무, 꽝꽝나무, 눈향나무, 회양목이 있었다. 3층 왼편 창문에 불이 켜졌다. 누군가 이성적으로 판단하자는 말을 했다.

이성은 평정심일 때만 꺼낼 수 있는 얄팍한 가면이다.

오로지 여자의 몸이 필요했다면 버스터미널에 있는 사창가에 가서 돈을 주고 하면 된다. 군기 교육은 군인 정신을 드높인다는 목적이라고 했지만 증오심만 키웠다.

"그래서요? 그 다음에 어떻게 됐어요?"

"기억이 안 나."

"어머, 왜요?"

"내가 그 짓에 동참하지 않은 건 분명한데……"

일주일 후, 휴가를 복귀하는 날 동기들은 다시 만났지만 휴가 첫날의 일에 대해 누구도 언급하지 않았다. 그다음 날 제대 신고를 하고 부대 버스를 타고 터미널로 갔다. 각자의 고향으로 가기 위해 서로 다른 버스를 탈 때까지 어떤 말도 없었다. 버스 터미널에서 동기들은 흩어졌다. 제대한 날짜로부터 일

년 후, 정오에 종로 단성사 앞에서 만나기로 약속했지만 하과장은 나가지 않았다. 아무도 나오지 않았을까?

여고생의 방에 들어갔다가 그냥 나왔을까……

"그때, 여고생의 집까지 쫓아간 건 기억이 나는데, 그 후엔 기억이 없어. 말년 휴가를 어떻게 보냈는지도 기억이 없고. 휴가 복귀하는 날부터 다시 기억이 나."

"아무 일 없었을 거 같아요. 사고가 났으면 기억이 났겠죠."

"그렇겠지?"

"그럼요."

마담이 가슴을 쓸어내렸다.

"원래 강렬한 기억은 지워지지 않아요."

보다 강렬한 기억은 성공적으로 방어 기제가 작동할 경우 자신의 현재를 지키기 위해 완전히 지워지기도 한다.

"걱정했어요. 혹시나 끔찍한 짓을 저질렀으면 어떨까 해서. 제 가슴이 얼마나 두근거렸는지, 아세요?"

아무도 필요하다고 하지 않았는데 마담이 양해를 구하고 다른 테이블로 갔다. 하과장이 계산을 하려고 카운터로 갔다. 마담이 카드를 받아서 긁은 후 카드와 명함을 주었다.

〈LEO 음악연습실〉

"치유가 필요한 사람들이 모이는 곳이에요. 한 번 방문해 보세요. 도움이 될 거예요. 저도 거기에 있을 수 있어요. 찾아 보세요."

9

 새벽 2시 반이었다. 복형사가 휴게소에 들러 우동을 먹고 팔룽폭포로 갔다. 빨간 서류봉투를 간직했던 빨간 우체통은 도통 말을 하지 않는다. 체리에게 전화를 걸었다.
 "술이나 한잔 하자고."
 "벌 받아야 할 일이 남았어요?"
 "지난번에 들어가려다 말았던 포장마차에서 술 마실 테니까 생각 있으면 와. 생각은 잘 생각해보면 생기기도 하거든."
 복형사가 포장마차로 갔다.
 석 달 전이었다. 팀원들이 강간 사건 신고가 접수된 현장에서 수사를 벌였다. 복형사가 먼저 경찰서로 돌아오는 길이었다. 남편이 아내를 폭행한다는 신고가 접수됐다. 복형사는 방향을 돌려 폭행 사건이 접수된 현장으로 출동했다. 빌라로 들어가자 트렁크 팬티 차림의 남편이 아내를 식칼로 위협했다. 퉁퉁 부은 아내의 얼굴은 붉은 빛과 보라 빛이 섞였다. 복형사가 말로 하자고 협상을 시도했다. 남편은 막무가내였다. 가까이 오는 복형사에게 칼을 휘둘렀다. 복형사는 어렵지 않게 남편을 제압했다. 수갑을 채우고 남편을 데리고 나오려 했다. 아내는 싱크대 앞에 쪼그려 앉은 채 넋을 놓고 있었다. 경찰에 신고한 딸이 엄마를 감싸 안으며 울었다.
 남편이 아내에게 침을 뱉으며 "갈보년"이라고 말했다.

꼬마 제제가 누나에게 '거짓말쟁이'라는 뜻으로 '갈보'라고 한, 말과 의미의 불일치에서 비롯된 말이 아니었다. 50대의 남편이 40대의 아내를 때린 후에 한 창녀라는 뜻의 말이었다. 복형사는 어릴 때 술장사를 했던 엄마가 생각났다. 복형사가 남편의 목을 잡았다. 남편은 아내에게 저주를 퍼붓느라 여념이 없었다. 복형사가 남편을 때리기 시작했다. 지구대의 순경들이 현장에 도착했다. 가해자였던 남편은 전치 8주 진단이 나온 피해자가 됐다. 복형사는 3개월 정직을 먹었다.

"그래, 씨발. 여기서 그만 하자. 뭘 빨아 먹을 게 있다고."

복형사가 중얼거렸다. 의뢰인인 하과장이 그만두라는데. 진실이 무엇이든 거짓이나 빨아주라지.

아침이 오도록 체리는 오지 않았다.

10

　하과장이 서장실에서 서장 한 명을 상대로 브리핑을 했다.
　모텔에서 한 여자가 죽었다. 오강경찰서가 관할하는 곳이었다. 하과장이 달서경찰서에 갇혀 있는 동안에 벌어진 사건이었다. 여자는 이혼 후 노모를 모시고 딸을 하나 키우면서 유부남과 사귀었다. 유부남이 종종 여자를 폭행했다. 여자는 이별을 통보했다. 유부남이 여자가 일하는 식당으로 쫓아와서 강제로 여자를 끌고 나갔다. 두 사람이 모텔에 들어갔다. 두어 시간 후 유부남이 모텔을 나왔다가 다시 들어간 게 CCTV에 저장됐다. 유부남은 스타킹을 사오라는 여자의 심부름을 하고 모텔로 돌아왔더니 여자가 죽었다며 경찰에 신고했다. 경찰은 여자가 유부남과 나란히 모텔로 들어가는 장면이 자발적으로 보였기 때문에 위협은 없었다고 판단했다. 모텔 방 휴지통에서 여자가 신었던 스타킹이 올이 나간 채로 발견되었다. 경찰은 유부남이 여자를 죽인 후 사건을 조작하기 위해 편의점에 간 게 아니었다고 결론을 내렸다. 남자는 여자가 화장실에서 나오다가 미끄러져 죽은 것 같다며 자신은 절대 여자를 죽이지 않았다고 진술했다. 사랑하는 여자를 죽일 이유도 없거니와 여자를 죽일 거면 애초 모텔에 데려와서 흔적을 남길 이유가 없지 않겠느냐고 했다. 경찰은 사고사로 결론을 짓고 수사를 접었다.

여자의 딸이 언론에 제보했다. 식당에서 여자가 유부남한테 끌려 나간 장면이 방송에 나갔다. 네티즌이 공분했다. 경찰은 여자가 식당에서부터 유부남에게 강제로 끌려갔다는 사실을 인지하지 못했다. 유부남이 여자를 찾아오자 식당의 주방 앞에 주저앉아 두려워했던 것도 알지 못했다. 식당 안을 비추는 CCTV를 찾아 정황을 알려 하지 않았던 것이다. 한 법의학자는 언론과 인터뷰에서 여자의 몸에 난 상흔은 넘어져서 생길 수 없으며 상당한 힘으로 구타를 해야 가능하다고 말했다.

서장이 언론에 브리핑을 하기 위해 하과장에게 사건의 개요와 사과의 방향에 대해 정리하라고 시켰다. 여론이 심상치 않았다. 서장은 취임 후 가장 큰 위기에 봉착했다.

"남자가 여자를 죽이려고 모텔에 데리고 들어가진 않았을 거 아니야?"

서장이 시가를 피우며 물었다.

"어차피 죽으면 지기 한 짓인 게 뻔한데. 우발적으로 죽였다고 치자고. 갑자기 사람이 죽었는데 전과도 없는 놈이 차분하게 편의점에 가서 스타킹을 사면서 사건을 새로 만든단 말이야? 다혈질과 차가운 피가 그렇게 짧은 시간 동안 왔다 갔다 한다고? 그게 가능해?"

"자기 안에 다른 자아가 나온 것이겠지.

"내연남이 범인일 가능성이 높다고 하지 않으면 여론이 만만찮을 겁니다. 검찰에서 먼저 치고 나올지도 모릅니다. 담당 팀장급을 징계해야 할 것 같습니다."

서장이 알았다며 한숨을 내쉬었다.

"대구 일은 어떻게 됐어? 정식으로 조사해야 되는 거 아니야?"

"달서 경찰이 잘할 겁니다."

"그 사건 좀 이상하잖아. 사진도 그렇고. 어떤 놈이 장난하는 것 같은데?"

"심려 끼쳐서 죄송합니다."

"그래. 알아서 잘해. 알아서 잘해 왔고. 잘하잖아."

"알겠습니다."

서장이 시가를 하나 주었다. 간부들에게 격려하거나 위로할 때 서장은 쿠바산 시가를 준다. 서장이 하과장의 어깨를 두드렸다. 콘돔을 나눠주던 중대장의 손길 같았다.

하과장이 서장실을 나와 옥상으로 올라갔다. 시가를 피웠다. 어둑해졌는데도 아직 무더웠다. 전국체전 태권도 동메달리스트 출신인 강형사와 같이 출퇴근을 한다. 하과장도 유도 2단이다. 쉽게 파괴당하지 않으리라.

하과장이 형사과장실에서 업무에 열중했다. 노크를 하고 유순경이 들어왔다.

"과장님, 누가 찾아왔습니다."

"누가?"

"그냥 아는 사람이라고 합니다. 민원봉사실 후문에서 기다립니다."

민원봉사실 앞에 그림자가 말뚝처럼 서 있었다. 오래 됐지만 뒷모습만으로도 그를 알아보았다. 하과장이 멈췄다. 멈출 수밖에 없다는 걸 들키지 않기 위해서 힘겹게 걸음을 떼었다.

손가락이 떨렸다. 주먹에 힘이 들어갔다. 경찰서 입구를 보았다. 교대 중이다. 경찰서 안엔 경찰들이 많다. 개미가 떼를 지으면 사마귀라 해도 해치울 수 있다.

백두태는 가까이 오는 하과장을 보고도 표정이나 몸동작에 별 반응이 없었다. 면바지 주머니에 두 손을 꽂아 넣고 어깨를 앞으로 내밀었다. 구부정해서 더 탄탄한 자세였다.

"어떻게 알고?"

하과장이 악수를 청하며 말했다.

"우리 한 번 봤잖아."

하과장이 한참 현장에서 고생하던 때였다. 가뭄이 심했다. 바닥이 드러난 저수지에서 여자의 시신이 발견됐다. 여자의 팔과 다리가 벽돌에 묶인 상태였다. 과학수사대는 부패의 정도로 봤을 때 죽은 지 반년 쯤 지났을 것으로 추정했다. 1년 전까지 실종된 여자들의 명단을 확보한 후 경찰이 부검 과정에서 얻어 낸 정보와 비교에 들어갔다. 양 손목이 잘려서 지문은 없었다. 손목을 자르지 않았더라도 물속에 오래 있어서 어차피 지문은 나오지 않았을 것이다. 사체와 실종자들을 일일이 대조하느라 시간이 꽤 걸렸다. 주검의 골격 사진을 찍어서 실종자들의 인체 사진을 하나하나 이중밀착을 하며 대조하는 슈퍼임포즈 기법으로 신원을 확인하는데 성공했다.

여자의 주변을 탐문하기 시작했다. 여자의 동거남은 자취를 감췄다. 동거남의 직장 동료한테서 실마리를 찾았다. 언젠가 동거남이 동료를 집에 초대했다. 여자가 카레에다 닭을 볶아서 내왔는데 별미였다. 동료는 요리에 관심이 많았다. 여자에게 만드는 방법을 물었다. 여자는 차근히 알려주었다. 동료는 고맙다면서 장난으로 포옹을 했다. 포옹은 가벼웠다. 술자리가 파하고 동거남이 동료를 배웅했다. 버스정류장으로 가는 길에 있는 철물점 앞에서 동료는 동거남한테 흠씬 두들겨 맞았다. 자기 여자를 유혹하려 했다는 게 폭행의 이유였다.

얼마 후에 회사 근처에서 우연히 동료가 여자를 만났다. 그날 이후 동거남의 폭행이 계속된다고 하소연을 했다. 동료는 자기가 해결 못할 일이라며 미안하다고 말했다. 얼마 후 동거남이 여자가 집을 나갔다면서 너 때문이라고 동료를 때렸다. 저수지에서 여자의 시신이 발견되기 반년 쯤 전의 일이었다.

정황상 동거남이 범인일 가능성이 높았다. 경찰은 동거남이 동료 때문에 여자가 집을 나간 거라며 동료를 폭행한 게 범행을 감추려는 꼼수였다고 판단했다. 여자의 동거남, 백두태가 긴급체포 됐다. 백두태는 흑산도까지 가서 고기잡이배를 탔다. 강력계 팀원이었던 하종수는 백두태를 취조실에서 만났다. 그 즈음 연쇄살인범 유영철이 잡히고 비슷한 시기에 경기 동남부 부녀자 연쇄 살인사건이 발생했다. 제2의 유영철인지도 모른다는 공포감이 돌았다. 특별수사본부가 꾸려졌다.

하종수는 특수본에 차출되는 바람에 저수지 사건에서 손을 뗐다. 백두태는 진술 과정에서 흔들리지 않았다. 거짓말 탐지기를 통과했고 결정적 증거도 없었다. 백두태를 풀어주었다. 저수지 사건은 미제로 처리되었다. 유영철이 여자를 죽인 거라는 소문이 돌았다. 정남규 사건이 터지고 나자 범인이 정남규라는 말도 돌았다.

하과장과 백두태가 감자탕 집에 들어왔다.

"날 찾아왔던 그 형사는, 너 부한가?"

"여긴 왜 왔어?"

"범인을 알까, 해서."

"국밥집 여자를 죽인 범인? 너, 아니야?"

백두태가 하과장의 눈을 들여다보았다. 눈싸움이나 기싸움을 하자는 게 아니라 있는 그대로 자신의 눈을 보여주려는 것 같았다. 백두태가 일어섰다.

"앉아 봐. 궁금한 게 있어."

백두태가 담배를 꺼내 보이며 나갔다. 하과장도 담배가 생각났지만 백두태와 나란히 서서 피우고 싶지 않았다. 하과장이 통유리 너머 백두태를 곁눈질했다. 백두태는 그 무엇도 살피지 않고 멍하니 하늘을 보며 담배를 피웠다. 눈치를 보는 건 하과장이었다. 하과장은 자신이 백두태보다 강하지 않을 이유가 없다고 생각했다.

문명이 야만을 이기니까.

일병 정기 휴가에서 복귀하던 날, 중대장한테 신고했다. 동기들은 대부분 대학에 다니다가 휴학한 상태였다. 중대장은 장교가 될 기회가 왔다면서 지원할 사람이 있느냐고 물었다. 당시에 장교의 인원이 부족해서 대학에 다니는 병사들 중에 장교를 충원하려 했다. 다른 동기들은 장교에 지원하는 걸 고민해 보겠다고 말했다. 백두태는 고졸이라 장교로 지원할 수 없다고 하자 중대장이 하사관은 가능하다고 알려주었다. 백두태는 장교도 하사관도 지원하지 않을 거라고 단호하게 말했다. 중대장이 화를 내며 원산폭격을 시켰다. 중대장이 전화를 받으러 나간 사이에 다른 동기들이 키득거렸다. 다른 동기들도 장교에 지원할 생각이 추호도 없었다. 그 자리에서는 생각해 보겠다고 말하는 게 예의로 통용된다는 걸 알만한 짬밥이었다.

며칠 후 하종수와 백두태가 경비 근무를 나갔다. 백두태가 그때 다 같은 마음이었으면서 마음속의 말을 못하고 그 말을 한 자신을 비웃는 건 졸렬한 짓이라고 화를 냈다. 다른 동기들의 비웃음이 거슬렸다고 말할 때 붉은 노을에 물든 백두태의 눈빛에 살기가 어렸다. 얼마 후 동기들 몇 명이 함께 야간 근무를 나갔다가 복귀했다. 휴게실에서 컵라면을 먹기 위해 물을 부었다. 동기들은 라면이 익는 동안 담배를 피우기 위해 밖으로 나갔다. 백두태는 남았다. 동기들이 휴게실로 돌아와서 라면을 먹을 때였다. 한 젓가락을 뜬 동기 한 명이 먹던 라면을 도로 뱉고 화장실로 뛰어갔다. 백두태가 웃었다. 백두태 옆에 있던 후임의 표정이 일그러졌다. 후임은 백두태가 동기들의 라면에다가 피엑스 앞에 있던 쥐약을 넣었다고 말했다. 이 사실이 위에 보고됐다. 심각한 피해자도 없고 문제를 더 키우지 않기 위해 선임들의 손에서 해결하기로 했다. 백두태는 선임들에게 두들겨 맞았다. 며칠 동안 근무도 나가지 못하고 의무실 신세를 졌다. 그걸 잊지 못하고 동기들을 하나씩 죽였을까.

백두태가 돌아와 자리에 앉았다.

"그때 저수지에서 발견된 동거녀, 너가 죽였지?"

"나였으면 잡았어야지."

"내가 계속 그 사건을 담당했으면 잡았겠지. 나도 처음엔 너가 범인이 아닐지도 모른다고 생각했어. 그런데, 내가 널 떠보려고 갑자기 물어봤거든. 내가 용의자한테 자주하는 수법인데 갑자기 대화의 흐름에서 이탈한 화제를 꺼내보는 거야. 제대하고서 어떻게 살았느냐, 흑산도에는 왜 갔느냐, 너가 타는 배의 선주는 어떤 사람이냐, 묻다가 갑자기 동거녀를 죽이고 어디에 묻었냐고 물었어. 그런데 너가 뭐라고 했는지 알아?"

"아무 말도 안 했을 텐데."

"맞아. 아무 말도 안 했어."

백두태 소주를 마셨다.

"비언어 단서라는 게 있어. 사람은 언어가 아니라 비언어로 진심을 드러낸다는 건데. 언어는 사실 거짓말이 많잖아. 비언어는 전달되지 않을 거라고 방심해서 솔직하거든. 그때까지 우린 너의 동거녀를 저수지에서 발견했다는 말을 하지 않았어. 언론에도 아직 나오기 전이었지. 그때 탁자 위에 물컵이 있었는데 내가 가지고 들어간 거야. 별 의도는 없었어. 심문을 받은 지 꽤 시간이 지났으니까 목이 마를 거라고 생각했을 거야. 내가 동거녀를 죽이고 어디에 묻었냐고 하니까, 너는 아무 말이 없이 물컵을 쳐다봤어. 컵 안에는 물이 담겼지. 너는 동거녀를 죽여서 저수지에 버렸고."

"목이 말랐겠지."

"그럼 마셨어야지. 너는 마시지 않았어. 마시라고 가지고 온 건데."

"이유 없이 쳐다볼 수 있지."

"아니. 넌 나한테 메시지를 보낸 거야. 물에 버렸다고. 너가 했다고. 너 안에서 말하고 싶었던 욕망이 시선으로 드러난 거야. 이래도 모르겠냐고. 내가 하는 말은 말일 뿐 진실이 아니라고. 그게 바로 비언어 단서야. 순대국밥집을 하는 동거녀도 물이 가득 담긴 욕조에서 죽었다면서? 다른 동기들도 욕조였고. 너는 사람을 죽여서 물에 버리는 습성이 있어. 연쇄 살인은 보통 나름의 질서를 가지게 마련이거든. 일부러 계획하지 않아도 그냥 그렇게 되는 거야. 사람들은 인간이 자유의지가 있다고 말하지만 과연 그럴까. 본능이 의지보다 강하지. 본능은 애초에 나지만 내 선택이 아니야. 선택은 약하기 마련이야. 사람을 죽여서 물에 넣어두는 건 너의 본능이야. 너의 선택이 아니라. 너도 모르게 너 안에 있는 자유롭지 못한, 의지가 아닌 살인의 본능이라서 죽음이라는 말이 나오니까 물을 쳐다본 거야."

침묵이 흘렀다. 오래 전에 취조실에서 만났을 때 백두태는 짐승의 눈빛이었다. 죄책감이 무엇인지도 모르는, 그저 주어진 본능에 순응하는 눈빛이었다. 오늘 백두태는 다르다. 짐승도 아니고 인간도 아닌, 인간과 짐승의 중간자도 아닌, 어두운 생명이다.

끝을 향해 들어선 눈빛이다. 이제 그만 이 굴레에서 나가겠다는 의지가 보인다.

하과장이 손수건으로 땀을 닦았다. 그걸 본 주인이 벽에 걸린 선풍기를 틀어서 바람의 방향을 두 사람 쪽으로 향하게 해

주었다.

"그때 그 여고생 말이야. 남동생이 있어. 알고 있어?"

"여고생?"

하과장은 반문한 후 곧바로 여고생이 누굴 말하는지 알아차렸다. 백두태도 하과장의 표정 변화를 통해 부연 설명을 하지 않아도 된다는 걸 알았다.

"서른이 좀 넘었을 거야. 그 남동생이 어디 사는지, 얼굴하고, 알아봐 달라고."

"알아내면?"

백두태가 냅킨에다 이메일 주소를 적어주었다. 전화번호는 적지 않았다. 하과장이 백두태를 보았다. 백두태는 표정이 없다. 표정은 지문 같은 것이다. 처음 훈련소에서 볼 때부터 백두태는 감정이 없었다.

인간이라면 누구나 가지고 있는 고유한 표정이 백두태에게는 없다.

"난 너가 처음부터 마음에 들지 않았어."

하과장의 말을 듣고서 백두태가 일어섰다. 하과장이 벌떡 일어나 백두태의 멱살을 잡았다.

"너가 죽인 거지?"

백두태는 바위처럼 꼼짝도 하지 않았다.

"너지!?......"

"너를 믿어?"

"뭐?"

"너는 너한테 거짓말만 하고 있잖아."

백두태가 두 손으로 하과장의 두 주먹을 쥐었다. 하과장이 오른손을 놓았다. 백두태도 왼손을 놓았다. 하과장이 주먹을 뻗으려다 멈췄다.
 "뭘 기다리는데?"
 백두태가 물었다.
 "내가?"
 "심판하러 오길 기다려?"
 하과장이 눈을 지그시 감았다 떴다. 그 동안 심판을 기다렸던가.
 "날 죽이러 온 거야?"
 하과장이 물었다.
 "뭐 하러. 시시하게."
 주인은 불안하게 쳐다보기만 할 뿐 말리지 못했다.
 "그때 일이 궁금한 거야?"
 백두태가 하과장의 온순해진 눈을 보며 말했다.
 "말년 휴가 나오던 날...... 나는 하지 말자고 했지? 그랬을 거야. 내가 그냥 동참하지 않았을 거야. 그렇지? 누가 그런 거야? 넌, 기억하지?"
 하과장의 목소리가 간절했다.
 "한 놈이 미친 듯이 쫓아가서 나머지도 따라갔어."
 백두태가 하과장 뒤에 그 장면이 있기라도 하듯 말했다.
 "그게 누군데? 성진영이야?"
 "너."
 뭐!......

"너는 동기들 중에 가장 모범적이었고 간부들한테도 인정을 받았지. 동기들한테 전달할 말이 있을 때 간부들은 널 찾았어. 널 동기들의 리더로 인정했으니까. 소대장이든 보급관이든 우리 동기들한테 일을 시킬 때 언제나 너를 대표로 불렀지. 고참들도 마찬가지고. 동기들이 널 따랐다는 걸 알았기 때문이야. 집안이든 여자든 문제가 생기면 너랑 상의하는 놈도 있었으니까. 그날 너가 제일 술에 취했어. 여고생을 따라갔지. 발정난 개 마냥."

"뭔, 개 소리야?"

"너가 그 애를 따라가지 않았으면 우린 각자 집으로 가려던 중이었잖아."

"내가 먼저 갔다고?"

백두태가 비웃었다.

"기억이 안 나기라도 한단 말이야?"

하과장이 고개를 저었다.

"저수지 사건 때도 넌, 마치 아무 것도 기억하지 못하는 것처럼 말하던데."

"그때 우리가 그런 대화를 했다고?"

"너가 밖에 나가 담배를 피우게 해줬어. 그때, 내가 물었었지. 과거에 우리는 공범이었으니까."

하과장이 고개를 절레절레 흔들었다.

"작년 사월 초파일에 절에 갔다가 정학성을 만났어. 우연히. 이상하게 다른 동기들은 제대하고 본 적이 없는데 학성이는 5년에서 10년 사이에 한 번쯤 우연히 만나게 되더라고. 학성이 말로는 너가 족발집에서 여고생을 봤을 때부터 눈이 돌아갔다던데. 포상휴가 나갈 때 너랑 학성이랑 같이 나갔다면서. 그때도 너가 족발집 여고생을 따라가려고 했는데 학성이가 간신히 뜯어 말렸다고. 그때는 혼자서도 충분히 말릴 수 있었는데 말년휴가 때는 왜 네 명이서 못 말렸는지 모르겠다고."

"아니, 나는 들어가지 않았어."

"최운택이 첫 번째로 들어갔어. 두 번째가 정학성. 하종수가 세 번째."

"내가 먼저 가자고 했으면 처음으로 들어갔겠지."

"순서를 너가 정했지. 최운택이 말년에 여자친구랑 헤어졌다고 했잖아. 그 양보가 너의 리더십이었겠지."

백두태가 식탁에 5만원을 꺼내놓았다. 백두태의 뒷모습을 보면서 하과장이 밖으로 나와 담배를 피웠다. 신호등 쪽을 쳐다보았지만 백두태의 모습은 흔적조차 없었다.

하과장이 걸었다. 밤이 점점 깊어졌다.

*

〈임종군 비뇨기과〉의 문이 열렸다. 50평 쯤 되는 병원에 간호사가 들어왔다. 간호사가 휴대폰 조명을 길잡이로 진료실로 가서 커튼을 치고 불을 켰다. 데스크 앞에 손님들이 대기하는 의자에 앉았다. 간호사가 연실 하품을 하는데 휴대폰에 메시지가 왔다. 간호사가 병원 문을 열었다. 하과장이 들어오며 피폐한 미소를 지었다. 하과장의 옷과 팔뚝에 피가 묻었다. 간호사가 하과장을 진료실로 데려와서 침대에 녹색 보를 깔고 눕게 했다. 하과장이 지갑에서 50만원을 꺼내 주었다. 간호사는 에토미데이트가 든 엠플을 따서 주사기로 흡입했다.

"5미리."

하과장이 말했다.

"5미리면 심 혈관에 부작용이 발생해요. 3미리만 넣을 게요."

하과장의 미소가 눈물이 되었다. 하과장이 잠들었다. 간호사가 하과장의 팔뚝을 소독하고 약을 바른 후 붕대를 감았다. 간호사가 휴대폰으로 알람을 맞추고는 의자에 앉아 잠을 청했다. 알람이 울리자 간호사가 깼다. 간호사가 하과장을 깨웠다. 간신히 일어난 하과장은 눈에 초점을 맞추지 못했다.

간호사가 냉장고에서 꺼낸 캔 커피를 주었다.

"왜 다시 시작했냐고 물어봐도 돼요?"

"아니."

"미리 연락을 주면 좋겠어. 새벽에 전화 받고 나오려면……"

콜렉티브 소울……

성진영이 죽을 때도 여고생을 강간할 때도 콜렉티브 소울의 〈Shine〉이 흘렀다. 성진영을 죽인 놈은 그 현장을 아는 놈이다. 백두태가 여고생의 남동생에 대해 알아봐 달라고 했다. 복형사는 여고생의 남동생이 레토나의 주인이며 사진을 보낸

사람일 수도 있다고 말했다
그 더러웠던 현장에 남동생이라도 있었단 말인가.

11

변두리까지 달빛이 도달하지 못했다. 다세대주택들은 높은 건물들에 가려진 달빛을 향해 어수선하게 붙어있었다. 가로등의 영향력이 미미한 골목 끄트머리에서 백두태가 배회했다. 백두태는 LAPD 마크가 찍힌 모자를 깊게 눌러 썼다. 멀리서 날카로운 구두 소리가 들렸다. 앞서 두 명의 여자를 그냥 보냈다. 백두태는 구두가 오는 왼편에서 보이지 않도록 삼거리의 오른편 담 옆으로 몸을 붙였다. 구두 소리가 가볍고 빨랐다. 삼거리를 지나 여자가 종종걸음을 놓았다. 여자의 가슴이 몸에 비해 컸다. 여자가 이어폰을 끼었으니 경계의 감각 중 청각은 막혀버린 상태다. 여자는 골목 모퉁이를 바싹 붙어서 돌았다. 주변을 경계하는 데 소홀했다. 백두태가 일정한 거리를 유지하며 여자를 쫓았다. 여자가 골목을 돌아 공터로 들어섰다. 공터엔 자동차 몇 대가 집단 지성을 발휘해 효율적으로 주차돼 있었다. 여자의 발걸음이 빨라졌다. 백두태가 시계를 보았다. 3시 20분. 여자가 녹색 대문인 다세대주택 안으로 들어갔다. 백두태가 벽에 기대어 안을 보았다. 녹색 대문 근처는 느슨했다.

어슴푸레한 수은등은 파괴의 그림자를 드러내지 못했다.

여자가 오래된 계단 세 개를 내려가 문 앞에 섰다. 맨 윗집의 창문 하나만 빼고 모두 불이 꺼졌다. 맨 윗집의 오른쪽 창문은 브라운관이 발산하는 빛에 따라 색깔이 바뀌었다. 여자가 핸드백에서 열쇠를 꺼냈다. 단출한 쇳소리가 여자의 손놀림을 따라다녔다. 백두태가 신발을 벗어 놓고 담을 넘었다. 움직임에 반응한 여자가 뒤를 돌아보았다. 백두태가 여자 뒤로 한 번에 뛰어 내려갔다. 여자는 소리 지를 타이밍을 놓친 채 눈만 크게 떴다. 백두태가 여자를 뒤에서 한팔로 감싸며 입을 막았다. 여자가 몸서리를 쳤다. 백두태가 문을 열라고 여자의 귀에 속삭였다. 여자는 움직이지 못했다. 백두태가 여자의 옆구리를 가격했다. 여자가 주저앉으려 하자 백두태가 잡았다. 여자는 고통 때문에 신음 소리를 터트리지 못했다. 백두태가 열쇠로 문을 열었다. 여자를 끌고 안으로 들어갔다. 신문지를 반으로 접은 정도 넓이의 현관에 섰다. 백두태가 주머니에서 뺀 칼을 여자의 목에 댔다.

"누가 있어?"

여자가 고개를 젓는 게 백두태의 팔에 느껴졌다.

"있으면 죽는 거야. 둘 다."

백두태가 이 와중에도 신발을 벗고 있는 여자를 데리고 방문을 열었다. 방 하나, 거실 겸 주방 하나가 전부였다. 방은 침대, 옷장, 조그만 화장대와 허름한 삶으로 꽉 차 있었다. 남는 공간은 이동을 위한 정도에 불과했다. 백두태가 여자를 돌려 세운 후 복부를 주먹으로 때렸다. 여자는 그대로 무릎을 꿇었다. 백두태가 여자를 침대 위로 올리며 손가락을 여자 입술에 댔다. 여자는 조용히 하라는 뜻에 복종했다.

여자는 소리를 내는 기관이 마비된 것 같았다.

백두태가 여자의 팬티를 벗긴 후 여자의 입에 넣고 청색 테이프로 입을 막았다. 여자는 무엇도 예감하지 않겠다는 눈빛으로 백두태를 보지 않았다. 바로 눈앞에 이불만 쳐다보았다. 눈을 감을 수 없었다. 눈을 감았다 뜨면 지옥일 것 같았다. 백두태가 여자의 복부를 다시 가격했다. 여자는 숨을 쉬지 못했다.

어떤 저항도 할 수 없었다.

나오던 고통이 청테이프에 막혀 도로 여자 안으로 들어갔다. 백두태가 여자의 몸을 돌려 엉덩이가 위로 오게 했다. 여자는 어떤 대가를 치르더라도 내장을 뚫어버릴 것 같은 주먹을 다시 맞고 싶지 않았다. 여자는 헛웃음이 나왔다.

백두태가 웃는 여자를 보았다.

어머니는 아버지를 미워하기만 하지 않았다. 아버지한테 맞을 때 종종 웃었다. 아버지는 그 웃음을 욕하며 더 때렸다. 어머니는 무엇을 느끼고 있었던 걸까. 남매가 자는 시간에 창밖에서 동물의 울음 소리가 들렸다. 경미는 잠이 들었지만 백두태의 청각은 깨어있었다. 창밖에서 고양이가 우는 줄 알았다. 어머니의 신음 소리였다. 우는 소리도 아니고 웃는 소리도 아닌 음탕한 소리를 낸 밤이 지나고 다음 날 아침이 밝으면 어머니가 패티김을 흥얼거렸다. 백두태는 어머니를 이해할 수 없었다.

시간이 흐르자 자신도 이해할 수 없게 되었다.

여자가 백두태의 시선을 피하기 위해 눈동자를 돌렸다. 백두태가 여자의 목을 졸랐다. 여자는 백두태의 의도를 수용하기 위해 눈을 맞췄다. 어둠 속에서 남자의 맑은 눈동자가 보였다. 올가미를 쥔 건 남자가 아닐지도 모른다. 다른 존재가 남자를 조종하고 있는 것 같았다. 남자는 지금 여기 있는 것 같지 않았다. 오래 전에 자신을 어딘가에 버리고 떠나 온 것 같았다.

백두태가 여자의 얼굴 가까이 다가와 눈을 보았다. 여자의 숨이 끊어졌다. 백두태가 벽에 기댔다.

벗어날 수 없잖아……

12

하과장이 술에 취한 채로 운전했다. 거리의 모든 것이 명멸했다. 브레이크를 밟았다. 빨강, 깜빡거림, 와이퍼, 비, 네온사인과 어둠이 눈앞에서 군무를 추었다. K7이 강남 주택가들 사이를 비집고 들어갔다. 하과장이 주차한 후 차에서 나와 주변을 살피며 전화를 걸었다. 허스키한 여자 목소리가 설명하는 대로 길을 찾아 골목을 돌았다. 회색 건물 앞에 서 있는 입간판엔 흰 바탕에 빨간색으로 상호명이 인쇄됐다.

LEO 음악연습실.

마담이 준 명함에 새겨진 로고와 같았다. 지하실로 들어갔다. 문 앞에서 가면을 쓰고 초인종을 눌렀다. 휴대폰에서 알려준 대로 하과장이 "모차르트"라고 말했다. 문이 열리자 음란한 공기와 모차르트의 피아노 협주곡 21번이 흘러나왔다. 하과장이 안으로 들어갔다. 가면을 쓴 채 마중 나온 매니저에게 봉투를 주었다. 매니저는 그 자리에서 액수를 확인했다. 매니저가 하과장에게 타월과 명함을 건넸다. 〈세영 문화센터〉라는 이름과 전화번호만 적혀있었다. 매번 다음 모임의 장소를 미리 명함에 인쇄해서 나누어 주는 것 같았다. 법망을 피해 장소를 매번 바꾼다는 뜻이다.

"다음 암구호는 '라흐마니노프' 입니다."

하과장이 좁은 통로를 따라 안으로 들어갔다. 음악이 바뀌었지만 계속해서 모차르트가 작곡한 것이었다. 통로 옆 전신 거울 앞에서 자신을 확인했다.

기억을 찾지 않으려는 남자가 보였다.

방음 문을 열자 몽환적인 조명이 암흑의 운동을 지원하는 것 같았다. 오십여 명 가량의 남녀가 옷을 벗은 채로 술을 마셨다. 여자들은 가면을 쓰고 브래지어 혹은 팬티만 입었다. 남자들은 가면만 쓰고 모두 벗었다. 하과장이 여자들을 둘러보았다. 누가 마담인지 알아볼 수 없었다. 벽엔 온통 거울이어서 공간의 넓이가 왜곡되어 원래 크기보다 포용적이었다. 하과장이 안으로 들어갔다.

주최측은 남자 반 여자 반, 숫자를 맞춰 음양의 조화를 꾀한 것 같았다. 벽 한쪽에 와인과 양주가 놓였다. 그 아래엔 과일과 일본의 전통 과자가 낱개로 포장돼 있었다. 풍요와 건강을 상징한다는 호테이신, 재운의 비샤몬텐, 지혜의 쥬로우진, 장수와 행복을 주는 호쿠로쿠쥬. 포장지에 신의 이름이 빨간색 일본어로 인쇄됐다.

술에 취하기 전에 사람들은 일본식 위선의 예절을 지켰다.

술이 줄면서 회원들은 섹스를 하기 시작했다. 어떤 가면은 섹스에 적극적으로 뛰어들었다. 어떤 가면은 구석에 마련된 소파 베드에 앉아 타인들의 동물성을 관전했다. 실행과 관음을 엮으며 분위기가 달아올랐다. 한 커플은 여자끼리 69 자세로 서로의 사타구니에 얼굴을 묻었다. 주최자가 두 여자에게 다가가 이곳은 음양의 조화를 꾀하는 곳이라고 설명하는 것 같았다. 상대의 얼굴도 신분도 생각도 모르고 하는 섹스는 알고 하는 것보다 열렬했다. 본능 속으로 깊이 침투하면서 가면들은 원생동물이 되었다. 진화의 껍데기가 가면 속으로 자취를 감추면서 분위기는 절정으로 치달았다.

하과장이 배트맨 가면을 쓰고 고동색 소파 앞으로 갔다. 팔걸이에 두 팔을 대고 고양이 자세로 몸을 늘어뜨린 여자 앞에 섰다. 여자는 나비 가면을 썼다. 나비 뒤에서 왕관 눈 가면을 한 남자가 그녀의 음부를 핥았다. 나비가 하과장의 성기 가까이 코를 대고 킁킁거렸다. 나비는 뒤로 빠져나가는 쾌락을 열어둔 채 앞에 선 하과장의 성기를 입에 담았다. 나비가 본격적으로 빨기 시작하자 하과장이 그녀의 긴 생머리를 쥐어 잡았다. 머릿결이 순종적으로 부드러웠다. 나비가 머리를 잡지 말라고 흔들었지만 하과장은 더 강하게 나비가 그만두지 못하도록 움켜쥐었다. 하과장이 눈을 감았다. 마담의 말처럼 사회에서 여러 가면을 쓰다가 치유가 필요해진 사람들 같았다. 이곳의 운영지기 누구인지 아무도 모른다고 했다. 장소는 매번 바뀌지만 질서는 매번 같다고 했다. 남자는 돈을 내고 여자는 몸을 내서 모인다. 불평등하다며 회비를 내는 여자 회원도 있다고 했다.

나비가 귀두를 이로 무는 바람에 하과장이 눈을 떴다. 나비 뒤에서 왕관눈이 삽입을 시도했다. 하과장이 왕관눈의 목을 잡아 내동댕이쳤다. 왕관눈이 벌떡 일어서 오른 주먹을 날렸다. 하과장이 왼쪽 어깨로 왕관눈의 오른쪽 겨드랑이를 파고들었다. 왕관눈의 주먹은 허공을 갈랐다. 하과장이 왕관눈의 옆구리를 무릎으로 가격했다. 왕관눈이 고개를 숙일 때 하과장이 주먹으로 그의 턱을 날렸다. 왕관눈이 소파로 넘어졌다. 왕관눈은 더 싸울 의지가 없었다. 두 손을 든 후에 화장실로 갔다. 하과장이 나비에게 다시 아까 자세를 요구한 후 그녀 안으로 들어갔다. 하과장이 눈을 감았다.

수컷이 암컷의 자궁을 탐하는 건 회귀다.

기억을 찾으면 과거가 칼을 들고 춤을 추며 기다릴지도 모른다. 백두태는 살인자다. 놈이 왜 진실을 말하겠나. 여고생의 방에 놈만 들어갔을지 모른다. 놈이 말한 정학성과 둘이서만 들어갔을지 모른다. 모두가 여고생의 집으로 들어가지 않았을지도 모른다. 여고생을 따라가다가 정신을 차리고 돌아섰을 것이다. 집에 들어갔다면 기억을 가지고 있었을 것이다. 백두태는 거짓말 탐지기도 통과했던 놈이다. 내 기억이 불안정해 보이니까 없는 사실을 만들어서 날 괴롭히려는 것이다. 동거녀를 죽여 저수지에 버린 자신의 행적을 알고 있는 나와 동등한 위치에 서고 싶었던 것이리라.

고양이 가면을 쓴 여자가 하과장에게 와인 잔을 건넸다. 고양이가 하과장의 항문을 핥았다.

하과장이 음악실을 나왔다. 가면을 구겨 주머니에 넣었다. 세상이 한 층 내려앉은 것 같았다.

*

하과장은 하루 종일 형사과장실 밖으로 나오지 않았다. 큐브만 만졌다. 저녁때가 되었다. 큐브 여섯 면을 처음으로 맞췄다. 원리를 알았다기보다는 우연히 맞췄다. 다시 하면 맞추지 못할 것이다.

하과장이 시끌벅적한 세계맥주 집에서 데킬라 한 병을 비웠다. 술집을 나와 걷다가 경찰서로 다시 들어갔다. 자동차를 몰고 경찰서를 빠져나왔다. 버스정류장을 향해 걷는 유순경이 보였다. 하과장이 그 옆으로 가서 경적을 울렸다. 유순경이 돌아봤다.

"타."

"아닙니다. 버스 타면 됩니다."

"알아. 타."

유순경이 쭈뼛거리다가 탔다. 유순경은 하과장이 시키는 대로 내비게이션에 자신의 집주소를 입력했다.

"제가 운전할까요?"

"술냄새 나냐?"

유순경의 집까지 1킬로미터가 채 남지 않았다.

"커피 마시고 갈까?"

"아, 그럼 이 길로 들어가시면 안 됩니다. 근처에 맛있는 커피집이 하나 있거든요. 직접 로스팅을 하는 덴데, 저기 우체국 앞에서 유턴하셔서,"

"아니, 너의 커피."

유순경은 잠시 갈등했다. 평소 잘 지내는 상사의 말이고 최근에 나쁜 일도 겪었기 때문에 거절할 수가 없었다. 신사적인 사람인데 무슨 일이 있으려고. 경감 이상의 남자 중에 젊은 여경을 상대로 '눈빛 강간'을 하지 않는 유일한 사람이라고 다들 이야기한다. 더 머뭇거리면 관계만 이상해질 것이다. 당신을 의심한다는 의미를 전달하지 않기 위해 거절할 수 없다. 유순경은 하과장과 잘 지내고 싶었다.

"알겠습니다. 별로 맛이 없으면 과장님 손해니까요."

"유순경, 몇 살이지?"

"저요? 스물아홉입니다."

유순경도 바람을 느끼려나.

다세대주택의 주차공간은 이미 꽉 찼다. 하과장은 유순경이 알려준 대로 근처 조그만 공원 옆에 주차했다.

"아무래도 집에 가는 건 좀 그런 것 같습니다. 커피숍으로 가시죠?"

유순경이 애써 웃으며 말했다. 하과장이 갑자기 울먹였.

3박 4일 동안 받은 군기 교육의 후유증이었을까. 중대장은 군기 교육 마지막 날에 '몸은 마른 나무와 같고 노여움은 성난 불길과 같다. 그러므로 노여움이 일어나면 남을 태우기 전에 먼저 자기 자신을 태운다.'는 불경의 구절을 부대원들에게 들려주었다. 최운택, 정학성이 제대하고 얼마 지나지 않아 우울증을 앓고 자살을 시도했던 건 다른 동기들보다 아파할 줄 알았기 때문일 것이다. 말년 휴가 날, 분명 무슨 일이 있었던 것이다. 성진영은 신 앞에 회개하고 종교적으로 승화한 것일지도 모른다. 백두태는 죄책감을 모르는 인간이다. 나만 그때 그 여고생을 잊은 걸까.

유순경이 하과장의 어깨에 손을 얹었다.

"집으로 가세요. 커피 타 드릴게요."

유순경이 앞서 걸었다. 하과장한테 도움을 청한 후에 조팀장의 태도가 달라졌다. 그 후 조팀장은 유순경에게 사무적으로만 대할 뿐이었다. 보복의 태도가 보이지 않았던 건 하과장이 조팀장을 힘으로 누른 게 아니라 그의 마음을 움직였기 때문일 것이다. 경찰서 내에서 당분간 회식이 금지됐고 퇴근 후 이성 부하에게 사적인 연락을 금지한다는 내부 규칙이 생겼다. 하과장이 만들었다는 후문이다. 하과장은 가해자를 어떻게 다스려야 2차적 피해를 최소화할 수 있는지 고려할 줄 아는 사람이다. 다들 하과장 같은 사람이 서장이 되고 청장이 되어 15만 경찰의 본보기가 되어야 한다고 말한다. 회식이 끝나면 하과장은 여자들 한 명 한 명 택시를 잡아준다. 다른 남자 상사들이 여자들을 데려다주지 못하게 한다. 같은 방향이어도, 여자들끼리는 제외하고, 따로 가야 한다. 회식이 끝나기 전이라도 집에 간다고 하면 언제든 보내주며 누구도 잡지 못하게 한다.

두 사람이 집에 도착했다.

화장대 위 조그만 선반에 낡은 〈경찰형법총론〉이 보였다. 유순경이 커피 두 잔을 들고 들어왔다. 하과장이 일어나서 〈경찰형법총론〉을 꺼내 펼쳤다.

"제 초심입니다."

경찰형법총론에는 '죄형법정주의'가 나온다. 법률이 없으면 범죄도 없고 형벌도 없다. 인간이 타인의 삶을 빼앗은 것에 대해 법률은 얼마나 정교하게 범죄로 규정하고 얼마나 적절하게 형벌을 내릴까. 증명되는 피해만 응징한다. 증명되지 않는다고 해서 피해가 없는 게 아니다.

증명이 곧 진실이 아닌 것처럼.

"달성경찰서에 갔던 일은 기억에서 지우세요."

"커피, 맛있네."

"제가 커피는, 잘 탑니다."

"하느님이 여성성이었다면 세상이 덜 폭력적이었을 거야. 집회를 막으면서 그런 생각을 했었지. 사람들은 왜 폭력적으로 집회를 할까. 평화적으로 얼마든지 가능한데."

"평화적인 언어는 전달이 잘 안 된다고 생각하는 거 아닐까요?"

"촛불 집회로 얼마든지 전달이 되잖아. 오히려 강력하지. 폭력 집회는 효과 때문만이 아닌 거 같아. 어릴 때 성경을 보면서 이해가 안 갔어. 왜 사랑하라고 하면서 또 왜 저주하는 걸까. 같은 민족인 유대인을 원수로 여기지 말고 사랑하라는 거고, 이교도나 이민족을 저주하는 거라는 분석도 있긴 한데…… 나이가 드니까 내 나름의 해석이 되더라고. 성경의 사랑과 증오는 모순이 아니야. 선과 악이란 건 애초 없고 각자의 입장이 아닐까, 의심했는데 선과 악은 엄연히 존재하는 거야. 하느님 안에 선과 악이 있는 거야. '악을 대적하지 말라. 누구든지 네 오른뺨을 치거든 왼뺨도 내주어라.' '심판하지 않으려거든 심판하지 말라.' 이런 품격 높은 말씀도 하셨지만 '누구든지 성령을 욕되게 말하는 자는 이 세상에서나 저 세상에서나 용서받지 못 하리라.' '너 저주받은 자여, 내게서 떠나 영원한 불속으로 들어가라.' 이런 폭력적인 말도 했어. 전에는 성경에 나온 천박한 말들은 신의 뜻을 오해한 거라 생각했는데, 그 낮은 품격도 높은 품격처럼 바로 하느님이지. 선과 악은 한 몸인 거야. 하느님인 거야. 다니엘이 예언했잖아. 종말에 가서 하느님과 마귀 사이에 치열한 전투를 벌일 거라고. 그건 하느님과 마귀가 벌일 전투가 아니라, 하느님 내면의 선과 악이 벌일 전투야. 적그리스도 또한 그리스도지. 신이 인간을 창조했으니 하느님이 스스로를 표절해서 만든 인간은 선이기도 하고 악이기도 하지. 그게 섭리야. 히틀러는 인간의 돌연변이가 아니야. 흑인 노예를 배에 실어오던 서양인들의 후손들이 지금은 인권을 존숭하는 선진국을 만들었잖아. 여전히 그 선진국들은 석유 때문에 전쟁을 해서 무고한 사람들을 죽이지. 집회에서 정의와 선을 외치는 사람들이 사실은 폭력이라는 악도 분출하는 거야. 전쟁은 제국주의가 경제적 이익을 위해서 벌이는 범죄이기도 하지만 인간의 악을 덜어내는 방법이기도 해."

하과장이 커피를 탁자 위에 놓은 유순경을 뒤에서 안았다. 유순경은 놀라서 눈만 깜빡거렸다.

"과장님......"

유순경의 목소리가 떨렸다. 유순경은 하과장의 완력에서 벗어나지 못했다. 하과장의 심장이 유순경의 어깨를 두드렸다. 하과장이 길게 숨을 내보냈다. 화장대 거울에서 십자가가 내려다보았다.

하과장이 유순경의 젖가슴을 강하게 움켜잡았다.

군기 교육을 받던 3박 4일 동안 사병들은 전투화의 신발 끈도 풀지 못했다. 전투복도 벗지 못했다. 밤에는 선임들이 후임들을 이유 없이 때렸다. 약한 자를 때리지 않고 잠들지 못했다. 부대로 복귀한 후 말년 휴가를 나올 때까지도 명분 없는 구타가 계속됐다. 폭력은 가해자와 피해자 모두의 영혼을 잠식했다. 군기 교육이 끝나고 이틀 후, 말년 휴가를 나올 때까지 영혼은 묶여 있었다.

십 분쯤 지났다. 처음에 여고생의 방으로 들어갔던 동기가 나왔다. 평심을 얻은 얼굴이었다. 세 번째가 아니라, 네 번째로 내가 들어갔다. 백두태를 마지막으로 배치한 건 그가 평소 내무반 청소를 잘 했기에 마무리를 잘 하고 나오라는 의도였다. 여고생의 방으로 들어갔다가 나온 동기들은 담을 타고 밖으로 나가 논에서 매복 자세로 대기했다. 위에서 누군가 지켜보았다면 우스운 꼴이었을 것이다.

내가 방에 들어갔을 때 여고생은 바닥에 웅크리고 있었다. 여고생을 들어 침대에 눕혔다. 눈을 떴고 숨을 쉬었지만 죽은 사람이나 진배없었다. 군대에 오기 전에 교회 청년부에서 날 쫓아다니던 여고생들의 모습이 아른거렸다. 성적 긴장감은 있을지언정 결코 성적 대상으로 본 적이 없던 나이의 소녀들. 이미 세 명의 남자가 지나간 몸에다 한 명 더 욕구를 쏟는다고 해서 여고생의 절망이 더 깊어지진 않을 것이다. 바닥에 두 팔을 대고 팔굽혀펴기를 했다. 땀이 났다. 혹시 욕망이 제압됐을지도 모른다. 바닥에 앉아 숨을 고르며 여고생을 보았다. 여고생은 실오라기 하나 걸치지 않았고 움직이지도 않았다. 긴 생머리가 쇄골과 가슴을 반쯤 가릴 뿐이었다. 누군가 교복과 속옷을 군복처럼 잘 개서 옆에 두었다. 여고생이 옆으로 누웠다. 몸을 돌리는 게 생을 옮기는 것처럼 버거워 보였다. 여고생의 엉덩이가 눈 앞에 드러났다. 마른 몸과 달리 골반과 엉덩이는 컸다.

죽여주면...... 안 돼요?

여고생 안으로 삽입하려다가 멈췄다. 군복의 가슴 주머니에서 중대장이 준 콘돔을 꺼내 끼운 후 신이 초대한 곳으로 들어갔다. 피조물과 조물주의 더러운 타협이었다. 오디오에서 〈콜렉티브 소울〉의 〈Shine〉이 흘렀다. 삽입하는 동안 여고생은 반작용으로 반응할 뿐이었다. 여고생은 죽음으로 걸어가고 있는 표정이었나. 여고생에서 벗어나고 싶었다. 급하게 사정을 하고 방을 나왔다.

제대하는 날에도 거리엔 아카시아 향이 빽빽했다. 가장 아름다운 냄새가 가장 구역질 나는 냄새로 변질됐다. 여고생은 치욕을 견디고 못해서 강간범들에게 죽음을 구걸했지만 그들 중 아무도 들어주지 않아서 자살했던 걸까.

하과장이 손을 놓고 울었다. 여고생을 쫓아 갔던 뜨거움이 떠올랐다. 악마의 체온이었다. 하과장이 비열한 웃음을 과하게 발산했다. 스스로에게 던지는 것이었다. 백두태가 기억을 가지고 왔다. 그 기억으로 하과장의 껍데기를 벗겨버렸다. 하과장은 자신이 누구였는지 비로소 알게 되었다.
"개새끼…… 너도 똑같은 놈이야!"
유순경은 거칠게 기분 나쁜 숨을 내쉬었다.
"미안하다."
하과장이 유순경을 놓아주고 일어섰다. 유순경과 하과장이 서로를 보았다. 유순경의 표정이 회귀되는 것 같았다.
"없던 일로 할 테니, 잊으세요."
잊을 수 없다. 기억은 유예될 뿐 소멸하지 않는다.
하과장이 집 밖으로 나와 차가 주차된 곳을 향해 걸었다.
동림 저수지 사건을 조사하다가 특수본에 차출됐다. 특수본 일이 끝나고 돌아왔을 때 백두태가 동거녀를 죽이고 저수지에 수장한 게 분명한 동림 저수지 사건을 다시 시작할 수 있었다. 다른 해결해야 할 사건이 많긴 했지만 보강 수사를 통해 범인이 백두태라는 것을 밝힐 수 있었다.
왜 하지 않았을까?
백두태가 자필로 보낸 편지도 있었다. 그 편지로 인해 살인범을 '샘의 아들'이라고 별칭했다. 하과장은 백두태가 '샘의 아들'이란 걸 알았다. 하과장의 실력으로 충분히 백두태가 범인이란 걸 증명할 수 있었다.
여고생의 인격을 죽이면서 우리는 인간성을 잃었다. 그 상실된 인간성을 괴로워 한 동기들은 잊을 수 없어 세상에 들키지 않는 정신 질환을 앓았다. 시간이 흘러 죄책감에서 벗어나지 못하고 자살을 했거나 자살 같은 타살을 당했다. 백두태만이 인간으로부터 벗어나서 죄책감도 없이 살아 왔던 것이다.

백두태는 처음부터 인간이 아니었을 수도 있지만 하과장의 봐주기 수사 때문에 인간을 벗어버린 것일지도 모른다.
　동림 저수지 사건에서 내 근원을 만날까 봐 두려웠던 게 아닐까.
　문명은 야만적 본능에 대한 저항이다. 저항하는 걸 그만두는 것은 곧 존재하는 걸 그만두는 것과 같다. 나는 구원받은 것이 아니었다. 다른 동기들은 구원받았던 것이다.

13

 복형사가 팔룡폭포 입구 건너편에 주차하고 기다렸다. 에어컨이 말썽이라 자동차 안은 습식 사우나와 다름 없었다. 밖으로 나와 담배를 피웠다. 김광후가 이곳에 다시 올까.
 복형사가 팔룡폭포에 올랐다. 얼굴에 닿는 비말이 시원했다. 사람들이 찾지 않는 폭포는 원시로 돌아가는 중이었다. 새벽까지 내린 비 때문에 제법 폭포의 물살이 거셌다. 마음이 좀 진정됐다. 복형사가 폭포를 내려와서 체리에게 전화를 걸었다. 출근하는 길에 모텔로 오라고 했다. 선택권을 주지 않았다.
 복형사가 소주 뚜껑을 따자마자 노크 소리가 났다. 체리가 방에 들어왔다.
 "한잔 할까?"
 "일하는 중이에요."
 체리는 소파에 앉지 않고 옆에 서 있었다.
 "싫으면 가도 돼."
 "정말, 가도 돼요?"
 "그래. 그냥 얼굴 한 번 볼까 한 거야."
 "갈게요."
 체리가 나갔다. 복형사가 소주를 마셨다. 아직 잠그지 않은 문이 열렸다.

"밖에서. 안은 꾸리꾸리 해."

두 사람이 육 대륙의 맥주를 하나씩 맛보았다. 체리가 눈을 맞췄다. 아무리 쳐다봐도 여자의 눈은 남자의 언어와 다르다. 여자의 말은 언제 진짜로 하는 말이고 언제 그냥 해 보는 말이며 또 언제 반어인지 감을 잡을 수 없다. 자신들의 의도가 무엇인지 여자들은 알고 있을까.

체리가 일어섰다.

"다음에 또 볼 수 있을까?"

"뭐 하러. 술, 왜 마시자고 했어?"

복형사는 대답할 말이 없었다. 체리가 나갔다.

최운택과 정학성을 거쳐 성진영에서 일단 자살을 위장한 살인이 중단됐다. 세 번의 살인엔 두 개의 질서가 있다. 하나의 질서일지도 모른다. 최운택이 자살하기 두 달 전에 그의 이종제수가 죽었다. 정학성이 자살하기 반년 전에 그의 어머니가 죽었다. 성신영은 아직 밝혀지지 않았지만 가까운 죽음이 있었을지 모른다. 성진영이 애지중지한다는 딸은 미국에 있어 죽이지 못했을지도 모른다. 범인은 동기들이 가장 소중하게 여기는 사람을 먼저 죽이고 나서 동기들을 하나씩 죽였던 게 아닐까. 가까운 이의 죽음을 겪고 고통스럽게 한 후 그 모습을 지켜보다가 당사자를 죽여서 효과를 증폭시키려는 의도였을까.

전화벨이 울렸다. 모텔 주인이 퇴실할 시간이라고 알려주었다. 복형사가 대충 씻고 밖으로 나왔다. 해장국집에 가서 휴대폰을 확인하자 유순경한테서 부재중 전화가 네 통이나 왔다. 유순경한테 전화를 걸었다.

"어디세요?"

"나?"

"네."

"왜?"

"하과장님이 실종되셨답니다."

"뭔 소리야?"

"사모님이 실종 신고를 하셨습니다."

복형사는 멍한 자신이 느껴져 고개를 털었다.

"어떡하죠?"

"통화 목록은 확보했어?"

"하과장님의 가장 최근 통화 목록은 사모님에요. 이틀 전에. 그날 밤에 저를 집에 데려다 주셨거든요. 아마 하과장님을 마지막으로 본 게 저인 것 같습니다."

복형사는 하과장님이 너를 왜 데려다주었느냐는 질문을 참았다.

"사모님 전화번호 좀 나한테 보내."

복형사가 사모님에게 전화를 걸었다. 하과장이 모르는 번호로 전화를 건 적이 없느냐고 물었다. 지숙은 어제 새벽에 공중전화로 온 것 같다고 대답했다. 통신사에 가서 그 번호의 기지국 위치를 확인해 달라고, 아니 유순경한테 연락해 놓을 테니까 유순경이 시키는 대로 해 달라고 했다. 지숙의 목소리가 차분했다.

"그럴게요."

유순경한테서 전화가 왔다. 하과장이 마지막으로 와이프한테 전화를 건 곳은 양소읍이었다. 복형사가 양소읍으로 출발했다. 양소읍엔 백두태가 살던 순대국밥집이 있다. 하과장이 왜 순대국밥집에 갔을까. 백두태를 납치해서 죽이려고 했을까. 백두태한테 납치를 당했을까.

아니면 김광후?

유순경한테서 다시 전화가 왔다.

"하과장님...... 대구에서 경찰을 죽인 것 같습니다."

"계속해 봐."

"하과장님의 차를 추적했는데...... 새벽에 현풍 IC로 나와서 피해 경찰의 집 방향으로 가는 게 잡혔습니다. 그런데 그 경찰이 죽었고...... 그 경찰의 집 근처에 있는 CCTV에 잡힌 용의자를 거기 팀장이라는 분이 확인했답니다. 하종수 과장님이라고......"

유순경이 울먹였다.

"죽은 경찰은? 김성환이야?"

"아, 십니까?"

"어떻게 죽였는데?"

"칼로 가슴 부위를 스물여덟 번이나 찔렀답니다. 그 자리에서 즉사한 것 같습니다."

"그리고?"

"네?"

"과장님 차는 어디로 갔어?"

"그 다음엔 고속도로를 타지 않았고 대구 경찰이 위치를 추적하고 있답니다."

"경천 쪽으로 갔는지 물어봐."

복형사는 차분히 운전하는 자신을 발견했다.

복형사가 순대국밥집에서 백여 미터 떨어진 방파제에 앉아 삼십 분쯤 관찰했지만 국밥집에서 사람의 움직임은 없었다. 복형사가 순대국밥집 뒤편으로 갔다. 순대국밥집에 붙어있는 방과 연결된 창문이 있었지만 방범창이었다. 차에 있는 드라이버로 뜯는 게 어렵지 않지만 안에 사람이 있다면 알아챌 것이다. 옆의 조그만 창문은 화장실이다. 복형사가 순대국밥집 앞으로 갔다. 심호흡을 했다. 천천히 문을 밀어보았다. 문이 열렸다. 복형사가 테이저건을 들고 문을 조금 연 후에 옆으로 비켰다. 휴대폰을 촬영 모드로 놓고 안을 살폈다.

움직임이 감지되지 않았다.

복형사 천천히 들어갔다. 식당 안에 두텁게 쌓였던 먼지가 일어나 휘날렸다. 방문에 귀를 댔다. 현관에 천연 가죽으로 만들어진 구두는 오래된 다른 물건들과 시간적 위치가 달라 보였다. 방문을 열면 하과장이 흐느껴 울고 있을 것 같았다. 마지막으로 본 하과장은 불안하고 신경질적이었다. 복형사가 방문 앞에서 다시 한번 귀를 댔다.

소리는 없었지만 존재가 느껴졌다.

복형사가 오른손을 바지에 닦았다. 오른손으로 테이저 건을 바짝 감고 왼손으로 방문을 열었다. 아무도 없었다. 복형사가 창문을 열었다. 바람이 창문턱에 쌓였던 먼지를 깨웠다. 복형사가 방에 딸린 화장실 문을 열었다. 화장실 창문으로 스민

빛의 끝자락이 욕조를 반으로 갈랐다. 욕조 안에 물이 가득했다. 피를 머금은 물은 진했다.

하과장이 욕조 안에서 눈을 뜬 채 숨을 거두었다. 욕조는 하과장을 담기에 작았다.

14

형사과장이 다른 경찰의 가슴을 난도질해서 죽인 사건은 역사상 유례가 없는 일이었다. 언론은 누가 더 자극적인 헤드라인을 붙일 수 있는지 경쟁했다. 복형사가 '악마였던 경찰'이라는, 네이버에 제공하는 신문 기사에서 빠져나왔다. 서울 경찰청장이 사과 성명을 발표했는데 그것만으로 민심을 달래기엔 모자랐다. 결국 경찰총장이 언론에 나와 사과했다. 하과장은 자살로 처리되었다. 오강경찰서 서장은 경찰종합학교에 수사 지휘권이 없는 총무과장으로 전보 조치되었다. 일부 여론은 수사권을 빼앗은 걸로 부족하니 서장과 총장을 해임하라고 요구했다.

*

백두태가 서른세 번, 종을 치자 가냘픈 평화가 퍼졌다. 공장 안으로 실루엣 하나가 들어왔다.
"백두태씨?"
복형사가 물었다. 백두태 뒤편에서 직원들이 숙소로 가느라 어수선했다.

"보여드릴 게 있습니다. 물어볼 것도 있고."

백두태가 홍씨에게 잠깐 나갔다 오겠다며 쪽문을 잠그지 말라고 말했다. 두 사람이 막창집으로 갔다. 백두태가 돼지 콩팥 두 개와 김치찌개를 주문하고 냉장고에서 소주를 꺼내 왔다.

"콩팥을 드시나?"

"처음입니다."

돼지 콩팥이 대충 익자 주인이 그릇에 담아 갔다. 세로로 먹기 좋게 잘라서 도로 가져와 불판 위에 놓았다.

"비위가 약하신가?"

"강하진 않습니다."

"못 먹겠으면 다른 안주 시킵시다."

복형사가 콩팥을 집어 먹었다. 못 먹을 것도 없었다. 백두태는 잘 먹었다. 한쪽 테이블에서 여자와 남자가 말다툼을 했나. 노란색 가죽치마를 입은 여자의 육넉신 몸매를 다른 테이블의 남자들이 눈빛으로 만졌다.

"보여줄 게 있다고 하지 않으셨나?"

복형사가 휴대폰에서 죽은 하과장의 사진을 꺼냈다.

"이틀 전에 죽었습니다. 그때, 어디 계셨습니까?"

백두태가 쳐다보자 복형사가 목덜미를 긁었다.

"쉬는 날이었는데."

"뭘 하셨습니까?"

"의성에 갔다 왔지."

"의성엔 왜요?"

"옥선이가 거기 있거든."

"버스 타고요?"

"걸어갈 수 없잖아."

레토나에 대해 미리 차단하려는 것일까.

"차표는 카드로 계산했습니까?"

"그렇겠지."

"운전면허도 없습니까?"

"면허는 있지."

"백옥선 씨 전남편, 이정용을 아시죠?"

"알지."

"최근에 언제 만났습니까?"

"옥선이가 죽기 전에 집에 왔었어."

"장례식 때 순대국밥집에서 만난 적 없습니까?"

"장례식장엔 안 갔어."

"왜 안 갔습니까?"

"내 마음이지."

"돌아가신 분에 대한 예의, 아닙니까?"

"거긴 살아 있는 옥선이가 없잖아."

백옥선의 뼛가루가 묻힌 의성엔 그녀가 있어 갔다면서 시신이 있는 장례식장엔 그녀가 없어 가지 않았다니.

"그 사람은 간이 작아서 옥선일 죽였을 리가 없어."

"저도 그렇게 생각합니다. 이정용이 장례식장에 온 날 이후에 행방불명이 됐습니다. 이정용의 차도 보이지 않고요."

백두태가 하과장의 사진을 돌려주었다.

"과장님이 국밥집에서 죽었습니다."

"그래서?"

"국밥집엔 안 갔습니까?"

"옥선이 죽고 나선 갈 일이 없지."

"백옥선씨가 돌아가신 날, 국밥집에서 나오시다가 절 만나셨잖아요. 들어갔다가 한 시간쯤 지나서 나오셨죠. 죽은 걸 확인하고 나온 겁니까? 아니면, 죽이고 나온 겁니까?"

백두태가 무겁게 웃었다.

"내가 옥선이도 죽이고 하종수도 죽였다고 생각하는 건가?"

"정황상."

"정식으로 수사를 해. 말로만 씨부리지 말고."

"공식적인 수사라면 저 혼자 오지 않았겠죠. 개인적으로 왔습니다. 과장님이 죽을 걸 예상하셨습니까?"

"내 무슨 수로."

"도대체 말년 휴가를 나온 날 무슨 일이 있었는데 네 명이 차례로 살해를 당한 겁니까?"

"타살인가?"

"동기들이 서로 연락을 주고받지 않았으면서 같은 방법으로 비슷한 시기에 자살한다는 게 말이 되지 않으니까요."

백두태가 주인에게 생마늘을 더 달라고 말했다.

"25년 전에 무슨 일이 있었던 겁니까?"

"아무도 기억하지 않는 과거가 뭐가 중요하겠어."

"누군가 기억하고 있는 거 아닙니까. 기억을 지우지 못해서 이렇게 연쇄 살인을 벌이는 거 아닌가요? 동기들이 성폭행을 했습니까?"

주인이 생마늘을 놓았다. 홍씨는 요즘 뭘 하기에 가게에 잘 안 온다며 안부를 물었다. 백두태는 잘 모르겠다고 대답했다. 주인이 주방으로 갔다.

"공장을 떠났다가 도로 오시고, 누굴 기다리십니까?"

"하종수랑 달리 감이 좋으시구먼."

백두태가 자신의 맥주 컵에 소주를 가득 따랐다.

"누굽니까? 그때 성폭행했던 여고생의 남동생이라도 기다리는 겁니까?"

더 물어도 백두태는 말할 것 같지 않았다.

"저수지에서 발견된, 동거하던 채승연, 기억하시죠?"

백두태가 소주를 마셨다.

"용의자이셨더라고요."

"의심 받을만 했지."

"채승연 살인 용의자로 붙잡혔다가 풀려난 후로 이름을 바꿔서 사셨고. 지금 일하고 있는 공장에서도 박명근이라고 가명을 쓰시고. 왜죠?"

"그게 죄가 된다면 잡아가."

"잡아가려고 온 게 아닙니다. 알고 싶어서 온 겁니다. 진실을 말해주십시오."

노란치마가 벌떡 일어섰다. 남자친구와 눈싸움을 하더니 밖으로 나가 버렸다.

백두태의 동거녀는 두 손목이 절단된 채 저수지에 수장됐다. 신원을 알지 못하도록 지문을 없앤 것이다. 잘린 손목은 발견되지 않았다.

"손목에 절단된 뼈 부분이 매끈했습니다. 잘 아시겠지만."

일반 톱이나 전기톱으로는 매끈하게 자를 수 없고 띠톱으로 해야 가능한 단면이었다. 띠톱 기계는 흔하지 않다. 당시에 백두태는 가구 공장에 다녔다.

"가구 공장에서는 띠톱을 사용하고요. 채승연을 죽이고 저수지에 버리기 전에 나중에 발견되더라도 신원을 알지 못하도록 띠톱으로 손목을 잘랐고요."

"집에서 식칼로 그냥 자르면 되지 굳이 공장까지 시체를 가지고 간다고?"

"살인의 방법은 그 사람입니다. 신원을 감추기 위해 시신을 훼손해야 하지만 너덜너덜해지는 게 싫었겠죠. 결벽증 같은 겁니다. 사랑했던 걸 수도 있고. 의처증하고 결벽증은 연결돼 있나고, 저는 생각합니다. 같은 식당에 있던 후배가 경찰한테 백두태씨가 자신이랑 동거녀의 관계를 의심했다고 말했다더라고요."

노란치마와 합석했던 남자도 계산을 마치고 서둘러 밖으로 나갔다.

"그때 그 족발집 여고생도 당신이 죽였지?"

복형사와 백두태의 눈빛이 차갑게 부딪혔다.

백두태가 테이블에 2만 원을 꺼내 놓았다.

"아버님이 감옥에 가셨던데. 어머니를 죽이고서."

백두태가 코웃음을 쳤다.

"동거하던 여자가 백옥선이더라고. 백씨. 두 사람 성이 같아. 아버지도 같고. 백옥선과 백두태는 이복남매지."

복형사가 주머니에서 복사한 편지를 꺼내 백두태에게 주었다. 저수지 사건이 사실상 미제로 종결된 다음 해, 담당 형사에게 발신인을 밝히지 않은 편지가 한 통 왔다.

음탕한 여자가 죽었다. 여자의 눈에 원망은 없었다. 여자가 원한 걸 내가 해냈다. 난 여자의 마음을 안다. 여자가 무엇을 원하는지 안다. 여자의 말은 거짓이다. 마음을 보아야 한다. 젖가슴 안에 마음이 있고 마음 안에 진실이 있다. 지문을 없애기 위해 손목을 잘랐다. 손목은 땅에 묻었다. 팔꿈치 무릎 네 군데다 빨랫줄을 묶고 벽돌을 달았다. 비가 오기를 기다렸다. 트렁크에 여자를 싣고 저수지로 갔다. 트렁크에 나흘 동안 있던 시체에서 여자의 마지막 냄새가 났다. 여자가 죽을 때 생리 중이었다. 향수 말고 생리할 때 나는 냄새가 여자의 진짜 냄새다. 비가 더 거세지고 사람들이 집으로 들어갈 때까지 기다렸다. 여자를 업고 저수지로 들어갔다. 목까지 차올라 더이상 들어갈 수 없었다. 여자를 조금이라도 저수지 중간으로 보내기 위해 밀었다. 얼마 밀리지 못하고 여자가 가라앉았다. 날 잡지 못하면 나도 어떻게 될지 모른다. 잡지 못하겠으면 옷을 벗어라.

"범인은 왜 이런 편지를 쓰는 거지?"

"언허드 크라이(unheard cries)라고 합니다. 들리지 않는 외침. 날 좀 잡아 달라고 하는 겁니다."

"재미있군."

"25년 전에 무슨 일이 있었습니까?"

"그때 'LA 컨피덴셜'이라는 영화가 개봉됐지. 말년에 외박 나왔다가 극장에서 봤어. 술을 마시면서 친구가 한탄을 하더구먼. 지난 겨울에 감옥에 있던 전두환을 석방했다고. 전두환이 기자들 앞에서 외환위기를 걱정한다고 했다면서 정의가 땅에 떨어졌다고 화를 내더라고. 다음 날 친구는 집에 가고 나는 복귀하기 전에 극장에 가서 그 영화를 또 봤지. 영화를 특별히 좋아하지 않는데."

"군바리가 보통 떡 영화를 볼 텐데요."

"영화가 시작하고 나서 여자를 때리는 놈을 러셀 크로우가 제압하는 장면이 나와. 경찰은 그래야 하는 건데. 형사님은 좀 약해 보이네."

"현대의 경찰은 힘보다 머리와 정의로 싸우는 겁니다."

"정의? 그 영화에서 형사반장이 나쁜 놈이었지."

"하종수 과장님도 나쁜 놈이었습니까?"

"러셀 크로우가 킴 베신저의 집에 갔을 때 킴 베신저가 말하지. 요즘엔 킴 베신저를 킴 베이싱어라고 하더라고. 킴 베신저는 킴 베이싱어가 아니야. 킴 베신저라고."

그러든가.

"형사님 셔츠에 피가 묻었다고, 직업상 흔한 일이냐고 킴 베신저가 묻지. 러셀 크로우가 그렇다고 하니까 킴 베신저가 말하지. '즐기시나요?' 그리고 러셀 크로우가 말해. '필요하다면.' 그게 진실이야. 한국은 아직도 '베테랑' 같은 영화나 만들면서 경찰이 절대 선인 척 헛소리를 지껄여 대는데 말이야.

양키들은 그때 벌써 진짜 이야기를 하고 있었어. 그게 25년 전이오."

"민태동을 아십니까? 동기들한테 괴롭힘을 당하고 통합병원으로 후송된 후에 제대를 하고 결국 자살을 한 동기가 있었죠."

백두태가 소주를 마시고 냅킨으로 입을 닦았다. 복형사는 백두태의 결벽증적인 행동을 유심히 보았다.

"옛날에 비구니가 부처님께 고기를 드리러 갔는데 거기서 덕이 높은 스님을 만났어. 스님이 말하기를, 누이여, 불타께 고기를 드리면 만족하실 것이다. 나는 그대의 하의를 주면 만족할 것이다. 당연히 비구니는 거절했어. 그러자 스님이 말했지. 그대는 불타께 고기를 드리면서, 나에게는 하의조차 주지 않는가. 비구니는 어떻게 했을까?"

"벗어주었겠죠."

복형사가 대답했다.

"비구니랑 스님이랑 다른 사람일까?"

백두태가 소주를 들이켰다.

"비구니한테 하의를 벗어달라고 했던 스님은 비구니의 마음을 읽은 거야. 비구니가 됐지만 원래 색끼가 있어서 남자에게 하의를 벗어주고 싶었던 거야. 어떻게 자기 자신을 거스를 수 있겠어."

"그 말씀을 왜 하십니까?"

"먼저 가겠소."

복형사는 밖으로 나가는 백두태를 잡을 수 없었다. 힘으로는 잡히지 않을 사람이다. 편지를 보내서 잡아달라고 해도 경찰은 백두태를 잡지 못했다.

15

백두태가 가게 문을 열고 나오자 바람이 제법 거세게 불었다.

민태동......

육체도 정신도 허약했던 놈.

6차선 도로 옆 인도에서 노란치마가 허공에다 화를 내며 걸어갔다. 건너편에서 걷던 여자가 육교로 오르는 걸 보고 백두태도 육교로 올라갔다. 가로등은 피아식별을 할 수 없을 만큼 몽롱했다. 민태동은 훈련 때 피아식별띠를 반대로 차기도 했던 놈이다. 육교 아래로 지나는 자동차가 드물어서 속도가 빨랐다.

노란치마가 백두태와 눈이 마주치자 시선을 육교 아래로 돌렸다. 백두태는 육교의 가운데로 걸었다. 노란치마는 오른쪽으로 붙어서 걸었다. 백두태가 여자 쪽으로 방향을 틀었다. 여자는 자기 쪽으로 다가오는 남자를 의식했지만 특별히 할 수 있는 게 없었다. 뒤돌아봐도 백두태 너머를 봐도 유사시 도움을 청할 만한 사람은 없었다. 여자가 멈춰 섰다. 뒤로 물러났다. 백두태가 여자에게 다가갔다. 여자는 오금이 저렸다. 다리에 힘이 풀려 자리에 주저앉을 것 같았다. 아직 남자가 아무것도 하지 않았는데, 여자는 자신의 반응이 무엇을 근거로 나온 건지 알지 못했다. 백두태의 주먹이 여자의 배를 향했다.

여자가 올려다보자 잔혹한 포식자의 눈이 보였다. 백두태가 하늘을 보았다. 보름달이 구름에 반쯤 가려졌다.

쿠웨이트에서 돌아온 아버지는 벌어 온 돈을 탕진했다. 아버지는 술집 작부와 살림을 차렸다. 아이도 낳았는데 몇 년 후에 작부가 떠났다. 아버지는 작부가 낳은 딸을 집에 데려왔다. 아버지는 쿠웨이트에서 얻은 고통을 해소하기 위해 겨우 여자의 뒤꽁무니에다가 돈을 쑤셔 박을 만큼 어리석었다. 어머니는 이복 여동생, 옥선을 구박했다. 아버지가 술을 마시고 어머니에게 행패를 부린 다음 날이면 옥선의 몸에도 멍이 들었다. 지독한 가해는 피해자들 사이에서도 재분배되었다. 경미는 옥선을 말로 학대했다. 니 엄마 같은 년을 뭐라고 하는 줄 알아? 첩이라고 해. 그런데 니 엄마 같은 년은 하나가 더 있어. 창녀라고 불러. 아니야! 넌 창녀의 딸이고. 아니야! 하느님은 예수님을 낳고 창녀는 창녀를 낳는 거야. 그러니까 너도 커서 창녀가 될 거야. 아니야!......

백두태는 가끔 군것질거리가 생길 때 경미 몰래 옥선에게 주었다. 어머니가 죽고 아버지가 감옥에 간 후 세 명의 이복 남매가 남았다. 삼남매의 동거는 척박했다.

백두태가 고등학교를 졸업하던 해였다. 집에서 빈둥대는데 옥선이 학교에서 돌아왔다. 옥선이 화장실에서 씻고 나왔다. 뽀얀 얼굴이 순결했다. 옥선은 초등학교 3학년이었다. 백두태가 옥선의 몸을 만졌다. 옥선은 그게 뭔지 잘 모르지만 이 집에 온 후 자신에게 유일하게 저주를 퍼부어대지 않는 사람이 하는 행동이기에 받아들였다. 백두태가 성기를 **빳빳**하게 세웠다.

옥선은 이복 오빠를 거역하지 않았다.

백두태가 군대를 가면서 옥선도 집을 나갔다. 2년 전에 순대국밥집에 들러 술을 마시는데 옥선이 백두태를 알아보았다. 25년 만에 해후였다. 옥선은 초등학교 3학년 때 일을 기억하지 못하는 것처럼 행동했다.

백두태는 어떤 것도 잊어버리지 않았다.

*

일흔이 넘은 늙은이가 쇠고기국밥을 먹었다. 백두태가 늙은이의 뒷모습을 보면서 국밥을 먹었다. 한창 때는 씨름 대회에서 자기보다 덩치가 더 좋은 사람들을 모두 자빠뜨리고 송아지를 탄 사람이었다. 늙은이는 밥을 먹다가 숟가락을 놓고 옆구리를 주무르다가 다시 밥을 먹었다. 종업원에게 깍두기를 더 달라고 했다. 종업원은 대답만 하고 가져다주지 않았다. 늙은이는 더 말하지 않고 깍두기 그릇을 들고 국물까지 마셨다. 예전에 늙은이는 자기가 원하는 걸 상대가 들어주지 않았을 때 뿔난 황소처럼 화를 냈다.

늙은이의 어깨가 좁았다. 살이 많이 빠졌다. 늙은이가 자판기에서 뺀 커피를 들고 식당 밖으로 나왔다. 주머니에서 담배를 꺼내 입에 물고 라이터를 꺼내서 불을 붙였다. 자정이 넘었다. 늙은이가 쪽방 골목으로 들어섰다. 벽에 붙은 누런 판자대기에 삐뚤빼뚤 경고문이 적혀 있었다. '담배꽁초를 함부로 버리지 마시오.'

골목엔 백두태와 늙은이 빼고 인적이 없었다. 늙은이가 '일세 9천 원.' 앞에 섰다. 주머니에서 꼬깃꼬깃 접힌 돈을 꺼내 세었다. 백두태가 서너 걸음 앞에 섰다. 늙은이가 뒤돌아 목을 빼고 백두태를 바라보았다. 눈이 침침한 사람의 태도였다. 백두태가 주머니 안에 있는 접이식 칼을 만지작거렸다. 늙은이 바로 앞에 서자 가로등 불빛이 백두태의 얼굴을 밀었다. 늙은이가 백두태를 보았다. 두 사람의 거리가 한 걸음도 되지 않았다. 백두태가 주머니서 칼을 꺼냈다. 늙은이는 불빛에 번뜩이는 칼날을 보더니 반사적으로 고개를 뒤로 뺐다. 들고 있던 천원짜리 몇 장을 내밀었다. 늙은이의 눈엔 송아지를 거머쥔 기억이 전혀 없는 사람처럼 겁이 가득했다. 복수는 차가울 때 먹어야 세낫이라는데, 백두태는 욕구가 생기지 않았다. 늙은이는 가짜 같았다. 백두태가 늙은이를 지나쳐 골목을 빠져나왔다.

아버지는 이미 죽어버렸다.

1200℃

1

송지영이 커피숍에서 고객을 만나 세 시간 동안 설명했다. 고객이 떠나자 송지영이 눈을 감았다. 기지개를 켜며 하품을 길게 했다. 에너지를 채우려 치즈케이크 한 조각을 먹는데 오 부장한테서 전화가 왔다.

"어디야?"

"미팅 하나 더 하고 들어갈게요."

"손님 오셨어."

"누구요?"

"경찰이래."

송지영과 조팀장, 윤형사가 회사 앞에 있는 커피숍에 마주 앉았다. 송지영은 오늘 커피를 많이 마셨다며 대화를 빨리 끝낼 요량으로 물을 마시겠다고 했다.

"김광후 씨를 최근에 본 게 언젭니까?"

"이혼하고선 한 번도 못 봤어요."

"이혼은 왜 했는데요?"

"사는 데 적응을 못한다고 했어요."

"그렇게 이유를 말하면, 보통 진짜 이유가 뭐냐고 묻기 마련이지 않을까요?"

"그 사람은 진짜 이유를 숨기고 가짜 이유를 말할 사람이 아니에요."

"그래도 이유가 너무 추상적이지 않습니까?"

"그 사람이 뭐, 잘못한 게 있어요?"

"그건 아직 모릅니다."

"잘못할 사람이 아니에요. 잘못했다면, 그 사람 잘못이 아닐 거고요. 잘못 보고 있는 걸 거예요."

"신뢰가 깊으시네요."

"아뇨. 가정을 팽개치고 간 사람을 신뢰하진 않아요. 그냥, 그 사람을 잘 아는 거예요. 잘 모르시는 거 같아서 말씀드리는 거고."

"어디로 갔습니까? 풍문으로 들었잖아요."

"제가 왜요. 관심 가지면 지금 남편한테 책잡힐 일인네."

"더 해주고 싶으신 말은 없습니까?"

"없어요."

송지영은 더 설명하고 싶지 않았다. 그 시간과 그 경험과 그 사람과의 관계를 어떻게 남에게 전달할 수 있겠나. 무례한 남자들 앞에서 그 설명을 하는 건 무의미하다. 조팀장이 명함을 주면서 혹시 김광후한테서 연락이 오면 곧바로 연락해 달라고 말했다.

"연락이 왔는데도 우리한테 연락 안 하시면 범인 은닉죄가 됩니다. 이혼하셨기 때문에 가족이 아니시고, 가족이 아닌 이상 범인을 숨겨주게 되면, 형법 151조에 의해 3년 이하의 징역을 받을 수 있습니다. 연쇄살인범일 경우 최고형을 받습니다. 만약 김광후가 연쇄살인범이고 숨겨주시면 최고 3년 징역형을 살 수 있다는 말입니다. 제가 이렇게 말씀드렸는데도 숨기신다면 분명히 최고형을 받게 되실 거고요."

송지영이 명함을 지갑에 넣었다. 형사들이 돌아가고 나서 명함을 찢어 휴지통에 버렸다.

송지영이 퇴근하려는데 회사 앞에서 복형사가 기다렸다.

"오늘, 경찰의 날인가요?"

"죄송합니다. 귀찮게 해 드려서."

복형사가 송지영을 따라 엘리베이터를 탔다.

"나중에 다시 오실래요? 제가 지금 쓰러질 것처럼 피곤하거든요."

"김광후씨가 피해자라는 건 아십니까?"

송지영이 가방에서 렌즈 케이스를 꺼냈다. 렌즈를 빼서 케이스에 담았다. 케이스를 가방에 넣고 안경을 꺼내 썼다.

"아까 온 경찰들은 반대로 생각하는 것 같던데."

"그 사람들은 가해자와 피해자를 구별하지 못하고 있습니다. 그래서 제가 정확히 알아야 알려줄 수 있는 거죠. 좀 멍청하거든요. 만나보고서 느끼셨겠지만."

"명함 하나 주세요. 제가 나중에 괜찮아지면 전화 드릴게요."

송지영이 명함을 받아 지갑 안쪽에 넣었다. 복형사는 송지영이 명함을 버릴 것 같은 예감이 들었다. 송지영이 1층에서 내리고 복형사는 지하로 내려갔다. 복형사가 주차장을 빠져나오는데 송지영이 앞에 서 있었다. 복형사가 차를 멈추자 송지영이 조수석에 탔다.

"커피숍으로 갈까요?"

"한강이나 가죠."

한강공원에 차를 댔다. 군데군데 돗자리를 펴고 앉아 있는 사람들이 꽤 됐다. 복형사가 화장실에 가기 위해 차 밖으로 나왔다. 화장실에 들렀다가 송지영이 부탁한 요구르트를 사서 차로 돌아왔다. 모기 몇 마리가 아른거렸다.

"어디서부터 이야기를 해야 될까요?"

송지영이 요구르트를 한 모금 마신 후 말했다.

"김광후씨는 어떤 사람입니까?"

송지영이 살짝 웃었다.

"키는 크지 않았지만 어른 남자였어요. 웃을 땐 소년이었고."

송지영의 미소도 소녀처럼 해맑았다.

"같이 살면서 이상했던 점은 없었습니까?"

송지영이 한참 생각했다.

"그때도 오월이었어요. 우리는 드디어 집을 사게 됐죠. 물론 융자를 낀 거지만 그 사람은 착실했고 나도 열심히 일했으니까 금방 갚을 수 있다는 자신이 있었어요. 젊기도 했고. 이사 가기 이틀 전에 그 사람이 월차를 내고 새집에 혼자 가서 청소했어요. 결혼하고서 청소는 늘 그 사람이 했는데 제 마음에 들 만큼 깔끔하게 잘했어요."

"멋있는 남자네요."

송지영이 인색하게 웃었다.

"오전 내내 청소를 한 후에 짜장면을 시켜서 먹고 다시 일을 시작했대요. 붙박이 옷장이 있었는데 그 안을 청소하다가 안쪽에서 이상한 물체가 손에 잡혔대요. 눅진눅진하고 까끌까끌했다고 그랬어요. 뭔가 찜찜하면 그 기억을 쉽게 털어내지 못하거든요."

"그래서 말랐나 보네요."

"그 사람이 빗자루로 눅진눅진하고 까끌까끌한 걸 꺼냈는데 그게...... 죽은 새였대요. 그때는 대수롭지 않게 여겼는데 생각하면 이상한 일이잖아요. 하지만 전 그때 그게 이상하다고 생각하지 않았어요. 아니, 못했어요. 내 집이 생긴다는 것 말고는 아무것도 중요한 게 없었어요. 집 주변에 산도 없고 새가 살만한 공원이 없었는데 어떻게 새가 아파트 18층까지 올라왔는지, 어떻게 옷장으로 들어왔는지, 생각해 보면 이상한 일인데......"

복형사는 빨리 다음 이야기로 넘어가길 바랐다.

"새가 죽은 지 오래된 것 같았대요."

한강의 잔디밭에서 중학생으로 보이는 남자 아이가 폭죽을 터트리며 뛰어다녔다.

"이사를 하고 저는 아이를 낳았어요. 힘들기도 했지만 그 정도면 별문제 없이 지냈죠. 아이도 건강했고. 그런데 그 사람이 꿈을 꾸기 시작했어요."

"꿈이요?"

"같은 꿈을 생생하게 꾼다고 했어요."

"어떤 꿈이요?"

"꿈에서 죽은 새가 살아서 움직였대요. 죽은 새가 우리 아이를 쪼아 먹기도 하고 저를 폭행하기도 하고…… 죽은 새한테 쪼아 먹히면서 우리 아이는 웃었고 죽은 새한테 당하면서 저는 흥분했대요."

두 남자가 자동차 앞을 지나며 차 안을 힐끔거렸다.

"죽은 새가 점점 그 사람의 영혼을 갉아먹었어요. 사회생활을 더는 못했죠. 업무 능력이 형편없이 떨어졌어요. 꼼꼼하게 일을 잘하고 진취적인 사람이라 촉망을 받았거든요. 결국 회사에서 아웃됐어요. 대기업이라 조금만 느슨해지면 바로 퇴출이죠. 매일 밤 식은땀을 쏟으면서 악몽에 시달리고 점점 말라가고, 그래서 제가 권했어요. 정신과 상담을 받으라고. 정신과 의사가 설명하더라고요. '해리'니 '히스테리아'니. 그러다가 말하더라고요. 자신은 이런 케이스를 '기억의 패배'라고 부른다고."

기억의 패배?

"현재가 이겨내지 못하는 과거의 기억이란 게 있는데, 그 사람이 그런 경우라고. 내가 먼저 이혼하자고 했어요. 아이랑 그 사람이랑 둘 다 지켜낼 자신이 없었거든요. 미안하다고 하더라고요. 그 사람이. 이혼은 내가 먼저 하자고 했는데. 자기를 버리지 말라고 하면 이혼하지 않으려고 했는데."

"김광후씨는 왜 그런 겁니까? 큰누나?"

송지영이 양쪽 검지로 눈물을 찍어냈다.

"아시네요."

"짐작만 하고 있습니다."

"큰누나랑 사이가 좋았대요. 작은누나는 많이 싸웠는데 큰누나는 무조건 귀여워 해줬대요. 나이 차이가 나면 그렇잖아요. 큰누나 방에 옷장이 있었대요. 간혹 옷장 안에 숨어 있다가 큰누나가 오면 놀라게 했대요. 가끔 상상을 해요. 그 사람이 개구쟁이일 때 얼마나 귀여웠을까. 소년의 표정을 가진 남자가 진짜 소년이었을 때…… 그날도 집에서 숙제를 하다가 큰누나가 올 시간이 돼서 집에 불을 끄고 옷장 속에 숨었대요. 깜빡 잠이 들었는데 밖에서 이상한 소리가 나서 깼대요. 옷장이 빗살무늬처럼 구멍이 있었는데 그 사이로 밖을 봤는데……"

송지영이 말을 잇지 못하고 앞을 보았다. 잔디밭에서 서너 명의 남학생들이 축구공을 쫓으며 놀았다.

"화장실 좀 다녀올게요."

송지영이 차 밖으로 나갔다. 공놀이를 하던 가족은 돗자리에서 쉬고 있었다. 돗자리 앞에 스쿠터가 섰다. 가족이 배달된 치킨을 먹기 시작하자 송지영이 돌아왔다. 송지영이 캔 맥주를 사왔다. 복형사한테 하나를 건네고 송지영도 하나를 따서 마셨다. 음료대에 믹스너트를 놓았다.

"옷장에 숨었던 날, 무슨 일이 있었다고 했습니까?"

송지영이 벌컥벌컥 맥주를 마셨다.

"큰누나가 자살했잖아요. 그걸 본 모양이에요."

아닐 것이다. 다른 사건이 있었을 것이다. 와이프에게 말하지 않았을 것이다. 김광후는 마지막은 혼자 가지고 가는 사람일 것이다.

"김광후씨가 뭘 하고 사는지 아세요?"

"이혼하고 한 번 만난 적이 있어요."

"언제요?"

"작년에 회사로 찾아왔더라고요. 아이가 너무 보고 싶다고. 멀리서 한 번만 보고 가면 안 되겠냐고. 가까이서 한 번 보게 해줬어요. 핸드폰에 아이 사진도 한 장 주고."

"아이 사진을 준 핸드폰 번호 있습니까?"

"아뇨. 내 핸드폰에 있는 아이 사진을 자기 핸드폰 카메라로 찍더라고요. 번호는 가르쳐주지 않았어요. 그 후에는 만나지 못했어요."

"차를 가지고 왔습니까?"

"그건 모르겠어요."

사서왔나빈 김광후의 차가 레노나었을지노 모른다.

"이상한 낌새는 없었습니까?"

"아주 초췌하더라고요. 아까, 경찰은 연쇄살인범일 수도 있다고 하던데?"

"그럴지도 모르지만 아닐 수도 있어요."

"그 사람은 그럴 수 있는 사람이 아니에요."

"사람은 알 수 없는 거죠."

"제가 아는 건 여기까지예요. 그 사람이 죽였다면 그건 제가 알지 못하는 그 사람이니까 제가 드릴 말씀은 없어요."

송지영이 차 밖으로 나갔다. 남은 맥주를 배수구에 쏟은 후

캔을 휴지통에 버리고 계단을 올라갔다. 김광후에게 과거가 찾아오지 않았다면, 애초에 그런 과거가 없었다면 저 여자를 놓치지 않고 행복하게 살 수 있었을 것이다. 나를 신뢰하는 사람과 산다면 그 삶은 힘들지 않을 것이다.

하과장의 군대 동기들이 25년 전에 김광후 큰누나의 몸과 삶을 짓밟았을 것이다. 그들은 김광후의 삶마저, 김나진의 꿈까지 빼앗았다. 태완이법 이전의 사건이니까 무슨 범죄든 공소시효가 지났고 김광후의 고통은 법이 해결해줄 수 없는 것이다.

자신의 삶을 짓밟은 작용에 대한 인간적 반작용이 있었을 것이다.

*

복형사가 이틀 동안 집에서 잠만 잤다. 너무 더웠다. 6월이지만 8월의 한복판 같았다. 이틀 만에 집에서 나와 배회하다가 손님이 없는 횟집에 들어갔다. 매운탕을 시켜 놓고 소주를 마셨다. 밖으로 나오자 몸 안에서 열기가 꿈틀댔다. 사건에서 손을 떼라고 한 말이 하과장의 유언이 되었다.

복형사가 길을 걸었다. 택시를 잡아탔다. 창밖에 흐르는 풍경이 구겨지고 뒤틀렸다. 택시에서 내렸다. 두 동짜리 빌라엔 경비실이 없었다. 복형사가 가스 배관을 타고 3층으로 올라갔다. 집이 비어있을지도 모른다. 방충망도 없는 베란다 창문을 밀자 열렸다. 복형사가 안으로 들어가서 베란다 창문을 닫았다. 코 고는 소리가 거실까지 들렸다. 복형사가 소리를 따라가다가 싱크대에서 물을 틀어 마셨다. 다시 안방 앞으로 가는데 안방 문이 열렸다.

두 사람의 눈이 어둠 속에서 마주쳤다. 두 사람은 서로를 가만히 보았다. 먼저 최상우가 주방으로 뛰어갔다. 복형사가 주변을 둘러보았다. 현관문 앞에 긴 우산을 집었다. 최상우가 식칼을 휘둘렀다. 복형사가 몸을 숙여 최상우를 안아 벽으로 밀었다. 최상우의 오른쪽 팔꿈치를 가격하자 칼이 바닥에 떨어졌다. 복형사가 머리로 최상우의 턱을 들이받았다. 최상우의 몸에서 힘이 빠지는 게 느껴졌다. 복형사가 최상우를 바닥에 내동댕이쳤다. 최상우가 손을 뻗어 칼을 잡으려 하자 복형사가 발로 칼을 걷어찼다. 복형사가 최상우 위로 올라타려는데 최상우가 무릎을 세워 복형사의 낭심에 충격을 주었다. 복형사가 정지하자 최상우가 옆으로 밀었다. 복형사가 바닥으로 떨어졌다. 최상우가 다시 칼을 잡으려 손을 뻗었다. 복형사가 최상우의 목을 잡았다. 최상우의 손끝에 칼의 손잡이가 닿았지만 잡지는 못했다. 칼끝에 닿은 최상우의 손을 복형사가 잡아서 내린 후 무릎으로 눌렀다. 다시 복형사가 최상우 위에 올라탔다. 한 손으로 목을 조른 채 다른 한 손으로 빠져나오려는 최상우의 옆구리를 가격했다. 최상우가 복형사를 보았다. 뭐라고 말을 하려 했다. 복형사가 최상우의 목을 조르던 손을 놓았다.

"내가 안 죽였다고……"

복형사가 최상우의 눈을 보았다.

"자살 아니야."

"날 죽이겠다고? 내 집에서? 증거는 어쩌고?"

"널 죽여서 정장을 입히고 욕조에 넣을 거야. 손목을 긋고 자살로 위장하는 거지. 내 지문은 모두 지우고. 니 핸드폰에서 통화를 자주 한 사람의 목록을 뽑아서 그들에게 메시지를 남겨도 되고."

"메시지?"

"죽인 와이프 곁으로 가서 용서를 구하겠다고. 멍청한 경찰 덕분에 그동안 감옥 밖에서 잘 살았다고."

복형사가 최상우의 목을 다시 졸랐다. 최상우의 눈을 들여다보았다. 흰자위에 실핏줄이 돋았다. 현관문을 두드리는 소리가 났다. 복형사가 최상우의 입을 막았다.

"몇 신데 통탕거려!"

걸쭉한 목소리였다. 잠시 조용하다가 몇 번 더 문을 두드린 후 계단을 내려가는 소리가 났다. 전처의 가족들은 최상우가 범인이라는 데 일말의 의심도 하지 않았다. 최상우가 울기 시작했다. 하과장의 동기들은 자살했을지도 모른다.

하과장도 자살했다면?

전처도 자살했다면?……

복형사가 손을 놓고 일어섰다. 현관문을 여는데 칼을 잡는 소리가 들렸다. 복형사가 뒤돌았다. 최상우가 복형사를 향해 칼날을 세웠다. 복형사가 최상우의 얼굴을 걷어찼다. 최상우가 바닥에 쓰러졌다. 복형사가 밖으로 나왔다.

    재혼식을 며칠 앞둔 전처한테서 전화가 왔다. 미안해. 뭐가? 그냥 모든 게. 잘 살아. 그래. 당신은 그런 사람이지. 복형사는 그런 사람이 어떤 사람인지 궁금했지만, 전처는 답을 주지 않고 떠났다.

2

　9톤이나 되는 범종이 완성됐다. 거푸집이 터져버린 불상사도 있었기 때문에 이번 작업을 마무리한 직원들의 감회가 깊었다. 허벅지에 쇳물이 튀었던 민씨가 복귀해서 작업에 합류했다는 것도 의미가 있는 마무리였다.
　20톤 트럭이 공장 안으로 들어왔다. 범종을 트럭에 싣기만 하면 끝이 난다. 직원들은 끝까지 긴장을 놓지 않았다. 범종을 천으로 감싸고 묶은 후 윈치의 줄걸이와 연결했다. 윈치가 범종을 들어 트럭 쪽으로 움직일 때였다. 무게가 한쪽으로 기울어져 줄걸이 하나가 끊어졌다. 모두가 숨을 죽였다. 이번 범종은 끝까지 수월하지 않았다. 다른 두 개의 줄걸이가 버텨주어서 범종이 바닥으로 떨어지진 않았다. 직원들은 공장장의 지시에 따라 끊어진 줄걸이를 풀고 신속하게 다른 줄걸이를 범종에 묶었다. 윈치가 무게의 기울기를 흩뜨리지 않도록 조절하면서 트럭 위로 천천히 범종을 올렸다. 잡아끄는 힘과 주저앉으려는 힘의 불균형이 날카로우면서 둔탁한 소리를 냈다. 직원들이 무거운 범종을 움직이며 겨우 균형을 맞추었다. 부목 위에 범종을 올렸다. 윈치가 멈추자 직원들이 트럭 위에 올라가서 범종을 단단히 고정했다.
　범종을 실은 트럭이 공장을 빠져나갔다. 사장이 연설을 시작했다. 줄걸이의 마모 상태를 제대로 점검하지 않았다며 질책을 하다가 모두가 수고했다며 마무리했다. 모두에게 나흘 간 휴가를 주었다. 가마 때문에 한 명은 남아서 공장을 지켜야 했다. 전원 휴가를 줄 땐 가장 최근에 휴가를 다녀온 두 사람이 이틀씩 번갈아 남는 게 관례다. 특별 휴가가 끝나면 그들의 휴가부터 다시 시작한다.

"제가, 남겠습니다."

백두태가 제안했다.

"왜?"

공장장이 물었다.

"무단결근한 것도 있고요."

백두태만 남고 모두 공장을 떠났다.

밤이 적막을 끌고 왔다.

백두태가 〈피와 뼈〉를 보면서 치킨 두 마리와 맥주를 먹었다. 치킨집은 공장에서 거리가 멀어 한 마리는 배달이 되지 않았다. 주인공이 힝아리에 식혀 둔 돼지 내장을 꺼낸다. 내장에 붙은 구더기를 털어내면서 먹는다. 이를 지켜본 아들은 토한다.

아버지가 쿠웨이트에서 돌아오지 않았다면 모든 게 달라졌을까. 쿠웨이트에서 사망했다면 아버지가 번 돈과 보험금으로 가족이 평범하게 살았을까.

마당에 무언가 침범한 것 같았다. 백두태가 맨발로 뛰어나갔다. 마당엔 적막과 짐승이 경계하는 소리뿐 인적은 없었다.

백두태가 숙소로 돌아와 치킨을 마저 먹었다. 백두태가 화장실에 들렀다가 마당으로 나왔다.

자정 무렵이었다. 종을 치기 시작했다. 스물여덟 번을 지나 서른세 번을 초과해서도 멈추지 않았다. 누군가를 부르겠다는 듯 계속 쳤다.

아무도 오지 않았다.

온몸이 땀에 젖고 나서야 타종을 그만두었다. 마당에 벌러덩 누웠다. 날벌레들이 시야를 어지럽혔다. 누군가 하늘에 계속해서 검은색을 덧칠하는지 어둠이 깊어졌다.

이른 아침에 공장장이 전화했다. 백두태는 가마의 온도를 확인한 후에 특별한 문제가 없다고 보고했다. 다시 잠이 들었다가 해가 중천에 떠서야 눈을 떴다. 공장을 나왔다.

두루치기를 먹고 거리를 걸었다. 경천 IC 아래 육교로 갔다. 육교 끝에서 담배를 피웠다. 하천이 갈대밭을 갈랐다. 너비가 2미터쯤 되는 하천에 여자의 시체가 있다. 하천 중간에 물 깊이가 허리쯤 되는 곳에 여자를 넣었다. 처음부터 그곳에 있었던 듯 여자는 물속에 잘 있을 것이다.

아버지는 어머니를 죽인 후에 욕조에 담갔다. 욕조 위에 이불을 덮고 세남매에겐 밖에 나가서 어떤 말도 하지 말라고 했다. 이웃이 물으면 어머니가 집을 나갔다고만 했을 뿐 삼남매는 다른 어떤 말도 하지 못했다. 삼남매는 세상에 진실이나 정의가 통용될 수도 있다는 가능성을 몰랐다. 아버지가 만든 울타리가 곧 세상이었다.

어머니는 보름 동안 이불로 덮은 욕조 안에 잠겨 있었다. 살아 있을 때도 어머니는 욕조에 몸을 담그는 걸 좋아했다. 집 안에서 유일하게 호사를 부릴 수 있는 건 욕조밖에 없다고 말했다. 허름한 집과 어울리지 않는 욕조는 아버지가 어머니의 생일 때 선물한 것이다.

아무도 집에 없던 날이었다. 소변을 보는데 어머니의 목소리가 들리는 것 같았다. 백두태가 욕조를 덮은 이불을 걷었다. 어머니는 눈을 뜨고 있었다.

백두태가 옷을 모두 벗고 욕조 안으로 들어갔다. 어머니의 앙상한 몸을 안았다. 몸매에 비해 커다랗고 나이에 비해 늘어진 젖가슴을 만졌다. 어머니를 사랑했던 적이 있었던가.

벗어날 수 없잖아……

어머니의 말이 들렸다.

아버지는 스스로 금기를 깼다. 술을 마시고 지인에게 어머니를 죽인 사실을 털어놓았다. 경찰이 아버지의 왕국에 침투했다. 무너진 건 아버지의 왕국만이 아니었다. 어머니의 시신이 집 밖으로 나가는 걸 보면서 백두태는 가슴 속에 뜨거움이 생겼다. 처음 느끼는 온도였다. 백두태의 얄팍한 평정심도 무너졌다.

여고생이 냉소를 지었을 때 다시 온도가 올라갔다.

3

 복형사가 복귀했다. 경찰서 분위기는 초상집과 다를 바 없었다. 복형사가 형사과장실에 들어갔다. 아직 형사과장이 새로 부임하지 않았다. 책상과 의자만 덩그러니 놓여 있었다. 복형사가 의자에 앉았다.

 경찰은 김광후 큰누나의 죽음을 자살로 처리했기 때문에 부검하지 않았다. 오래 전 사건이라 수사기록도 없다. 딸의 죽음과 강간당한 흔적을 발견한 부모가 소문을 막으려 부검을 거부하고 더이상 수사하지 않도록 요구했을지 모른다. 죽은 자의 명예를 더럽히며 산 자의 명예만 지키려 하기도 하니까.

 복형사의 휴대폰이 울렸다. 방순경이었다.

 "지난번에 말씀하셨던 레토나 3747, 찾았습니다."

 "뭐? 어디?"

 "경상도요."

 복형사가 CCTV 관제센터로 뛰어갔다. 팀에서 복형사를 찾는 전화가 왔지만 받지 않았다. 복형사가 방순경에게 아주 중요한 일이니까 지금부터 레토나가 어디로 움직이는지 자신에게 실시간으로 정보를 보내라고 당부했다.

 복형사가 차를 몰았다. 레토나가 대구로 방향을 잡았다. 노래방에서 도우미로 일하고 있는 김광후의 작은 누나, 김나진을 만나러 가는 길일까. 큰누나의 복수를 했다는 사실을 알리기 위해?

 복형사가 중부내륙고속도로에서 경부고속도로로 갈아탈 즈음 방순경한테 연락이 왔다. 레토나가 요동사거리 쪽으로 가는 게 포착됐다. 대구를 빠져나갔다는 것이다.
 "우리나라에 요동사거리가 한두 개야?"
 "전국에 하납니다."
 요동사거리에 도착한 후 복형사가 전화를 걸었다.
 "사라졌습니다."
 "뭐?"
 "안 보입니다."
 "보이던 게 왜 안 보여!"
 복형사가 주변을 살폈다. 레토나가 보일 리 없었다.
 "찾아서 다시 전화해. 잘 봐!"
 복형사가 안전지대에 차를 세우고 담배를 피웠다. 마지막으로 백두태를 남겨 둔 이유는 뭘까? 순서에 의미가 있을까?
 소나기가 퍼붓기 시작했다. 복형사가 차 안으로 들어왔다. 차창을 살짝 열고 담배를 피웠다. 차창으로 빗물이 침투했다. 빗소리는 담배 맛을 깊게 해준다.
 하과장이 경찰이기 때문이다!
 백두태는 이름을 바꿨다. 경찰도 쉽게 찾지 못했는데 민간인이 종적을 감춘 백두태를 찾는다는 게 만만치 않았을 것이다. 놈은 오랫동안 백두태를 찾다가 포기하고 하과장이 백두태를 찾도록 유도한 것이다. 하과장에게 사진을 보내고 관찰하면 그가 스스로 백두태를 찾아 나설 거라고 계산했을 것이다. 하과장이 경찰서 밖에서 레토나를 봤다고 했다. 김광후가 근처에서 하과장을 관찰하고 있었던 것이다.

김광후가 가는 곳은 마지막 표적, 백두태다.

복형사가 범종공장으로 향했다. 문자메시지가 도착했다.

-그때 그놈들 사무실에 갇혀 있어요!

체리였다.

복형사가 경천경찰서에 전화를 걸어 한 여자가 납치를 당했으니 빨리 가보라고 했다. 반신반의하는 것 같아 복형사의 신분을 말해주며 급한 일이라고 소리를 질렀다.

"알았으니까, 진정하소."

"지금 녹음했으니까 바로 가서 수사하지 않으면 가만있지 않습니다."

"아, 이건 뭐, 신고가 아이라 협박이네."

복형사가 한숨을 쉬었다.

"부탁합니다. 시각을 다투는 납치사건입니다."

복형사는 제발 사건이 커지기 전에 빨리빨리 움직이자는 말을 참았다.

4

 백두태가 서른세 번째 종을 쳤다. 울림의 파동이 마음속으로 들어가 평평해졌다.
 아침부터 욕망이 솟았다. 참을 수 없어 사냥하러 나갔다. 지진이 일어나고 화산이 폭발하는 것처럼 참을 수 없는 것인 줄 알았다. 적당한 사냥감이 눈에 들어오지 않았다. 길을 헤매다 산에 올랐다. 여자 혼자서 이어폰을 끼고 산을 오르는 게 보였다. 한적한 곳이 나올 때까지 멀리서 여자를 따라갔다. 식은땀이 흘렀다. 여자가 능선을 타고 왼쪽으로 갔다. 하늘이 붉게 물들기 시작했다. 능선을 넘으면 마을이 나오는데 여자의 목적지가 그곳이었으리라. 마을에서 버스를 타고 집으로 돌아가려고 했을 것이다. 여사가 목석시에 낳기 선에 백두내노 목적을 달성해야 했다.
 여자한테 가까이 가려 속도를 내는데 반대편에서 두 남자가 능선을 넘어왔다. 두 남자는 등산용 지팡이를 가지고 있었다. 유사시 무기로 사용할 만했다. 꼼짝없이 남자들에게 노출되었다. 여자가 죽었다는 사실을 알게 되고 경찰이 그들과 접촉하게 되면 그들은 목격자가 된다. 욕망이 강해지면 위험수위도 높아진다. 완벽하려면 냉철해야 한다. 두 남자를 다 죽이지 않고서는 잡힐 것이다. 쉬운 일이 아니다. 운에 맡길 수 없었다.

바위에 걸터앉았다. 여자가 돌아보았다. 백두태의 근원을 알고 있다는 듯 여자의 걸음이 좀 전보다 빨라졌다. 여자를 강간하고 나면 죽여야 한다. 살인은 강간보다 더 깊은 근원에서 비롯되는 욕망이다. 여자의 시신을 버려야 하는데 산에서 들고 내려갈 수 없다. 산에다 숨겨둔다 해도 언젠가 발견될 것이다. 백두태 안에서 천둥이 쳤다. 무엇으로 식힐 수 있을까. 여자를 따라가지 않을 수 없었다. 여자와 가까워질수록 여자의 걸음은 탈출을 강하게 갈망했다. 샴푸 냄새가 닿을 만큼 가까이 왔을 때 여자가 돌아보았다.

빼빼 마른 자작나무들이 피노키오의 코처럼 길게 뻗은 가지들을 달고 있었다.

백두태는 욕망을 이기지 못했다.

여자의 배를 가격했다. 여자가 정신을 차리기 전에 그녀를 들춰 업고 숲을 헤치며 숲이 처음 시작된 곳 같은 곳으로 들어갔다. 여자가 비명을 질렀다. 여자의 얼굴에 주먹을 날렸다. 이가 부러졌는지 여자의 입에서 피가 흘렀다. 여자의 바지를 벗겼다. 여자는 강하게 저항했다. 여자의 배를 두 번 더 쳤다.

종소리가 푸름을 타고 내려왔다.

오월이었다. 더웠다. 종소리가 들렸다. 무기력해졌다. 방금 지나쳐 온 절에서 종소리가 따라왔다. 백두태가 멈추자 여자는 눈치를 슬슬 살피더니 천천히, 재빨리 숲이 끝나는 곳으로 사라졌다. 백두태는 그 자리에서 서른 세번 치는 종소리를 끝까지 들었다.

그 후 잘 참고 살았다. 족발집 여고생의 남동생이 다시 불을 지피기 전까지.

 네 번째로 여고생의 방에 들어갔던 하종수가 바지춤을 추스르며 나왔다. 하종수가 백두태에게 빨리 끝내고 나오라고 말했다. 하종수의 말에는 사람을 움직이는 힘이 있었다. 후임들을 지하 보일러실에 집합시켰을 때도 하종수가 주로 훈계했다. 그 순간만큼은 하종수의 말이 법이었다. 자신의 영향력을 행사해 보고 싶은 성진영과 알력도 있었지만 결국 하종수의 뜻대로 움직였다. 하종수는 힘이 전부인 곳에서 힘을 가질 줄 알았다.
 "너가 마지막이니까, 깔끔하게 정리하고 나와."
 여고생의 눈이 가려졌다. 두 손은 침대 다리에 묶였다. 어둠 속에서도 빛을 발하는 뽀얀 살결이었다. 젖무덤은 높지 않았고 젖꼭지는 욕정을 발산해 본 적이 없는 분홍빛이었으며 작았다. 참외배꼽이었다. 남자를 배제해 왔을 몸과 어울리지 않게 음모는 풍'성했다. 허벅지에 네 명의 동기들이 파괴했을 처녀흔이 식민지의 지도처럼 얼룩졌다. 요조와 요부가 공존하는 몸이었다. 강제적으로 네 명의 남자에게 겁탈당한 소녀의 무념무상이 방 안의 공기를 잠식했다.
 책상 위에 입시 자료가 있었다. 백두태가 여고생의 몸을 만졌지만 그녀는 밀릴 뿐 반응하지 않았다. 백두태가 머뭇거리자 여고생이 다리를 더 벌렸다. 어서 일을 치르고 나가라고 재촉하는 몸짓이었다. 발기가 되지 않았다. 여고생이 비웃었다. 여고생의 눈을 가린 천을 풀었다. 어둠에서 어둠으로 이동하는 것인데도 여고생은 광적응을 하려는지 눈을 찡그렸다. 어둠 속에서도 여고생의 미세하게 움직이는 눈동자가 뚜렷하게 보였다. 여고생이 자신의 눈을 들여다보라고 유혹했다.

여고생의 눈 속에 붉은 듯 푸른 경멸이 흘렀다.

완전한 어둠으로 보내 달라고, 조금만 더 밀면 도착할 수 있다고 애원하는 눈빛이 어둠 속에서 뚜렷하게 보였다.

백두태가 여고생의 목을 졸랐다. 처음엔 발버둥 댔다. 여고생이 백두태를 응원하는 것 같았다. 돌아올 수 없는 심연에 닿은 듯 했다. 심장이 목을 타고 눈빛으로 이동하자 여고생은 몸에 힘을 뺐다.

여고생은 온화하게 웃으며 기꺼이 소멸을 맞았다.

여고생의 숨이 끊어지자 옆에 누웠다. 낯선 평화가 찾아왔다.

옥선, 범종소리, 살인 말고는 어떤 것도 백두태를 평화롭게 하지 못했다.

유리창에 조그만 돌이 날아들었다. 밖에서 동기들이 빨리 나오라고 보내는 신호였다. 여고생의 방에 욕실이 딸려 있었다. 욕실 문을 열고 욕조에 물을 받았다. 여고생에게 옷을 입혔다. 여고생을 들쳐업고 욕조에 넣었다. 이미 숨이 끊어진 육체는 더 아름다워졌는지 더 무거웠다. 책상 서랍에서 커터 칼을 꺼냈다. 여고생의 가는 손목을 횡으로 나누는 동맥을 따라 칼을 댔다. 욕조에 피가 번졌다. 삐걱거리는 소리가 났다. 쥐의 움직임보다 둔탁했다. 소리의 진원지는 옷장이었다.

백두태는 옷장으로 천천히 다가갔다. 바닥이 미끄러웠다. 옷장 안에 시선도 백두태를 보았다. 옷장의 문을 열려고 하자

작은 저항이 잡아당겼다. 힘을 주면 쉽게 열리겠지만 백두태는 저항을 존중했다. 빗살무늬 사이에다 눈을 가까이 댔다. 안에서 두려움이 깜빡거렸다. 허리를 굽혀 아이의 눈동자에 시선을 맞추고 손가락으로 목을 긋는 시늉을 했다.
"누나?"
아이가 고개를 끄덕였다.
"영, 잊지 못하겠으면...... 찾아와."
백두태가 아이를 향해 왼쪽 가슴에 새겨진 이름표를 오른손 검지로 가리켰다.

5

 속도를 50킬로 이하로 규정한다는 푯말 앞에서 복형사는 90킬로가 넘는 속도로 달렸다. 범종공장이 보였다. 맞은편에서 자동차 한 대가 반대로 지나쳤다. 복형사가 급하게 차를 세웠다.
 레토나!......
 선탠이 진해서 안은 보이지 않았다. 복형사가 차를 돌렸다. 차량의 흐름이 드물었다. 레토나도 속도를 높였다. 김광후는 백두태를 준비하면서 이곳에 여러 번 왔을 것이다. 지리를 잘 알고 있을 것이다. 쌍미읍 방향으로 직진하지 않으면 이면도로나 비포장도로이기 때문에 CCTV가 거의 없을 것이다.
 레토나가 사거리에서 좌회전했다. 비보호 좌회전. 복형사도 속도를 줄이지 않고 좌회전했다. 맞은편에서 오던 차가 급하게 멈췄다. 경적을 길게 울렸다. 도로로 걸어 나오던 고라니가 주춤하더니 돌아섰다. 레토나가 포장도로에서 이탈했다. 복형사의 아반떼가 쫓았다. 사과나무가 줄지어 있는 과수원의 담을 따라 레토나가 속도를 높였다. 과수원을 지나자 언덕이 나왔다. 언덕에서 레토나의 속도가 줄어 아반떼와 거리가 좁혀졌다. 언덕을 넘어서자 내리막길이었다. 아반떼는 속도를 줄이지 않았다. 굴다리가 나왔다. 2.5미터 이상 출입제한이라고 팻말이 붙었다. 레토나가 굴다리 아래로 들어갔다. 아반떼가 굴다리를 지나자마자 레토나가 반대편에서 다시 굴다리로 들어갔다. 복형사는 급하게 유턴을 하려 했지만 중앙 분리대가 있어 한참을 더 가서 차를 돌려야 했다. 굴다리를 되돌아 나온 후 좌회전과 우회전의 변덕스런 흐름을 쫓았더니, 사거리로 돌아오고 말았다. 복형사는 사거리에서 움직이지 않았던 것 같았다.

레토나가 감쪽같이 사라졌다.

복형사가 자동차 밖으로 나왔다. 햇볕이 강렬했다.

처음부터 김광후가 없었던 게 아닐까. 최운택, 정학성, 성진영은 김광후와 상관없이 과거를 이기지 못하고 스스로 무너진 것이다. 하과장은 흑백사진을 통해 기억을 찾았다. 하필 동기들이 죽은 시기가 겹친다는 게 이상하지만 납득되지 않는 우연도 얼마든지 많다.

동기들의, 자살과 타살의 이중적인 죽음의 범인은 25년 전 기억이었던 것일까?

복형사가 서울로 가려는데 휴대폰이 울렸다.

"나, 신고해 준 게 오빠에요?"

체리를 잊고 있었다.

"어디야? 괜찮은 거야?"

"경찰서."

"놈들은?"

"다 경찰서."

"좀 이따 봐."

"언제?"

"지금 경찰서로 가는 길이야."

복형사가 고속도로에 진입하기 전에 불법으로 유턴했다.

복형사와 체리가 서먹하게 재회했다.

"뽀록난 거야?"

체리가 웃었다.

"나, 언제까지 여기 있어야 돼?"

복형사는 술이나 한 잔 하자고 말하려다 말았다.

"여기서 빼내 주면 내가 술 한 잔 살게요."

"시간이 좀 걸릴 수도 있어. 대한민국 관공서는 절차에 목 매잖아. 너는 어디까지나 피해자야. 그 컨셉을 잊지 마."

체리는 지쳐보였다.

6

백두태가 대낮부터 콩팥을 안주 삼아 술을 마신 후 범종 공장을 향해 걸었다. 범종 공장은 농가 주택 몇몇이 모여 있는 마을과 반대편이었다. 흙길이 끝나자 도로가 나왔다. 뒤에서 소심하게 경적이 울렸다. 백두태가 돌아보는데 모닝이 앞으로 와서 서더니 차창이 내려졌다.
"안녕하세요? 저번에 봤었죠?"
홍씨의 딸, 홍미영이었다.
"공장으로 가세요?"
백두태가 멍한 표정으로 고개를 끄덕였다.
"타세요."
공장까지는 걸어서 십 분 거리다. 백두태가 조수석 문을 열자 홍미영이 조수석 의자에 있던 쇼핑백을 뒷좌석으로 넘겼다.
"아빠, 나올 시간 됐죠?"
홍미영이 사이드 브레이크를 풀면서 말했다.
"같이 안 나가세요?"
홍미영이 차를 출발하는데 백두태가 차창 밖을 살폈다. 단체로 휴가를 받았다는 걸 모른다.
"저기로 들어가."
홍미영은 자기도 모르게 브레이크를 밟았다. 백두태가 핸들을 꺾었다. 홍미영의 오른쪽 허벅지를 만졌다. 홍미영이 오른 발에 힘을 주어 액셀을 밟자 차가 다시 출발했다. 차 한 대가 겨우 지나갈 수 있는 흙길로 들어갔다. 양 옆으로 수풀이 어지럽게 얽혔다. 길 따라 왼편으로 차를 꺾었다. 백두태가 다시 홍미영의 오른쪽 허벅지를 만지자 차가 섰다. 백두태가 시동을 끄고 사이드 브레이크를 올렸다.

"왜, 요?"

백두태가 홍미영의 젖가슴을 움켜쥐었다. 운전석의 등받이를 뒤로 젖혔다. 백두태가 홍미영 위로 오르려 했지만 공간이 좁았다. 백두태의 입에서 역겨운 냄새가 났다. 홍미영이 고개를 돌렸다가 백두태의 기괴한 미소를 빤히 올려다보았다.

"아버지가 집에 갔다는 걸 알고 있었잖아."

홍미영이 머뭇댔다.

"아…… 그래요. 알았어요. 일부러 온 거예요. 너무 좁아요. 뒷좌석으로 가요."

홍미영이 백두태의 볼에 입술을 댔다. 백두태가 차 밖으로 나갔다. 시동이 걸리는 소리가 났다. 홍미영이 운전석 등받이를 앞으로 세우지도 않은 채 강하게 후진했다. 백두태가 뛰어가서 몸으로 차를 막았다. 홍미영이 액셀을 더 깊게 밟자 백두태 옆으로 비켰다. 자동차가 바닥의 불균형을 따라 지그재그로 후진했다. 자동차는 나무뿌리를 타고 넘었다. 홍미영이 기어를 바꿔서 앞으로 나오려는데 차창이 깨졌다. 조수석에 머리통만한 돌이 떨어졌다. 백두태가 홍미영의 멱살을 잡았다. 홍미영은 필사적으로 액셀을 밟으려 했으나 백두태가 먼저 자동차 키를 뺐다. 백두태가 주먹으로 홍미영의 얼굴을 쳤다.

홍미영이 눈을 떴다. 몸이 쓰라렸다. 팔과 다리에 긁힌 상처가 났다. 옷과 몸에 흙이 묻었다. 기절한 채 산 위로 끌려온 것 같았다. 몸을 움직이려 했지만 말을 듣지 않았다. 둘러보니 언젠가 아빠가 구경시켜 준 공장이었다. 기둥에 몸이 묶여서 꼼짝할 수가 없었다.

너무 더웠다.

7

복형사가 담당 형사를 만났다. 체리를 빨리 가게 해 달라고 요구하다가 벽에 붙은 사진을 보았다. 여자의 시신이었다. 여자가 입은 노란치마가 낯익었다.

"뭐, 일단 가도 좋습니다. 연락드리면 다시 오시고요."

"저기, 저 사건……"

복형사가 노란치마를 입은 여자의 사진을 가리켰다.

"저것도 제보하시게요?"

"언제 발생한 사건이죠?"

"오늘 새벽에요."

"사망 추정 날짜는요?"

"일주일 정도 됐을 거라던데. 아직 부검 결과가 나온 건 아니니까. 내연남하고 싸웠고 그걸 목격한 사람이 있어요."

"사진 뒤편에 있는 도랑에 잠겨 있었나요?"

"네."

백두태!……

일주일 전, 백두태와 콩팥을 안주로 술을 마셨을 때 술집에서 일찍 나갔던 여자의 치마가 노란색이었다. 백두태는 예전에 동거했던 여자도 죽이고서 저수지에 묻었다. 비구니가 끼가 많아서 스님에게 하의를 벗어주고 싶었는데 그건 비구니가 자신을 거스르지 못한 것이라고 한 백두태의 말은 살인을 해야 하는 자신의 마음을 거스르지 못했다는 의미다. 백두태는 자백을 한 것이다. 백두태가 동거녀를 죽이고 범인을 잡지 못한 담당 형사에게 편지를 보낸 것도 자백한 것이다. 백두태는 비밀을 말하지 않을 수 없는 사람이다.

복형사가 체리를 차에 태우고 그녀의 집으로 향했다.

"오늘은 해결해야 할 일이 생겨서 술은 다음에 하자."

"그래요."

"조만간 연락할게. 난 얻어먹을 일은 그냥 넘어가지 않거든."

"전화번호 바꿔도 되죠?"

"그래. 조사 다 끝났을 거야."

복형사가 명함을 주었다.

"바로 집 내놓고 떠나려고요."

"애는 없어?"

"왜요?"

"학교 전학도 있을 거고."

"애가 있어도 내가 애를 벌써 학교 보낼 나이로 보여요?"

"우리나라 미제 사건이 25만 건 정도가 되는데 사실은 그보다 훨씬 많아. 통계에 잡히지 않는 천만 건 정도가 더 있거든. 그게 뭔 줄 알아?"

"뭔데?"

"여자 나이."

자동차가 비탈길을 올랐다.

"나한테 왜 이래요?"

이유는 나중에 찾기도 한다.

"체리까지만 알면 충분하다고 할 때."

"그 말이 왜?"

"사실 내 호기심은 꼭짓점을 꼭 넘어서거든. 그걸 통제하려는 말 같아서 좋았어. 어감이."

"그런 줄 전혀 모르고 한 말인데."

"알고 했으면 꽃뱀이지."

"저 사람들, 풀어주는 건 아니죠?"

"나한테 있는 증거도 넘겼으니까 구속될 거야."

"비싼 변호사 쓰면?"

"빼도 박도 못해. 만약 풀어주면 내가 곧바로 다시 넣을게."

"그래도 나는 떠날 거예요."

어디로?

"새로 시작해야지, 새로 시작해야지 억수로 많이 다짐했는데 이제 그때가 온 것 같아요."

"결혼이라도 하겠다는 거야?"

"그딴 건 한 번으로 충분해요."

"난 한 번 더 해보고 싶던데."

"아직, 덜 디었네."

"다시 시작하면 잘 할 수 있을 것 같다는 생각이 들어. 분명 잘 못하겠지만."

체리는 또 남자 몸뚱이나 빨아주면서 살게 될지도 모른다. 시작보다 끝이 먼저다.

"부담 갖지 않아도 돼요."

"뭘?"

"나, 탈출시켜 준 거."

"내가 부담을 가져야 될 일인가?"

"술 한 잔 안 해도 된다고요."

체리가 차에서 내렸다.

복형사가 노란치마를 입은 여자가 발견된 현장으로 갔다. 즉흥적으로 여자를 죽이고 다른 눈을 피해 시신을 처리해야 하는 상황이었다면, 사람을 죽이고 물에 유기하는 것이 백두태의 패턴이라면, 경천 IC 부근에서 도랑이라는 공간은 살인을 감추기 적합한 곳이다. 저수지나 강까지 시신을 가져가기에 거리가 멀다. 동거녀를 죽이고 저수지에 수장한 이후 백두태는 세상에 드러나지 않는 살인을 계속했을 것이다. 이복동생과 동거하면서 살인에 대한 욕망을 다스리며 살았을 것이다. 백옥선이 죽은 후 살인을 다시 시작하게 됐을 것이다. 백옥선은 백두태가 죽인 게 아니다.

김광후는 큰누나의 죽음을 잊고 살다가 '죽은 새'를 계기로 다시 그 기억을 떠올린 후 스스로 소멸했을지도 모른다. 아니면, 김광후가 민태식을 찾아내고 그의 도움을 받아 세 명의 복수에 성공한 후 백두태를 준비하면서 신상에 일이 생겼고 더이상 진행할 수 없게 됐을지도 모른다. 동기들 중 하과장이 유일하게 자살을 했을 것이다. 백두태는 경천경찰서에서 잡을 것이다.

복형사가 차에 오르자 술 생각이 났다. 경천경찰서에 전화를 걸었다. 노란치마를 입은 여자를 죽인, 아주 강력한 용의자가 범종공장에서 '박명근'이라는 이름으로 일하는 백두태라고 말해주었다. 형사는 조사해보겠다고 했다. 체리한테 전화를 했지만 받지 않았다. 피로가 몰려왔다. 2팀장한테 온 전화를 받았다. 하루 종일 어딜 다니느냐는 욕을 들었다. 복형사가 내일 출근해서 자초지종을 설명하겠다고 말하고 끊었다.

편의점 앞에 차를 세우고 맥주를 샀다. 차에서 에어컨을 켜고 맥주를 마셨다. 피로가 몰려왔다. 백두태를 조사해 보겠다는 형사의 말을 되새김하니 가벼웠다. 복형사가 잠깐 눈을 감았다. 경적 소리에 눈을 떴다. 건너편에서 자동차 두 대가 비상 깜빡이를 켜고 정차했다.

죽은 새에게 쪼아 먹히는 꿈을 꾸었다.

8

　백두태가 족발 대자를 먹으며 소주 세 병을 해치웠다. 마당으로 나가 종을 쳤다. 온몸이 흠뻑 젖었다. 종소리와 종소리 사이에 번개가 희번덕댔다. 천둥소리가 빛보다 늦게 도착해서 심장까지 전달됐다. 공장에서 여자의 앓는 소리가 간헐적으로 흘러나왔다. 백두태가 공장의 미닫이문을 열었다. 홍미영이 초라한 몰골로 백두태를 보았다. 백두태가 홍미영의 눈높이로 바닥에 앉아 공장의 창문 밖에 펼쳐진 하늘을 보았다. 별똥별 하나가 수평선을 향해 떨어졌다. 빗방울이 떨어지기 시작했다. 백두태가 인적을 느끼고 뒤를 돌아보았다.
　악마 앞에 선 단독자처럼 그림자 하나가 서 있었다.
　"왔구나."
　백두태가 곧 안아주기라도 할 것처럼 말했다.
　"찾아오라고 했잖아."
　그림자의 말이 들렸다.
　"그랬지. 내가 그랬어. 내가……"
　"날 어떻게 할 거예요?"
　홍미영이 일어서는 백두태에게 물었다.
　"저 아이를 태우고 나서 넌 물에 넣어야지."

9

 복형사가 속도를 내서 차를 몰아 범종공장으로 갔다. 건너편에 레토나가 있었다. 레토나 뒤에 차를 댔다. 레토나는 썬팅이 진했다. 차 안을 살폈지만 아무것도 보이지 않았다. 복형사가 공장의 마당으로 들어갔다. 공장의 미닫이문이 열렸다. 열린 틈으로 가마 앞에 있는 백두태의 뒷모습이 보였다. 복형사가 문 앞으로 갔다. 백두태가 무언가를 가마 안에 넣었다. 복형사가 문을 더 열었다. 백두태가 돌아보며 평온한 눈으로 웃었다.
 "그거 뭐야?"
 백두태가 문으로 다가왔다. 복형사는 반사적으로 뒷걸음질을 쳤다. 한쪽 기둥에 여자가 앉은 채로 묶여 있었다. 놈을 쓰러뜨려야 한다. 백두태가 물집 잡힌 손으로 땀을 닦으며 마당으로 나왔다. 복형사가 전진하며 주먹을 날렸다. 백두태가 그대로 맞고 뒤로 한 걸음 물러났다. 주먹이 제법 매웠다. 복형사가 다가가자 백두태가 물러났다. 복형사가 오른 발등으로 백두태의 왼쪽 허벅지의 바깥쪽을 찼다. 다시 왼발로 오른쪽 허벅지를 칠 때 백두태가 한 걸음 앞으로 와서 복형사를 밀었다. 복형사가 밀리면서 버텼다.
 굵어진 빗줄기가 백두태의 얼굴을 타고 흘렀다. 백두태가 손등으로 닦았다. 닦는다고 닦일 비가 아니었다. 두 남자가 상대한테서 눈을 떼지 않으며 날숨을 가쁘게 내쉬었다. 복형사가 뻗은 발이 백두태의 가슴을 정확히 맞추었다. 백두태가 바닥에 넘어졌다. 복형사가 백두태 위로 올라탔다. 백두태의 목을 졸랐다.

"벌써 끝을 보자고?"

복형사가 주먹을 뻗었다. 백두태가 손바닥으로 막았다.

"왜 죽였어?"

복형사가 아주 오래된 질문처럼 물었다.

"그걸 물어야지."

복형사와 백두태의 힘이 부들부들 떨리며 균형을 이루었다. 백두태가 복형사를 옆으로 밀고 자리에서 일어났다. 두 사람이 두 걸음쯤 떨어져 서로를 겨누게 됐다. 바람이 두 사람을 농락하듯 빗물을 흩뿌렸다.

"나를 죽이고 싶어 미칠 것 같지?"

백두태가 날린 수벅이 복형사의 가벼운 봄을 쓰러뜨렸다. 백두태는 예의를 다하듯 기다렸다. 일어서는 복형사의 눈에 살기가 서렸다. 백두태가 입안에 흘러든 빗물을 뱉었다. 뱉어낼수록 더 들어찼다.

"김광후를 죽인 거야?"

복형사가 가마를 보며 물었다.

"원하고 있었지."

"죽여 달라는 말이라도 했다고?"

"말은 꼭 말로 하는 게 아니야."

복형사가 몸을 기울이며 백두태의 옆구리로 발을 날렸다.

백두태가 복형사의 발을 잡아 비틀었다. 복형사는 뼈가 틀어질 것 같은 통증을 느끼며 넘어졌다. 백두태 쪽을 보기 위해 급하게 몸을 돌렸다. 백두태가 일어서지 못하는 복형사 앞에 앉았다.

"분노야? 아니면 열망?"

복형사가 물었다.

"열망...... 그거 좋은 말이야. 미국 영화에서 발레리나가 '헝그리'라고 하니까 자막은 열망이더라고. 멋진 번역이었어."

"사람을 죽이고 싶은 게 배고픔이야? 열망이야?"

백두태는 대답하지 않았다. 범종의 용뉴가 파도를 타듯 흔들렸다. 복형사가 공장 안을 살폈다. 여자는 정신을 잃었다.

"범인인 게 분명한 놈이 있었지. 그런데 증거가 부족한 거야. 이놈은 거짓말 탐지기도 통과했어. 거짓말 탐지기는 증거가 되지 않지만. 난 결과를 예상했지. 감정이 없는 놈이었거든. 백두태, 너처럼 분명, 범인이었어. 증거 불충분으로 마흔여덟 시간이 지나서 놈을 풀어줘야 했어. 놈을 체포한 내가 직접 놈의 수갑을 풀어주고 놈을 경찰서 밖으로 데리고 나갔어. 놈을 마중 나온 사람의 차에 놈이 오를 때였어. 나를 보고 웃더라고. 감정 없는 놈이 보여주는 감정은 정말 역겹거든. 나는 떠나는 차를 막아 세우고 놈이 탄 좌석의 차창을 내리게 했지. 놈은 내리지 않았어."

"죽이고 싶었겠군."

백두태가 말했다.

"법이 허락한다면."

"농락당한 게 억울해서?"

"입에서 역한 냄새가 나더라고."

"그놈 입에서?"

"아니."

"니 입에서?"

"그래. 생전 그런 냄새는 처음이었어."

"그놈이 무슨 짓을 했는데?"

"내 전처를 죽였지."

범종이 비바람에 흔들렸다. 진동이 두려움처럼 퍼졌다. 여자를 살릴 수 있을까?

"이제 너 이유를 말해봐."

"이유가 있다고 생각해?"

백두태가 음흉하게 낄낄댔다.

"왜 왔어?"

복형사가 오른 주먹을 휘둘렀지만 백두태한테 잡혔다. 백두태가 복형사의 어깨를 두 팔로 잡았다.

"잊었어야지. 기억하는 놈이 지는 거야."

복형사는 백두태의 말이 자신이 아니라 김광후한테 하는 것이라는 생각이 들었다. 복형사가 주머니서 칼을 꺼내 휘둘렀다. 칼이 백두태의 겨드랑이를 스쳤다. 백두태가 복형사를 일으켜 무릎으로 복부를 찼다. 복형사가 바닥에 무릎을 꿇었다. 백두태는 뒤로 두 걸음 물러났다.

걸음이 비에 젖어 묵직했다.

복형사가 바닥에 떨어진 칼을 주워들고 빗소리를 뚫어버릴 듯 괴성을 지르며 달려들었다. 백두태가 옆으로 비키면서 칼을 든 복형사의 오른팔을 자신의 왼팔로 잡아채면서 꺾었다. 복형사는 팔을 잡힌 채 몸이 뒤틀렸다. 백두태가 칼의 방향을 거꾸로 돌려 복형사의 심장을 향했다. 바람이 방향을 바꿔 백두태의 얼굴에 정면으로 비를 뿌리는 바람에 칼이 주춤했다. 복형사가 머리로 백두태의 머리통을 때렸다. 백두태는 꼼짝하지 않았다. 복형사가 몸을 뒤로 빼면서 발끝으로 백두태의 낭심을 찼다. 복형사의 심장 앞에서 칼이 떨어졌다. 복형사가 주저앉는 백두태를 따라 앉으며 머리로 백두태의 턱을 쳤다.

 백두태가 무릎을 꿇었다. 복형사가 한 번 더 머리로 백두태의 코를 쳤다. 백두태가 바닥에 두 팔을 짚었다. 복형사가 바닥에서 칼을 집어 올리며 그대로 백두태의 목에 꽂았다. 백두태가 손으로 칼을 잡았다. 백두태는 뽑으면 안 되는 위치라는 걸 알았다.

 복형사가 두 걸음 떨어지면서 숨을 골랐다. 당장이라도 꺼져버릴 것처럼 힘에 부쳤다. 거센 빗물이 복형사의 지원군이 되었다. 백두태는 복형사의 움직임을 관조적으로 바라보았다. 빗줄기가 더 굵어졌다. 바람도 사나워져 눈을 제대로 뜰 수 없었다.

 복형사가 공장 안으로 들어갔다. 스위치를 눌렀다. 수십 개의 형광등이 켜졌다. 공장 안이 후끈했다. 가마에서 뜨거운 열기가 퍼졌다. 가마 안에서 김광후가 타고 있는 걸까. 복형사가 어깨를 만지자 여자가 화들짝 놀라며 눈을 떴다. 복형사가 경찰 신분증을 꺼내 보여주었다. 홍미영이 울음을 터트렸다. 복형사가 홍미영 옆에 앉았다. 공장 천장으로 빗물이 거세게 내려 앉았다. 비에 젖은 휴대폰은 먹통이었다. 천장 구석에서 빗물이 샜다. 복형사가 가마를 바라보았다. 모든 걸 태울 것처럼, 거짓말처럼 새빨갰다.